C000179371

Une si belle école

Christian Signol

Une si belle école

ROMAN

Albin Michel

IL A ÉTÉ TIRÉ DE CET OUVRAGE

Vingt exemplaires
sur vélin bouffant des papeteries Salzer
dont dix exemplaires numérotés de 1 *à* 10
et dix exemplaires, hors commerce, numérotés de I *à* X

© Éditions Albin Michel, 2010

À la mémoire de Pierre et Amélie Fargeas

« J'apprends chaque jour pour enseigner
le lendemain. »

ÉMILE FAGUET

Première partie

1

COMMENT aurais-je oublié cette route étroite qui montait, qui montait, n'en finissait pas de grimper entre des arbres immenses, d'un vert que l'automne ternissait déjà ? Ils semblaient empêcher le car de se frayer un passage entre eux, me donnant l'impression que je n'arriverais jamais à cette destination que j'avais tant espérée, imaginée des centaines de fois : mon premier poste de maîtresse d'école. Un rêve, un espoir enfin réalisés après beaucoup d'efforts, de persévérance et de volonté.

Le combat avait été rude, pour moi qui suis née dans une maison sans livres et qui, cependant, les aime tant. Comme la vie est étrange et belle et grande ! Et combien de surprises elle nous réserve, pour peu qu'on lui fasse confiance ! C'est ce que je me suis efforcée de faire dès mon plus jeune âge, alors que le monde me semblait tout petit, que j'aurais pu le prendre dans ma main, comme un fruit mûr semblable à ceux que nous cueillions le long des haies ou dans les jardins endormis dans la verdure et les feuilles des arbres.

Nous habitions un lieu-dit appelé « Les Grands Champs », à trois kilomètres du village, dans une maison basse tapie entre les maïs, à cent mètres de la rivière. C'était au cœur d'une immense plaine carrelée de champs de maïs, de tabac, de vergers, qui semblaient infranchissables à l'enfant que j'étais, quand ma mère m'emmenait au village en me tenant par la main. Nous étions trois frères et sœur dont j'étais la dernière. Et tellement heureux, le soir, autour de la table, quand ma mère nous servait la soupe de pain, que le regard de notre père se posait sur nous, lourd comme les pierres qu'il taillait ! C'était un homme fort et carré, pétri de courage et de silences, dont les mains larges cassaient les manches d'outil mais ne nous touchaient jamais.

Il était arrivé dans cette grande plaine dix ans plus tôt, venant d'Italie – de Romagne –, les mains nues, dernier garçon d'une famille qui en comptait cinq. Il s'était loué pour travailler les champs, le temps de gagner quelque argent, puis il avait trouvé une place de maçon. Il n'était pas payé ou très peu, car son patron nous logeait gratuitement dans la maisonnette empanachée de chèvrefeuille et de lilas. L'été, avec mes frères et ma mère, nous aidions aux fenaisons, aux moissons, l'automne à la manutention du tabac et du maïs. Jamais je ne me suis sentie aussi heureuse qu'en ce temps-là, les soirs où ma mère épuisée me conduisait à la rivière, me laissait me baigner dans une anse à l'abri du courant, me lavait les cheveux, s'asseyait auprès de moi et chantait doucement tandis que je me séchais au soleil.

Le bonheur, certes, mais pas de livres. Il me fallut

attendre l'âge de cinq ans pour en tenir un et, aussitôt, ressentir cette émotion qui ne m'a jamais quittée, sans doute parce que j'ai toujours su que d'eux
dépendait mon destin. Je n'ai jamais oublié ce matin
où la maîtresse me l'a donné, ce contact soyeux sur
ma main, les lettres mystérieuses à l'intérieur, les
couleurs, l'odeur qui s'en dégageait. Il faisait beau,
par la fenêtre ouverte entraient les sons du marteau
sur l'enclume du forgeron, l'air sentait les aulnes de
la rivière, la mousse, les champignons. Cinq ans,
mais déjà je savais : les livres régneraient sur moi
comme je régnerais sur eux. Ils seraient mon soleil,
me sauveraient de l'existence étroite que je devinais
à l'horizon de mes premières années – des années
heureuses, certes, et qui ne m'interdisaient pas les
rêves, mais dont l'âpreté me faisait déjà mesurer la
longueur du chemin qui me mènerait vers eux.

Qu'il a été rude, ce chemin semé d'embûches, de
moments de découragement, de sursauts, puis la victoire, enfin, après l'École normale ! C'est à tout cela
que je songeais dans le vieux car bringuebalant
qui paraissait ne pas avancer le long de cette côte qui
n'en finissait pas, en direction du village où j'avais été
nommée institutrice remplaçante : Ségalières, un
hameau perché à huit cents mètres d'altitude entre
les vertes vallées du Lot et les monts d'Auvergne, sur
les hautes collines qu'on appelait le Ségala. À l'opposé du département par rapport à la plaine où
j'avais grandi. Loin, trop loin, pour moi qui n'avais
connu que les vallées, leur douceur et leur verdure,
les toits de tuiles rousses, les pierres ocre qu'éclairait

merveilleusement un soleil dont la courbe, dans mon souvenir, ne s'incline jamais.

Les maisons qui surgissaient au détour de la route étaient différentes, closes sur elles-mêmes, de couleur grise, comme les toits, et il me semblait que j'avais changé de pays ; en réalité c'était déjà l'Auvergne, ou presque, le Cantal se trouvant à quelques kilomètres seulement, mais je ne soupçonnais pas encore à quel point j'allais être surprise par la manière de vivre, la rudesse des habitants de ces hauteurs où seul poussait le seigle et non le blé, où les châtaignes demeuraient la ressource essentielle, sur une terre granitique, acide, qui ne leur faisait aucun cadeau.

Il était quatre heures de l'après-midi, en cette fin septembre, quand le car s'arrêta sur la place du bourg de Laquière, face à une auberge où des hommes étaient attablés en terrasse et jouaient aux cartes. Les trois femmes en blouse noire qui avaient voyagé avec moi s'éloignèrent à pas pressés et je demeurai seule, me demandant comment j'allais pouvoir gagner Ségalières qui se trouvait à quelques kilomètres en direction de Labastide-du-Haut-Mont, le point culminant du département. J'avais pris la précaution de bien étudier la carte avant de partir et celle d'arriver deux jours avant la rentrée et non la veille. Personne ne se souciait de moi et, plutôt que de m'approcher des hommes pour leur demander si quelqu'un pouvait me conduire à destination, je résolus de partir à pied, ma petite valise à la main, sur la route où le vent d'automne roulait déjà des feuilles mortes. On était en 1954 et il y avait peu de voitures, encore, seulement des charrettes, dont une me prit, pour m'amener à un carrefour où je dus descendre, car le conducteur continuait tout droit et je devais tourner à gauche.

– Vous êtes presque arrivée, me dit-il, et la nuit ne tombe pas si tôt en cette saison !

Je m'en félicitai intérieurement, tout en me hâtant entre deux pans de forêt où dominaient les chênes et les châtaigniers, pressée de découvrir enfin ce village où m'attendaient les enfants dont j'avais rêvé si souvent. Quelle ne fut pas ma déception, vers cinq heures, quand j'arrivai devant les six maisons du village, où nul enfant ne jouait sur la place et qui me parut de prime abord désert ! Où étais-je tombée ? Ne sachant que faire et à qui m'adresser, je m'assis sur une haute pierre qui devait servir de montoir pour les chevaux, face au monument aux morts où j'aperçus des noms qui me parurent bien nombreux pour un si petit hameau, et désert, de surcroît, à une heure où il n'aurait pas dû l'être. Ce qui me serrait le cœur, surtout, c'était l'absence d'enfants. Où se trouvaient-ils donc, mes futurs élèves ? Existaient-ils vraiment ? Et l'école ? Y avait-il seulement une école dans ce hameau ? Ne m'étais-je pas trompée de lieu ? Je me décidai à faire quelques pas sur la route étroite qui s'éloignait sur la gauche de la principale et c'est alors que je la découvris : une école, une vraie, toute petite, avec un étage et un fronton triangulaire où était inscrit « République française », les portes du bas encadrées de briques rouges, dont celle qui semblait mener à l'étage, à droite de la salle de classe,

17

– classe unique, bien sûr, comment eût-il pu en être autrement dans cette enclave au milieu des bois ?

Je m'approchai des deux portes non sans appréhension, mais elles étaient fermées à clef. Je pus cependant distinguer à l'intérieur des pupitres et un tableau qui me firent battre le cœur plus vite mais qui ne me rassurèrent qu'à moitié : y aurait-il un seul enfant pour fréquenter ces lieux ? Un peu rassérénée tout de même, je revins vers le monument aux morts situé bizarrement juste devant l'église, et j'aperçus enfin une femme dans la cour d'une imposante maison qui semblait avoir été fortifiée : une épaisse tour carrée l'épaulait du côté droit et lui donnait un aspect imposant qui tranchait sur la simplicité et l'austérité des autres. Je m'approchai en toute hâte, de peur que cette femme ne disparaisse aussitôt apparue, et je lui annonçai d'une voix qui tremblait un peu que j'étais la nouvelle institutrice : Mlle Perrugi.

– On vous attendait que demain, ma pauvre ! s'exclama la femme vêtue comme une paysanne, c'est-à-dire avec ce tablier noir dont la poche centrale paraissait contenir tout son trésor, et dont les bas, de la même couleur, disparaissaient dans des sabots ferrés qui résonnaient étrangement sur les dalles de la cour.

Je lui fis observer que j'avais préféré arriver deux jours avant la rentrée pour mieux la préparer.

– Je vois, répondit-elle, mais mon mari n'est pas rentré. En tout cas vous ne vous êtes pas trompée de porte puisque je suis la femme du maire. Je peux vous donner la clef, si vous voulez. Vous avez trouvé l'école ?

— Oui, mais je ne vois pas d'enfants.

— Ma pauvre, les enfants, il n'y en a guère ici ! Ils sont dans les fermes du voisinage. Et les seuls qui habitent le village sont dans les pâtures, à garder les bêtes.

Elle ajouta, d'une voix qui me parut funeste :

— Vous arrivez à la mauvaise saison, vous savez ? L'école, avant la Toussaint, ici, c'est pas la coutume. Les parents ont besoin des enfants.

— Mais l'école est obligatoire, madame.

— Oui, oui, je sais. Vous verrez ça avec mon mari.

Elle rentra sans me proposer de la suivre puis elle ressortit aussitôt avec une clef qu'elle me tendit en disant :

— Dès qu'il reviendra je lui dirai que vous êtes là. Installez-vous en attendant.

Je pris la clef et je partis vers le petit bâtiment qui se dressait entre un bouquet de frênes et un châtaignier. Ce fut avec soulagement que je poussai la porte du bas avant de monter l'escalier de bois qui conduisait à l'étage. Quelle ne fut pas ma surprise, en pénétrant dans le logement, de m'apercevoir qu'il était vide, sans la moindre table ou la moindre chaise, à part un lit en fer contre le mur du fond, à l'opposé de ce qui était de toute évidence une cheminée mais qui paraissait hors d'usage. Un évier de pierre donnait sur l'extérieur, à l'arrière, mais je n'aperçus pas de robinet, ce qui indiquait qu'il n'y avait pas l'eau courante. Je n'avais pas été habituée à vivre dans le luxe, mais nous avions l'eau courante, chez nous, grâce à une installation effectuée par mon père, et l'eau avait toujours été importante pour moi du fait de la proximité de la rivière où je me baignais souvent. Ç'avait été le cas aussi à l'École normale où la propreté avait été l'un des premiers préceptes que l'on nous avait enseignés.

Tout à fait désolée, je m'approchai des volets sur l'arrière de la maison d'où je découvris un jardin en assez bon état et ce qui sembla être un puits, au-delà d'une courette délimitée par un préau et une barrière maintenue par des piquets de bois pointus, probablement en châtaignier. Je demeurai là un moment, dépitée, me demandant si j'allais trouver le courage de m'adapter à cette nouvelle vie qui ne s'annonçait pas sous les meilleurs auspices. Pas de table, pas de chaises, pas d'armoire. Était-ce possible ? Est-ce que je ne rêvais pas ?

Je descendis dans la salle de classe qui communiquait avec le couloir par une porte intérieure et permettait donc d'y accéder sans ressortir. J'y pénétrai avec hésitation, sentant de nouveau battre mon cœur, comme à l'instant où je l'avais découverte du dehors. Et tout de suite l'odeur de craie, d'encre et de bois me saisit à la gorge, comme elle devait me saisir chaque matin de ma vie, tandis que j'avançais entre les pupitres disposés sur trois rangées qui laissaient apparaître les encriers de porcelaine, dont quelques-uns portaient encore les traces de l'année passée. Deux tableaux noirs leur faisaient face, l'un d'un seul panneau, l'autre de trois dont deux repliables, encadrant une armoire dont j'ouvris les battants pour découvrir un boulier, une chaîne d'arpenteur, des bûchettes, un oignon de jacinthe en pot, des boîtes de craie et des livres que je m'empressai de feuilleter pour m'apercevoir, hélas, qu'ils n'étaient pas en bon état.

Je les reposai rapidement pour aller à mon bureau : un meuble massif, à peine poli, mais qui possédait un tiroir central et deux de chaque côté. Je m'assis avec émotion, parcourant du regard les pupitres, deux cartes Vidal-Lablache sur le mur de gauche, entre les deux fenêtres qui donnaient sur la cour, et le poêle, au fond, près duquel étaient encore entreposées des bûches, ce qui indiquait clairement le manque d'entretien et la négligence.

Ce fut dans cet état d'esprit plutôt contrarié que j'entendis une voiture s'arrêter devant l'école sur l'étroit terre-plein qui la séparait de la route. J'allai à la rencontre du maire : un homme grand, ossu, avec un long visage, de grands yeux noirs très enfoncés dans des orbites dominées par d'abondants sourcils. Vêtu de gros velours marron, il me serra la main énergiquement tout en faisant la même réflexion que sa femme :

– Je ne vous attendais que demain. Je pensais m'occuper de l'école pendant la matinée avec le cantonnier.

– Vous savez donc qu'il n'y a dans le logement ni table, ni chaises, ni armoire.

– Je vous ai apporté une petite table et une chaise. Les bonnes sont en réparation : on rempaille les chaises et on remet un pied à la table. On vous apportera l'armoire demain matin. Elle est prête.

21

– J'ai constaté aussi qu'il n'y avait pas d'eau courante.

– Oh! vous savez, ici, l'eau courante… Toutes les maisons ont un puits et personne ne s'en plaint.

– Les livres sont en mauvais état.

– Oui, je sais. Dès qu'un représentant passera, vous me l'enverrez, et je verrai ce que je peux faire.

– La cheminée?

– Le cantonnier va s'en occuper. En une matinée, il va vous la remettre en état.

– Les enfants?

– Ah! oui! Ma femme m'a dit, mais ne vous inquiétez pas, ils viendront.

Il ajouta, après s'être éclairci la voix:

– Peut-être pas les premiers jours, mais vous les aurez tous à la Toussaint. Ça, je peux vous le garantir.

– J'ai déjà dit à votre femme que l'école est obligatoire dès qu'elle ouvre ses portes.

– Bien sûr! Mais vous savez les enfants sont utiles aux parents, ici. C'est pas comme en ville.

– Je ne viens pas de la ville. Je suis allée à l'école dès cinq ans dans le village où je suis née.

– C'est entendu, je parlerai aux familles.

J'eus l'impression qu'il était incapable de contrarier qui que ce soit, mais qu'il n'en faisait qu'à sa tête.

– Je vous enverrai la femme de Porical pour qu'elle vous fasse un peu de ménage, ajouta-t-il, conciliant.

– Je vous remercie, mais le ménage, je m'en chargerai.

– Comme vous voudrez.

– Et les commodités ? demandai-je alors.

– Les commodités ?

– Les toilettes, si vous préferez.

– Vous voulez dire les cabinets ? Ils sont sous le préau. Il y en a deux, et l'un d'entre eux vous est réservé : c'est celui qui a la porte haute.

Il se tut sans manifester le moindre désir de s'en aller. Il hésitait, comme s'il avait à me dire quelque chose de gênant. Puis il fit brusquement volte-face et je l'accompagnai jusqu'à sa voiture, où, enfin, il se décida :

– J'aurais bien voulu vous inviter à dîner, ce soir, mais je ne peux pas.

– Ne vous inquiétez pas. J'ai apporté ce qu'il me faut pour deux jours.

Il demeura debout devant sa traction, toujours hésitant, ne se décidant pas à s'en aller.

– C'est à cause du curé, vous comprenez. Vous avez vu que l'église touche presque ma maison. Il s'en apercevrait.

– Et alors ?

– Enfin, quoi ! Je ne vais pas tout vous expliquer !

– Non, ce n'est pas la peine, mais je pensais que c'était le maire qui faisait la loi dans une commune.

– Un maire est élu, répliqua-t-il, y compris par ceux qui vont à la messe.

– C'est vrai. Pouvez-vous seulement me dire s'il existe une boulangerie et une épicerie dans votre village ?

– Non. Mais le boulanger de Sousceyrac passe tous les deux jours, et l'épicier une fois par semaine.

– Pas de boucher ?

– Ah ! non ! Ici, tout le monde mange sa propre viande. Mais n'importe qui peut vous céder un poulet, un peu de porc ou de bœuf.

– Je n'en mange pas beaucoup. Une fois par semaine, c'est suffisant. En revanche, je boirais bien un peu de lait le matin.

– Allez chez Germaine. C'est la première maison du village par où vous êtes arrivée. Elle vous en vendra avec plaisir.

Il ajouta, avant de partir enfin, comme si cette révélation justifiait la vente d'un peu de lait :

– Elle est veuve.

Puis il fit un pas vers sa voiture, mais il se ravisa et revint vers moi pour ajouter :

– Une dernière chose.

– Oui ?

– Vous savez, ce qui compte, ici, c'est le certificat. N'essayez pas de pousser les enfants vers le concours d'entrée en sixième, les parents n'aimeraient pas. Ils en ont besoin.

Et, comme je demeurai muette de surprise, il précisa :

– Celle que vous remplacez, Mme Destruel, a obtenu quatre fois le prix cantonal. Tout le monde l'appréciait, ici. Tâchez de faire comme elle et tout ira bien.

Je ressentis désagréablement cette dernière injonction dans laquelle je devinai une menace. Je compris que rien ne serait facile, mais je préférai ne pas m'attarder à cette évidence. L'inspecteur qui m'avait reçue pour me parler de mon affectation m'avait conseillé la prudence et l'humilité : « Sur ces hautes terres, la vie est demeurée rude et les habitants figés dans leurs habitudes. Ne les heurtez pas. Essayez de les comprendre. Bref ! Adaptez-vous à la situation. Mme Destruel, qui vous a précédée, était une institutrice respectée de tous. »

Cet homme de devoir recevait individuellement toutes celles et ceux qui devaient prendre un premier poste. Ce n'était pas dans les coutumes des hautes sphères de l'Éducation nationale, mais cet homme-là y tenait car il savait à quel point il était difficile de s'installer dans un village pour s'occuper d'une classe unique, et il connaissait les périls qui guettaient les jeunes maîtres et maîtresses d'école face à une population ancrée dans des coutumes et des règles de vie qui lui étaient propres.

Ce soir-là je me sentais très seule dans la nuit qui tombait en me hâtant d'aller chez celle que le maire avait appelée Germaine, pour y chercher un peu de lait. Comme si elle avait été prévenue, elle se trouvait sur le pas de la porte. C'était une femme qui, contrairement à celles du village, ne portait pas de tablier mais une longue robe de couleur bleue sur laquelle elle avait passé une veste de laine grise. Deux yeux malicieux et plutôt clairs illuminaient un visage tout en rondeurs. Elle me fit bon accueil, me vendit un peu de lait, me proposa des œufs en me disant que je la payerais à la fin du mois, puis elle ajouta :

– Vous avez vu le maire ? C'est pas lui, qui gouverne, c'est sa femme : la Rosalie. Méfiez-vous-en : elle n'a pas bonne langue. Pour le reste, vous verrez, il suffit de ne pas les brusquer. Ils sont comme tout le monde : ils font comme ils peuvent.

Et elle poursuivit, tandis que je la remerciais :

– J'ai eu du mal, moi, au début, car je suis de la ville. J'ai épousé le fils des propriétaires il y a cinquante ans : ce jour-là, j'aurais mieux fait de me casser une jambe. Mais qu'est-ce que vous voulez ? Il descendait à la foire, il avait de belles moustaches et il parlait bien. J'étais innocente et fille de famille nombreuse. Alors je l'ai suivi et je l'ai regretté chaque jour de ma vie.

Comme je m'apprêtais à m'éloigner, elle me prit familièrement le bras et me demanda :

– Dites ! Vous me parlerez de la ville ? Vous avez bien étudié à Cahors, n'est-ce pas ?

– Oui. Mais je n'en ai pas vu grand-chose, car on ne sortait pas beaucoup avant la dernière année.

– Quand même ! Vous devez en savoir un peu !

Soucieuse de m'en faire une alliée, je promis avant de retourner vers l'école sans croiser personne, mais non sans deviner des regards inquisiteurs derrière les fenêtres. Je me réfugiai ensuite dans le logement qui me parut, heureusement, un abri sûr, d'autant que l'électricité fonctionnait normalement – j'avais négligé de m'en soucier auprès du maire – et que la porte qui donnait sur le couloir fermait bien à clef. Là, un peu oppressée tout de même, je sortis de ma valise un œuf dur, une boîte de sardines, une pomme, un morceau de pain et du fromage et je pris sur la petite table apportée par le maire le premier repas de ma vie de maîtresse d'école.

C'est alors que je m'aperçus que je n'avais pas d'eau pour ma toilette, ayant oublié d'en tirer au puits, mais je n'eus pas le cœur de ressortir dans la nuit. Je me promis de le faire au lever du jour, je fis mon lit et me couchai en essayant de lire le Code *Soleil* dans lequel figuraient toutes les recommandations relatives au métier dont j'avais tant rêvé. Mais j'étais tellement épuisée par le voyage et les émotions que je m'endormis sans même éteindre la lumière.

2

J E m'éveillai bien avant le jour, à cause du froid
qui était brusquement tombé, alors que je n'en
avais rien senti la veille, chez mes parents, avant
mon départ. Je me souvins alors de l'altitude du
village : huit cents mètres, et nous étions le dernier
jour de septembre : il n'était donc pas étonnant que
la température eût tellement baissé. Je déjeunai
d'un morceau de pain et de fromage, me promettant d'acheter du café à l'épicier lors de sa tournée,
puis, comme il faisait encore nuit, plutôt que d'aller
chercher de l'eau, je descendis dans la salle de
classe où le seul fait de m'asseoir au bureau, face
aux pupitres, me réchauffa le cœur.

J'ouvris les tiroirs d'une main impatiente, trouvai
le registre d'appel, les cahiers du jour, les cahiers de
composition, les livrets scolaires mensuels contre-
signés par les parents, et je constatai avec satisfaction
que le registre comprenait vingt-quatre noms, ce qui
me parut incroyable, compte tenu de l'absence
d'enfants dans le village. Je découvris également
que cette classe unique – dont l'inspecteur m'avait

dit qu'elle était le meilleur moyen d'apprendre le métier – accueillait des élèves de cinq à quatorze ans, c'est-à-dire de la section enfantine au certificat. Ce ne serait pas une petite affaire que de m'occuper de tous en même temps, mais l'inspecteur m'avait précisé que les plus grandes filles aidaient volontiers les plus jeunes si on leur en donnait l'habitude.

Ensuite, j'inspectai chacun des pupitres pour vérifier que rien n'y avait été oublié lors des grandes vacances, je passai en revue tous les livres qui se trouvaient dans l'armoire, m'attardant sur celui d'Ernest Lavisse qui récapitulait les événements de l'histoire de France depuis les druides en passant par Jeanne d'Arc, Valmy, Napoléon et la retraite de Russie, Gambetta dans sa montgolfière, Jules Ferry, jusqu'à la Grande Guerre. Puis je feuilletai le livre d'instruction civique et de morale, les différents livres de calcul, de lecture, de récitation, de leçons de choses, et je m'aperçus, levant enfin la tête, qu'il faisait jour.

Ayant passé ma veste de laine, je sortis pour aller tirer l'eau qui m'avait tant manqué la veille au soir. Un seau retenu par une chaîne se trouvait sur la margelle du puits et, si je n'eus aucun mal à le faire descendre, je ne ne réussis pas tout de suite à le faire basculer, comme il le fallait, d'un mouvement souple du poignet afin qu'il se renverse pour laisser entrer l'eau. J'y parvins après plusieurs tentatives et je l'emportai jusqu'au logement, non sans m'apercevoir que deux voyages seraient nécessaires pour remplir les deux bassines que je destinais l'une à la cuisine, l'autre à ma toilette.

Je pus enfin me laver comme je le désirais, ou

presque, et à peine eus-je terminé que le maire et le cantonnier arrivèrent avec, comme ils l'avaient promis, un mobilier remis en état. Le cantonnier était un homme aux vastes yeux clairs, à l'air un peu égaré, maigre à faire peur et, cependant, plein d'énergie. En une matinée il parvint à réparer tout ce qui était détérioré. Il ramona la cheminée, débarrassa le poêle de sa calamine, nettoya la salle de classe, puisa de l'eau au puits pour alimenter un bac en zinc qui se trouvait au bas de l'escalier et dont je m'étais demandé à quoi il pouvait servir tellement il était sale. J'en profitai pour entraîner le maire dans la salle de classe, lui montrer les livres en mauvais état et lui demander de fournir des ardoises et des porte-mines que nous avait recommandés nos enseignants de l'École normale.

– On verra ce qu'on peut faire, me dit-il. Chaque chose en son temps.

Il partit sans plus de précisions, laissant travailler le cantonnier que nulle tâche ne semblait rebuter. Tout à son ouvrage, il ne m'adressa pas la moindre parole, si bien que je sortis pour ne pas le gêner et m'approchai de la petite place qui était noire de monde, car c'était l'heure de la messe. Je m'arrêtai malgré moi, comme devant un territoire interdit, déçue de ne pouvoir me rendre chez Germaine qui m'aurait renseignée sur l'attitude à adopter face à l'homme à tout faire du maire. Immobile à l'angle d'une maison, je me demandais comment un si petit village pouvait accueillir tant de monde pour la messe du dimanche, mais je vis dans cette affluence un heureux présage pour la rentrée du lendemain.

Je décidai toutefois de consacrer mon après-midi à une longue promenade dans la campagne environnante pour y débusquer mes futurs élèves, ou du moins prévenir les parents du fait que la nouvelle maîtresse était arrivée et leur rappeler que l'école était obligatoire dès le premier jour.

Après le même repas frugal que la veille, je partis donc sur les chemins qui traversaient des bois, longeaient des pâtures, quelques champs de céréales, et je rencontrai, en train de garder les vaches, celui qui allait tant compter pour moi durant les mois à venir : il s'appelait François, devait avoir dix ans, mais son aspect souffreteux était si peu engageant que j'hésitai à lui adresser la parole.

– Tu vas à l'école ? dis-je d'une voix le plus douce possible en me demandant s'il n'allait pas s'enfuir à toutes jambes.

– Des fois ! répondit-il en clignant des yeux, comme s'il n'y voyait pas bien.

Au moins, il parlait. Mais il y avait des traces suspectes sur ses jambes et ses bras nus qui me donnèrent à penser qu'il ne devait pas se laver.

– Demain, il faudra venir à l'école.

Les clignements des yeux s'accélérèrent, il s'éloigna de quelques pas, et je devinai dans son regard une sorte de peur qui m'incita à ne pas insister. Comme je repartais, il revint vers moi, il hésita, puis il dit très vite, avec un bégaiement que je n'avais pas remarqué dès l'abord :

– Je viens quand le père le dit.

– Il habite où, ton père ?

Il hésita une nouvelle fois comme s'il craignait de

trahir un secret, puis il se retourna et il désigna, derrière un bosquet roux, un toit d'où s'échappait une
fumée.

— Là-bas, dit-il, non sans paraître aussitôt le regretter.

— Eh bien, je vais aller le voir.

— Non ! Non ! Y faut pas !

Et il se plaça entre moi et la ferme, comme pour
m'empêcher de passer, mais avec une telle frayeur
dans les yeux que je voulus le rassurer :

— Bon ! Je n'irai pas, mais il ne faut pas avoir peur
comme ça.

Il parut soulagé, ne répondit pas et s'éloigna de
quelques pas tout en jetant vers moi des regards de
côté qui me firent vraiment m'interroger : que craignait ce garçon ? Je me promis de poser la question à
Germaine et je m'éloignai après un sourire qui n'eut
pas le pouvoir de rasséréner François, puisqu'il me
suivit à distance pour vérifier que je tenais parole.

Je ne pus m'empêcher de ralentir en passant
devant la maison où était censé se trouver le père de
François, mais un chien mauvais, à l'œil torve, me
contraignit à passer mon chemin. Un peu plus loin,
je croisai une femme qui portait un enfant dans ses
bras. Elle était belle, avec des cheveux noirs et des
yeux clairs, un caraco sur ses épaules, un teint mat
qui laissait supposer une santé robuste. Je lui dis qui
j'étais et je lui demandai si elle avait d'autres enfants
que celui qu'elle portait.

— J'ai un garçon de sept ans et une fille de cinq.

— Ils viendront donc demain à l'école.

— C'est pas sûr, vous savez.

– Pourquoi ?

– C'est la saison des châtaignes.

Elle ajouta, comme pour s'excuser :

– La saison des champignons aussi. Et puis les bêtes sont encore au pré. À partir de novembre, ça sera plus facile.

– Vous n'ignorez pas que l'école est obligatoire ?

Elle ne répondit pas, montra seulement des signes d'impatience et amorça un pas.

– J'en parlerai à mon mari, dit-elle en s'éloignant.

J'eus la conviction que les hommes, ici, régnaient en maîtres et que c'était à eux qu'il fallait m'adresser. Mais où se trouvaient-ils ? Je n'en voyais aucun. Je finis par comprendre qu'ils se trouvaient dans les villages, à boire et à jouer aux cartes, car on était dimanche et ils s'accordaient deux ou trois heures de loisir en ce jour de repos. Je compris également qu'il existait de nombreuses fermes dans un cercle de dix kilomètres autour de Ségalières, et que cet habitat disséminé abritait des familles entières dont la présence justifiait une école dans un si petit village. La IIIe République n'avait pas construit au hasard, mais en fonction de critères géographiques bien précis qui trouvaient ici une application judicieuse : les petits écoliers ne devaient pas être découragés par la distance à parcourir. Pas plus de cinq ou six kilomètres matin et soir, ce qui était déjà bien suffisant. Le savoir devait se trouver à portée de tous, afin de transformer les enfants en citoyens aimant leur pays, capables de le défendre le moment venu, instruits d'une hygiène et d'une morale communes à toute la nation, porteurs d'un espoir de vie meilleure grâce aux vertus de courage et de tempérance qui leur seraient inculquées par des hommes et des femmes formés à cet effet. La IVe République n'avait fait que poursuivre l'œuvre engagée, sans le souci majeur, heureusement, de reprendre cette Alsace et cette Lorraine, qui désormais avaient regagné la patrie dont elles avaient été injustement séparées.

J'étais l'une de ces femmes-là, je le savais, j'en étais fière, et cette tournée que j'effectuai cet après-midi-là, je ne doutais pas qu'elle fît partie de ma mission. On n'était plus au temps où les instituteurs vantaient leur mérite sur les places, mais ils se heurtaient encore à une certaine méfiance, principalement dans les campagnes où l'on avait encore besoin des bras des enfants. C'est ce que je vérifiai tout au long de cet après-midi, avec une exception, toutefois, dans une ferme où l'homme, qui fumait sur le seuil de sa porte, entama la conversation de lui-même, avant de m'inviter à entrer. Il s'appelait Jean L. Il avait trois enfants, deux garçons et une fille. Il croyait, lui, au savoir et à l'instruction qui amèneraient le progrès à une humanité trop routinière et trop fermée sur elle-même. C'était un homme sec, aux traits anguleux, avec une lueur farouche dans les yeux. Il m'apprit qu'il avait été ouvrier en ville, à Aurillac précisément, et qu'il avait dû reprendre la propriété à la mort de ses parents.

– Vous aurez du mal avec le maire, me dit-il. Le curé dîne chez lui tous les soirs. Ils recrutent pour l'école religieuse de Sousceyrac.

Je pensais que « l'école sans Dieu », honnie par les

prêtres du temps de la séparation de l'Église et de l'État, n'était plus l'objet du combat sans merci d'avant la guerre, et je découvrais que ce n'était pas le cas. J'avais moi-même été élevée dans une certaine religion par ma mère, du moins jusqu'à douze ans, l'âge de la communion, et il m'avait fallu du temps pour adhérer aux préceptes que l'on nous avait enseignés à cet égard à l'École normale : ne pas heurter la conscience des enfants ou les opinions des parents, mais ne rien concéder. Nous vivions sous le régime de la laïcité. L'obscurantisme devait être combattu par la raison et le savoir : cela faisait partie de notre mission.

– Ils sont si intrigants que cela ? demandai-je à l'homme qui m'avait si aimablement invitée chez lui.

– Plus que vous ne l'imaginez. Le monde paysan n'est pas le monde ouvrier : il est resté conservateur et fortement imprégné par la religion. Vous vous en apercevrez rapidement.

– Je tâcherai de m'en souvenir.

Puis Jean L. me présenta ses enfants, dont sa fille aînée, Roseline, qui allait passer le certificat à la fin de l'année.

– J'ai voulu qu'elle fasse comme tout le monde, me dit-il, mais j'aimerais bien que l'année prochaine elle rentre en cinquième au collège. Je ne veux pas qu'elle reste ici. Je veux qu'elle vive en ville.

Roseline était une grande jeune fille brune dont les yeux exprimaient la franchise et la volonté.

– On vous parlera du prix cantonal, certainement, reprit Jean L.

– Le maire l'a déjà fait.

L'homme hésita, puis il ajouta, non sans une certaine gêne :

— Je ne voudrais pas que vous croyiez de ma part à de la vanité, mais je pense que Roseline peut l'obtenir. Au moins autant que la nièce du maire, dont les parents vivent au hameau des Genestes.

— Et qui s'appelle ?

— Viviane B.

Je ne pus résister au besoin de demander à cet homme si bien disposé vis-à-vis de moi qui était ce François que j'avais rencontré.

— Il vit seul avec son père, un homme que la mort de sa femme a rendu fou. Ce n'est pas à moi de vous dire ce qui se passe. Vous le découvrirez vous-même rapidement, hélas !

Cet « hélas ! » demeura en moi tout le temps que je mis à regagner Ségalières, passant entre d'immenses châtaigneraies, le long des chemins escortés de genêts, de ronces, de fougères, traversant des hameaux où j'entendis les mêmes considérations sur la difficulté à libérer les enfants en cette saison, des promesses formulées du bout des lèvres, avec une méfiance vis-à-vis d'une institutrice qui venait perturber la vie que l'on menait ici depuis toujours.

Quand je parvins à l'école, il était presque sept heures du soir, et le maire m'attendait devant la porte. Je compris pourquoi dès l'instant où il ouvrit la bouche :

— Ce n'était pas la peine de partir à la rencontre des familles, me dit-il avec un ton de reproche très déplaisant. Les gens d'ici savent ce qu'ils ont à faire, et ce n'est pas à vous de leur dicter leur conduite.

Je m'efforçai de garder mon calme en répondant :
– Je leur ai seulement rappelé que l'école commence demain et qu'elle est obligatoire.
– Ils sont au courant.
– Mais ils ne veulent pas en tenir compte.
– Qu'est-ce que vous en savez ? La rentrée n'est que demain.
– Si j'en crois ce que j'ai entendu, je suis persuadée que ma démarche n'aura pas été inutile.
Le maire, alors, à ma grande surprise, se fit menaçant :
– Vous savez, mademoiselle Perrugi, les déplacements, ça existe dans l'Éducation nationale.
– C'est une menace ?
– Non. Ce n'est qu'un rappel.
Il se tut un instant, m'observa avec intensité, puis il demanda :
– Vous êtes italienne, je crois ?
– Non, je suis française. Mais mon père était italien, lui.
Le maire ne releva pas mes propos, mais il poursuivit :
– Je tiens beaucoup à ce que l'institutrice qui commence l'année la finisse. Surtout pour les élèves. Les changements en cours d'année, ce n'est jamais bon.
Sur ces mots inquiétants, il partit brusquement et je restai médusée, mécontente d'avoir dû lui laisser le dernier mot alors que je ne me sentais coupable de rien, bien au contraire. Je regagnai alors mon refuge et me mis à manger le dernier œuf dur qui me restait, mon pain, un morceau de fromage et une

pomme. Lorsque j'eus terminé, ma colère n'était toujours pas retombée et je réalisai que je n'aurais rien à manger le lendemain si je ne m'en souciais pas dès ce soir. Je partis chez Germaine, dont l'accueil, comme la veille, fut chaleureux. Je n'eus pas besoin de lui raconter ce qui s'était passé : elle savait tout, ce qui accrut en moi la désagréable impression d'être surveillée.

– Ne vous en faites pas, me dit-elle, ils se lasseront vite. Ils sont simplement en train de vous jauger, comme moi, quand je suis arrivée. Ne vous laissez pas faire.

Elle me vendit des œufs, du pain, un peu de porc salé, et me proposa de faire les courses pour moi auprès des commerçants qui passeraient le lendemain pendant les heures de classe.

– Comme ça vous n'aurez pas à abandonner vos élèves, ajouta-t-elle.

J'acceptai avec plaisir, soulagée de ne pas avoir à prêter le flanc à la critique, et davantage rassurée, quand elle a ajouta :

– Pour le reste, vous savez, Mme Destruel a vécu la même chose que vous à son arrivée, et elle a fait taire toutes les langues avec ses succès au certificat. Si vous êtes irréprochable, ils ne pourront rien contre vous.

Je la remerciai et je repartis sans même lui avoir posé la question qui me taraudait l'esprit au sujet du petit François. Une fois chez moi, en fermant mes volets, je m'aperçus que du bois avait été entreposé dans l'appentis qui se trouvait entre le préau et le jardin – sans doute par le cantonnier au cours de l'après-midi. Seule dans mon logement remis à neuf, ou presque, je repris confiance en me mettant à préparer l'emploi du temps, et d'abord celui de la journée du lendemain, une journée que j'avais imaginée des milliers de fois depuis mon entrée à l'École normale.

J'avais dû m'y prendre à deux reprises pour réussir le concours d'entrée, car à seize ans, malgré mon succès au brevet, j'avais été paralysée par les messieurs à l'air si grave, si sévère, qui me posaient des questions dont je connaissais pourtant la réponse. J'étais restée muette, trop intimidée pour réagir, expliquer, m'excuser, malgré les bonnes notes que j'avais obtenues à l'écrit, ce que j'ignorais, d'ailleurs, ce jour-là, et dont la connaissance m'aurait peut-être délivrée de mes doutes, de cette conscience, très profondément ancrée en moi, de venir de trop loin, de n'avoir pas le droit d'aspirer à une fonction réservée à toutes celles et ceux qui, eux, pouvaient la revendiquer légitimement. J'avais compris depuis que cette inhibition et cette sensation de n'être rien, ou pas grand-chose, provenait des premières années de ma vie, lorsque nous allions travailler à la journée dans les fermes, en tant que domestiques, et qu'on nous appelait « les Romagnols ». Elle avait été aggravée par le fait de vivre à l'écart, pareils à des proscrits, comme si l'accès au village, à l'école, n'était que le fruit d'une indulgence dont il ne fallait pas abuser.

Une fois à l'École normale, je m'étais promis de veiller à ce que chacun de mes élèves eût sa chance, d'éveiller en eux le désir et le rêve d'une vie meilleure, différente, plus belle et plus grande. Je m'étais juré de leur inculquer la certitude que rien ne leur était interdit, que tout était possible pourvu qu'on le voulût vraiment. Car moi j'avais bien failli sombrer après mon premier échec. Réfugiée dans les champs, malheureuse comme les pierres, j'avais été incapable de réagir, de me rebeller. C'est ma mère qui m'avait aidée à me relever. Elle m'avait forcée à l'accompagner chez mon ancienne institutrice, et toutes deux, en unissant leurs efforts, m'avaient convaincue de repasser le concours l'année suivante.

Mon père, alors, s'y était opposé violemment : j'avais eu ma chance et je n'avais pas su la saisir. J'avais fait des études au collège de Saint-Vincent, j'avais obtenu le brevet, c'était bien plus qu'il n'en fallait pour me marier plus tard et « tenir une maison ». Ma mère s'était alors dressée face à lui, ce qu'elle n'avait jamais osé faire depuis leur mariage. Car elle savait, elle – ou plutôt elle devinait –, qu'une femme pouvait vivre différemment que dans la soumission à son mari, dans la fatigue des lessives, de la cuisine, de la domesticité subie aussi bien à l'extérieur qu'à l'intérieur de son foyer.

– Elle ne nous a rien coûté puisqu'elle avait une bourse, avait argumenté ma mère.

– Elle n'en aura plus puisqu'elle a échoué, avait répliqué mon père. Elle doit travailler.

Le choc avait été rude, frontal, et nous avait effrayés, mes frères et moi, si bien que j'avais supplié ma mère de renoncer à plaider ma cause. Cette femme dressée de toute sa dernière énergie face à un homme inflexible et sûr d'avoir raison, je l'avais admirée, aimée plus que jamais, mais j'avais eu très peur pour elle. Pendant un mois, la vie à la maison était devenue terrible, mais ma mère avait gagné le combat grâce à la promesse que je quitterais le collège et travaillerais toute l'année avant de repasser le concours. Ce que je fis, après avoir été embauchée comme manutentionnaire à la coopérative agricole de Saint-Vincent, un travail qui me laissait au moins les soirées pour étudier, aider ma mère, retrouver le dimanche l'institutrice qui m'expliquait ce que je ne comprenais pas. Mais ce n'était pas l'intelligence qui me faisait défaut, c'était le manque de confiance en moi – un manque de confiance douloureux que mon père, par sa remise en question de mon avenir, avait exacerbé.

Cette année-là m'avait paru interminable et j'avais failli renoncer, d'autant que je rapportais chez moi un petit salaire bien utile à la maisonnée. Heureusement, ma mère et mon institutrice veillaient. Quelque chose aussi, au fond de moi, qui me soufflait que j'avais à portée de la main la réalisation de mon rêve. J'ai été reçue au concours seulement en avant-dernière position, mais, à partir de ce moment-là, j'ai su que je ne faillirais pas. Je tenais solidement la bouée qui m'avait été jetée et, malgré le changement de vie de l'École normale, les nouveaux horaires, la dureté de nos maîtres, la discipline de fer, les hauts murs de la ville dans laquelle je vivais, rien n'avait pu m'ébranler. Je me levais la nuit pour étudier, sous ma lampe de poche, dans les toilettes des dortoirs. J'étais persuadée que plus rien ne m'arrêterait et, de fait, rien ne m'avait arrêtée. J'avais gagné, je le savais, même au cours des grandes vacances quand je retrouvais le travail dans les champs, même quand je faisais la lessive auprès de ma mère ou reprisais les pantalons de mes frères.

Voilà quel avait été le chemin qui m'avait conduite à Ségalières, pour une rentrée que j'avais imaginée des milliers de fois, après avoir renversé des obstacles que j'avais un moment crus insurmontables. Comment aurais-je pu trouver le sommeil, cette nuit-là ? Après avoir établi l'emploi du temps, je pris le Code *Soleil,* cherchant à me persuader que j'étais en mesure de bien remplir ma mission. Je relus des lignes que je connaissais presque par cœur : « Les familles ont un droit : celui d'être informées régulièrement sur les résultats obtenus par leurs enfants. Cette information se fera de deux manières : chaque mois vous adresserez à la famille le carnet de notes de l'élève. Chaque fois qu'un cahier de devoirs journaliers sera terminé, vous le communiquerez à la famille qui le contresignera. » Je l'avais parcourue une dizaine de fois, cette « bible » réglementaire, mais il me semblait que j'avais tout oublié. Je continuai donc et tombai sur les dispositions des articles 1382, 1383, 1384 du Code civil qui précisaient que « l'on est responsable des dommages causés par le fait des personnes dont on doit répondre ou des choses que l'on a sous sa garde ». Selon ces articles, l'instituteur public était donc une personne qui devait répondre des accidents et dommages provoqués par ses élèves. Heureusement, la loi du 5 avril 1937 avait substitué la responsabilité de l'État à celle de l'instituteur qui, ainsi, ne risquait plus

43

d'être mis en cause personnellement, sauf dans le cas d'une action récursoire pour faute grave.

Un peu rassurée par cette dernière disposition, je parvins à m'endormir vers trois heures du matin, mais je me réveillai à cinq et ne pus retrouver le sommeil. Alors je fis ma toilette, je pris mon temps pour déjeuner, puis je descendis dans la salle de classe qui, je n'en doutais pas, dans cette aube qui se levait sous la brume d'automne, allait très rapidement devenir mon royaume.

3

LES instructions de l'académie, en cette année 1954, prévoyaient trente heures de classe par semaine, pas de cours le jeudi, mais le samedi toute la journée. À l'intérieur de ce cadre, il fallait introduire quinze heures de français dont beaucoup de lecture et de dictées, un peu moins de dix heures de mathématiques basées surtout sur le calcul mental, la règle de trois, les fractions, et la résolution de problèmes à caractère utilitaire ; les leçons de choses, elles, devaient s'appuyer surtout sur l'observation, l'histoire sur les grandes dates, la géographie sur les fleuves, les rivières et les montagnes ; enfin c'était par l'instruction civique et la morale que devaient commencer les journées.

Je cherchai dans le livre la maxime que j'allais écrire au tableau pour ce premier matin et je m'arrêtai sur celle qui célébrait la propreté, car je comptais dès ce premier jour effectuer une revue de mains et d'oreilles. Puis je m'approchai du tableau et j'écrivis d'une main qui tremblait un peu la date du jour : lundi 4 octobre 1954. Après quoi, je revins vers le bureau, j'examinai l'emploi du temps établi la veille, et c'est alors que je compris l'immense difficulté à laquelle j'allais me heurter : faire coïncider l'activité des tout-petits avec celle du cours préparatoire dont les enfants devaient apprendre à lire et à écrire ; celle du cours élémentaire et du cours moyen qui ne nécessitaient pas moins ma présence, enfin celle des « certificats » sur lesquels reposait mon salut. Comment communiquer en même temps avec des enfants aux préoccupations si différentes ? Il me sembla qu'il n'y avait qu'une solution : m'occuper d'abord des plus grands, en venir aux petits lorsque les premiers seraient mobilisés par une leçon ou un devoir. Mais comment faire lire le cours moyen ? Il fallait que toutes les autres sections fussent occupées en même temps, y compris les petits à dessiner leurs bâtons. Avant même qu'elle ait commencé, je découvrais les difficultés inhérentes à la classe unique et me demandais si j'allais être capable d'y faire face. Je renonçai alors à établir un emploi du temps trop strict et, au lieu de l'afficher au mur, j'en plaçai le cadre dans le tiroir de mon bureau, persuadée que je ne m'y référerais que pour mémoire. Il s'agissait avant tout d'agir avec souplesse, de s'adapter aux enfants, qu'ils eussent cinq ou quatorze ans.

À huit heures moins le quart, je remontai dans le logement pour refaire un peu de toilette, puis je redescendis dans la salle de classe où je m'approchai d'une vitre afin d'apercevoir le portail avec la même angoisse que la veille : y aurait-il un seul enfant pour le franchir ? Mais je ne pus rester là bien longtemps et je sortis pour attendre devant la grille qui était

contiguë à l'école et permettait l'accès à la cour
située sur l'arrière. Il était trop tôt, encore, l'école
ne commençant qu'à huit heures et demie, et je me
sentais un peu ridicule, mais en même temps il me
semblait que ma présence pouvait rassurer ceux qui
hésiteraient à s'approcher. Un quart d'heure passa,
qui me vit faire un tour dans la cour, comme pour
conjurer le mauvais sort, puis je revins vers le portail
et aperçut enfin trois enfants : ceux de Jean L.,
Roseline conduisant ses deux frères, Rémi et Charles,
que j'accueillis le plus aimablement possible. Ils
furent suivis par un grand garçon de treize ans, qui
me dit se prénommer Baptiste et venir du hameau
de Granseigne. Il avait marqué un temps d'arrêt en
m'apercevant, ce qui m'incita à me replier dans la
salle de classe d'où je pouvais aussi surveiller la cour.
Quelques enfants arrivèrent encore, seuls ou deux
par deux, et, à huit heures vingt-cinq, celle que
j'attendais avec appréhension : Viviane, la nièce du
maire, conduite par sa mère qui lui lâcha la main
devant l'entrée sans venir me saluer. Je les comptai
rapidement du regard, ces enfants avec qui j'allais
passer une année, et que j'aimais déjà plus qu'ils ne
pouvaient l'imaginer : ils étaient treize, et je ne voyais
pas François.

Un peu avant huit heures et demie, je sortis et
frappai dans mes mains pour les appeler. Ils s'appro-
chèrent lentement, avec une appréhension certaine,
à part Viviane, qui s'arrêta tout près de moi, levant
un regard bleu faïence qui ne cilla pas. Je renonçai
à passer en revue les mains et les oreilles, jugeant
préférable de repousser cet examen au lendemain,

après la leçon du jour. Ils se mirent d'eux-mêmes en rang sur une colonne, les plus petits devant, les plus grands derrière, ainsi, probablement, que le leur avait appris celle qui m'avait précédée. Quand j'ouvris la porte, les plus âgés allèrent s'installer dans la rangée la plus éloignée du bureau, comme à leur habitude. Je ne jugeai pas utile de la remettre en cause, et j'aidai les petits à s'installer face à moi, les moyens dans le rang du milieu.

– Asseyez-vous ! dis-je en essayant de maîtriser l'émotion qui me saisit face à ces regards confiants ou inquiets.

Je poursuivis, aussi fermement que je le pus :

– Je m'appelle Mlle Perrugi – Ornella Perrugi. Comme vous le constatez, je suis votre nouvelle institutrice et je suis très contente d'être parmi vous. Je suis sûre que nous allons très bien nous entendre et que nous ferons ensemble du bon travail. Mais le plus important ce matin, c'est de faire connaissance.

Je pris le registre matricule que m'avait confié le maire la veille et je me mis à remplir le cahier d'appel, en commençant par les plus petits. Trois d'entre eux me répondirent quand je leur demandai leur nom et leur prénom, mais deux ne le purent pas. L'un, surtout, un petit blond, parut ne pas comprendre ce que je lui disais. Il fallut que je trouve moi-même son identité dans la liste, et je le fis aussitôt se placer juste devant moi, ce qui sembla le terroriser complètement. Il s'appelait Michel et je me demandai, sur l'instant, s'il était normal. L'autre, prénommé Roger, faisait partie des moyens, ne savait regarder qu'à gauche ou à droite en riant. Je compris

48

qu'il était d'une grande timidité et que le rire était pour lui le seul moyen de la vaincre, mais au prix de quelques gesticulations que j'allais devoir réprimer.

L'appel fut plus rapide chez les grands qui montrèrent une assurance conforme à leur âge et à leur statut. À la fin, je constatai qu'ils étaient cinq en classe enfantine et préparatoire, quatre en cours élémentaire et moyen, trois dans la classe du certificat. En somme, par rapport à la liste des inscriptions, il en manquait la moitié. Ma démarche de la veille n'avait pas servi à grand-chose, mais je tâchai de l'oublier et me mis à distribuer les livres et les cahiers, non sans inspecter rapidement les cartables ou les musettes afin de deviner la richesse des familles en fonction de l'état des plumiers, la qualité des porte-plumes, des ardoises, des gommes ou des règles. Certains n'en possédaient pas. Je leur en donnai le plus naturellement possible pour ne pas attirer sur eux l'attention des autres. Je distribuai aux plus petits l'ardoise qui leur permettrait d'apprendre à lire et à écrire : une ardoise sans cadre de bois, en carton, sur laquelle ils traceraient leurs bâtons une fois que je leur aurais expliqué comment procéder.

Ensuite, je versai l'encre violette dans les encriers des plus grands, essuyant avec un chiffon le pourtour que mon manque d'expérience avait taché malgré le bec verseur. Puis je revins au bureau et commençai à parler de la propreté : une leçon qui était destinée à tous, comme elle le serait chaque matin. Je précisai que, dès le lendemain, je procéderais à une inspection des mains et du visage, et que ceux qui ne seraient pas propres devraient sortir de la classe pour se laver à la bassine que j'installerais dans le couloir.

En levant les yeux vers l'horloge murale, je m'aperçus qu'il était déjà dix heures et quart alors que je pensais qu'une demi-heure seulement avait passé. Je donnai le signal de la récréation, et ils sortirent tous, en silence, sans se précipiter, comme le leur avait appris celle qui m'avait précédée. Je compris que les plus petits tournaient souvent la tête vers les plus grands pour les imiter. Il me suffisait donc de donner des instructions précises à la classe du certificat pour que tous les autres suivent.

Le petit blond, celui qui se prénommait Michel, n'avait pas bougé, et je ne m'en aperçus qu'en revenant vers mon bureau d'où je pouvais surveiller la cour. Il me regardait, les yeux grands ouverts, avec une innocence un peu béate, et quand je lui demandai pourquoi il n'était pas sorti, il ne me répondit pas. Je descendis de l'estrade, lui pris la main, le conduisis vers la porte, mais j'eus un remords au moment de la lâcher. Ses vêtements n'étaient pas très propres, il sentait le fumier des étables, mais il ne semblait pas sot : il y avait de la vivacité dans son regard clair. Je le fis se rasseoir sur le banc du fond, m'accroupis devant lui et demandai :

– Pourquoi ne veux-tu pas sortir ? Tu as peur ?

Il ne répondit pas davantage, mais quelque chose en lui s'anima.

Je répétai plus lentement, détachant bien les syllabes, et j'entendis enfin le son de sa voix :

– Non.

Cet enfant était sourd ou entendait très mal. Il fallait que je parle à ses parents. Comment avaient-ils pu ne pas s'en rendre compte, ou, s'ils l'avaient compris, pourquoi ne m'en avaient-ils pas prévenue ? Je résolus de le suivre dès le soir même chez lui, puis je lui repris la main et le conduisis dans la cour où je constatai que Viviane, la plus grande, était seule sous le préau, alors que les filles jouaient entre elles, et que Baptiste régnait déjà sur les garçons. Je le vis s'approcher de moi, me demander :

– Madame, comment on fera, à midi, pour les gamelles ? On n'a pas allumé le poêle.

Comme il ne faisait pas vraiment froid, encore, j'avais oublié que le poêle servait à réchauffer les gamelles de ceux qui ne rentraient pas chez eux à midi.

– J'ai l'habitude, dit Baptiste. C'est moi qui m'en occupais l'an passé.

– Eh bien, vas-y ! dis-je, le bois est derrière, là-bas.

Je vis alors Roseline se précipiter pour l'aider à rapporter des bûches, tandis que Viviane, elle, ne bougeait pas. Je devinais à quel point était grande la rivalité entre les deux filles, et probablement pas seulement pour des raisons de suprématie dans un éventuel succès au certificat d'études. J'allais avoir du mal à maintenir l'équilibre entre l'une et l'autre. Je m'aperçus également que le petit Roger s'était rapproché de Michel, et qu'il tentait de lui parler avec des gestes et des rires, comme s'il avait deviné, lui aussi, qu'il ne pouvait pas communiquer normalement. Je rentrai pour surveiller l'allumage du poêle qui, en fait, ronflait déjà sous le regard satisfait de Baptiste et de Roseline, laquelle, en

51

m'apercevant, sortit rapidement, comme si elle se
sentait coupable.

À dix heures trente-cinq je rappelai tout le monde
en frappant dans mes mains, donnai à dessiner une
feuille de châtaignier aux petits et aux moyens, de
manière à pouvoir faire faire une dictée aux trois
du certificat. Puis, pendant qu'ils répondaient par
écrit aux questions de compréhension, je fis lire les
moyens, tandis que les petits continuaient à dessiner.
Finalement, ce n'était peut-être pas si difficile de
faire cohabiter toutes les sections : c'était plus une
question d'expérience que d'organisation.

À midi, six élèves restèrent dans la salle de classe
pour prendre le repas apporté dans leur gamelle et,
parmi eux, heureusement, Baptiste. Je pus m'absen-
ter quelques minutes pour manger rapidement,
après lui avoir confié la surveillance et la responsabilité de ceux qui se trouvaient là, d'autant que ce garçon manifestait autant de maturité que d'esprit
d'initiative. J'avais redouté que Michel, lui aussi, ne
rentre pas chez lui à midi ; mais non, une femme
était venue l'attendre : très forte, aux cheveux longs
et bruns, mal habillée, qui marchait difficilement à
cause de son embonpoint, et à qui j'avais eu le temps
de glisser quelques mots, lui indiquant que je voulais
lui parler à la sortie de cinq heures. Elle m'avait
regardée comme si, elle aussi, ne me comprenait pas,
puis, tandis que je répétais, elle avait acquiescé briè-
vement de la tête, mais avec une lueur apeurée dans
les yeux.

Malgré la présence de Baptiste, je revins rapidement dans la salle de classe, craignant que les enfants

ne se brûlent ou ne se disputent, mais non : après avoir fait chauffer leur maigre repas, Baptiste les avait fait asseoir à leur place où ils mangeaient lentement, en riant aux histoires qu'il leur racontait. Je me promis de me renseigner à son sujet ou d'aller voir ses parents qui, je n'en doutais pas, devaient avoir un certain degré d'instruction. Vers une heure, les enfants sortirent dans la cour et je ne me résignai pas à les laisser seuls : j'avais l'impression que ces enfants-là étaient livrés à eux-mêmes, que le trajet trop long effectué matin et soir devait les handicaper, qu'ils avaient besoin d'être protégés. Je ne savais pas, au contraire, que le chemin leur permettait au moins d'apprendre leurs leçons, alors que ceux qui rentraient plus vite étaient réquisionnés pour les travaux de la ferme familiale. J'allais découvrir tout cela, renoncer à beaucoup d'idées préconçues, au cours du mois d'octobre.

À deux heures, tous ceux du matin étaient là, plus un : un garçon du cours moyen qui me portait un mot d'excuse. Selon sa mère – c'était plutôt une écriture de femme –, Gabriel avait dû aider son père auprès d'une vache qui vêlait. Je ne crus pas nécessaire de formuler la moindre remarque ce premier jour : j'avais le temps. Je fis rentrer tout le monde, donnai deux problèmes à résoudre à ceux du certificat et à ceux du cours moyen et, pendant ce temps, je traçai au tableau un bâton légèrement incliné vers l'arrière, « comme si le vent avait soufflé sur lui », dis-je. J'expliquai aux petits qu'ils devaient dessiner le même sur leur ardoise, et je montrai à Michel comment procéder. S'il n'entendait pas bien, il y voyait correctement. C'était déjà ça. Il s'acquitta parfaitement de sa mission, avec même, peut-être, un peu plus de rapidité et d'adresse que les autres.

Le début de l'après-midi passa ainsi, et aussi vite que la matinée, me sembla-t-il, jusqu'à ce que je fasse venir au tableau Roseline pour la résolution des problèmes. Elle s'en tira normalement pour le premier, mais buta sur le second, à la grande satisfaction de Viviane, qui donna les réponses de vive voix, sous le regard courroucé de sa rivale. Je me promis d'établir un tour de rôle au tableau, y compris avec Baptiste qui paraissait s'amuser de cette rivalité, afin de ne pas être accusée de favoriser l'une plutôt que l'autre dans une guerre qui s'annonçait impitoyable.

Après la récréation, j'écrivis le texte d'une récitation au tableau et je le fis copier aussi bien aux grands qu'aux moyens, en précisant que ces derniers auraient à apprendre une seule strophe et les grands les trois premières pour le lendemain. C'était un texte d'Émile Verhaeren, un poète que j'aimais beaucoup pour l'avoir moi-même découvert dans ma petite école à dix ans, qui commençait ainsi :

— Ouvrez, les gens, ouvrez la porte,
Je frappe au seuil et à l'auvent,
Ouvrez, les gens, je suis le vent,
Qui s'habille de feuilles mortes...

Je fus stupéfaite, à la sortie de cinq heures, quand Viviane s'approcha de moi et me dit d'un ton que je n'aimai pas du tout : .
– Mme Destruel ne nous faisait pas apprendre

plus de deux strophes par jour. Et je sais qu'il s'agit d'une poésie pour les moyens, pas pour les grands du certificat.

Ses yeux bleus me lançaient un défi qu'il convenait de relever sur-le-champ, ce que je fis, malgré le souci que j'avais de parler à la mère du petit Michel.

– Mme Destruel faisait comme elle le voulait et je ne me permettrais pas de la juger. Avec moi, ce sera peut-être différent, mais je n'ai pas à en discuter avec mes élèves, simplement avec leurs parents s'ils le souhaitent. Tu peux le leur dire dès ce soir.

Et je la plantai là, près de la porte où elle m'avait attendue, pour me précipiter vers la mère du petit Michel qui hésitait au portail, se demandant sans doute si elle devait partir ou m'attendre. Je l'entraînai vers le préau tandis que son fils demeurait près du portail, le regard tourné vers nous. Je compris à ses yeux que cette femme avait peur, mais de quoi ? Je lui expliquai rapidement que Michel, à mon avis, n'entendait pas bien, et elle me répondit avec une sorte d'angoisse nerveuse :

– Vous allez le garder, dites ?

– Mais oui, ne vous inquiétez pas. S'il n'entend pas bien, il y voit bien. Je m'arrangerai avec lui. Il apprendra à peu près comme les autres.

Elle parut soulagée, comme si elle avait craint qu'une exclusion de l'école – à laquelle je n'avais pas songé une seconde – jette la honte ou le discrédit sur sa famille.

– Je voulais surtout vous demander de le faire voir à un médecin. S'il y a quelque chose à faire, c'est maintenant, quand il est petit. Après, il sera trop tard

Elle me dévisageait, avec, à présent, la même lueur dans les yeux qu'au début de notre entretien.

– Vous êtes mariée ?

– Oui, dit-elle, mais ce n'est pas le sien.

Je compris qu'elle voulait m'expliquer que Michel n'était pas l'enfant de son mari. Elle avait dû l'avoir avant mariage et s'en sentait coupable.

– Votre mari l'a reconnu ?

– Oui.

– Alors tout va bien. Légalement, c'est son enfant. Qu'est-ce qui vous tourmente ?

Elle ne répondit pas, répéta seulement :

– Il faut que vous le gardiez à l'école.

– Mais oui, je vous ai dit que j'allais le garder. Je vous demande simplement de l'amener chez un médecin, pour voir s'il n'y a pas quelque chose à faire pour lui. Dans son intérêt.

Elle hocha la tête, pas tout à fait persuadée que je lui disais la vérité. Je demandai alors :

– Vous ne vous en étiez pas rendu compte ?

– Il n'est pas bête, me dit-elle.

– Mais non, il n'est pas bête. Je le crois même très intelligent.

Un sourire éclaira enfin le visage ingrat, luisant de sueur, que les cheveux sales semblaient souligner davantage.

– Bon ! c'est d'accord, me dit-elle, vous voulez bien le garder.

J'acquiesçai de la tête et la raccompagnai vers le portail en me promettant de demander à Germaine tout ce que cela signifiait, puis je rentrai dans la salle de classe où je m'assis au bureau, épuisée par cette journée dont j'avais tant attendu, mais qui m'avait fait tout de suite apparaître les difficultés auxquelles j'allais me heurter. Et encore, me dis-je mentalement, ils ne sont pas tous là.

Je restai dix minutes assise à réfléchir à ce qui s'était passé, puis je me levais pour effacer le tableau, quand j'entendis du bruit derrière moi et me retournai : c'était Germaine, un panier de victuailles au bras.

– J'ai pensé que vous n'auriez pas le temps de venir, me dit-elle.

Je la remerciai et la fis monter dans le logement où elle déposa du café, du beurre, du pain, des œufs – tout ce que je lui avais commandé. Puis je l'interrogeai sur la mère du petit Michel, qu'elle connaissait, bien sûr, car dans les campagnes tout le monde se connaît – et elle m'apprit que cette femme s'était mariée très tard après avoir eu un enfant d'un voyageur de commerce. Son mari, qui était un bon à rien, menaçait sans cesse de la quitter, et c'était là son drame. Elle craignait que les problèmes de son fils ne poussent son homme à déserter le foyer définitivement – car il était déjà parti plusieurs fois.

– Michel n'est pas anormal, dis-je, il est seulement sourd. Il faut le faire soigner.

– Elle n'acceptera jamais. Ce gosse est pour elle un fardeau : la preuve vivante d'une faute qu'elle a commise et qui a jeté l'opprobre sur sa famille. D'ailleurs, sa mère en est morte de chagrin.

– Allons ! dis-je, les filles-mères ne manquent pas dans les campagnes.

– Peut-être, mais on tâche de les marier toutes

avant la naissance de leur enfant, quitte à y sacrifier quelques parcelles de terre. La mère de ce gosse n'a pas pu : elle est trop vilaine, personne n'en voulait. Qu'est-ce que vous allez en faire, de ce petit ?

— Le garder, bien sûr, et essayer de le faire soigner moi-même.

Germaine eut une moue dubitative et conclut :

— Vous n'y arriverez jamais.

— En tout cas j'essaierai, dis-je.

Puis je l'interrogeai sur François qui n'était pas venu.

— Il viendra rarement, me dit Germaine. Son père est fou, il boit et il le frappe.

— Et personne n'est jamais intervenu ?

— Personne n'a osé. Ce type est capable de tout.

— C'est incroyable ! Tout le monde sait que cet enfant est un enfant martyr et personne n'a volé à son secours ?

Germaine me dévisagea avec une sorte de commisération dans le regard.

— N'essayez pas de vous mêler des affaires des gens, dit-elle. C'est le meilleur moyen d'avoir des ennuis.

— Si je constate des traces de coups sur ce garçon, j'interviendrai. C'est mon devoir.

— Vous verrez bien. Ça vous regarde.

Quand elle me quitta, quelques minutes plus tard, j'eus l'impression qu'elle était déçue que je ne prenne pas en compte ses conseils. Je regrettai alors de lui avoir parlé si fermement, car je ne voulais pas me priver de la seule alliée que j'avais pour le moment dans le village. Et ce fut avec cette sensation de solitude que je passai la soirée en me remémorant les événements de la journée et en soupesant tous les dangers qui me guettaient. Heureusement, la préparation des leçons du lendemain me réconcilia, d'une certaine manière, avec moi-même. La vérité de ma vie se trouvait là : dans la classe, avec mes élèves, pour leur apprendre tout ce qui leur serait utile plus tard et, surtout, leur donner la force de ne renoncer à aucun de leurs rêves.

4

L A plus grande partie du mois d'octobre passa
sans que j'intervienne une nouvelle fois auprès
des parents au sujet de l'absence de certains
enfants. Je n'avais pas souhaité engager ce combat
qui risquait, au contraire, de vider ma classe si des
parents mécontents décidaient de confier leurs
enfants à l'école privée. Je m'étais également persuadée qu'il ne dépendait que de moi de rattraper
le temps perdu. Le maire me surveillait de loin,
mais ne s'approchait guère. Germaine m'avait
appris que, si sa nièce fréquentait l'école laïque, et
non pas l'institution religieuse, c'était uniquement
pour lui rendre compte de ce qui se passait dans la
classe. Je dus aller à sa rencontre quand le représentant me recommanda une nouvelle édition des
Dumas, ces livres uniques de français qui couvraient
toute la scolarité, depuis le cours préparatoire jusqu'au cours supérieur, afin de remplacer ceux qui
étaient en si piteux état.

Il consentit à en acheter, tout en me précisant que
ce seraient les seuls, son budget ne lui permettant

plus de dépenses. J'insistai en vain pour le livre d'histoire de Bernard et Redon destiné au cours élémentaire – qui venait de sortir – et j'en vins à lui parler de la nécessité de faire soigner le petit Michel, ce qui déclencha chez lui la même réaction que chez Germaine.

– Ne vous mêlez pas de ça ! me dit-il. Vous n'en avez pas le droit.

– J'ai le droit et le devoir d'intervenir si je constate que des parents maltraitent leur enfant. Et vous savez de qui je parle.

Il m'observa un court instant, son visage se ferma et il répondit :

– Je sais où vous voulez en venir. Si vous vous occupez de cette affaire, vous ferez la plus grande bêtise de votre vie.

– Pourquoi donc ?

– Vous ne connaissez pas le père de l'enfant que vous prenez pour une victime sans même l'avoir vu.

– Il ne l'est pas ?

– Je ne me suis jamais permis de juger ce qui se passe à l'intérieur des foyers, et vous feriez bien de faire comme moi.

– Sinon ?

– Vous verrez vous-même.

– Il vous fait si peur, cet homme-là ?

– Je n'ai peur de personne. Je ne suis pas un employé de l'Éducation nationale.

Nous nous étions tout dit. Il s'en alla et je restai à mon bureau, me demandant ce que cachait tout cela. Après son départ, ce jeudi après-midi, je passai une heure à corriger les cahiers des grands avec l'encre rouge qui était alors le privilège des maîtres et des maîtresses d'école. Après quinze jours de beau temps, une pluie froide balayait maintenant les champs et les bois, m'obligeant à allumer ma cheminée qui ne tirait pas très bien et chauffait mal mon logement. Je redoutais l'hiver qui approchait, me demandant si je n'allais pas rester prisonnière de ces collines à l'occasion de Noël, alors que j'attendais déjà avec impatience la Toussaint pour aller rendre visite à mes parents qui me semblaient terriblement lointains. Cinquante kilomètres seulement, mais il fallait près de trois heures pour les parcourir, d'abord avec le car d'Aurillac, ensuite, à Saint-Céré, celui de Gramat, qui me rapprocherait de Saint-Vincent.

Et, cependant, j'étais si heureuse dans ma classe ! Les petits du cours préparatoire connaissaient maintenant toutes les voyelles et ils parvenaient tant bien que mal à les dessiner sur leur ardoise. Je m'adressais au petit Michel uniquement par écrit et il progressait au même rythme que les autres. Les moyens ne me posaient pas de problèmes, sinon Roger que je devais surveiller comme le lait sur le feu, car il provoquait une agitation à la moindre de ses facéties. Mais je n'avais pas le cœur à le punir quand ses grands yeux clairs se levaient sur moi, avec une innocence et une naïveté qui le rendaient fragile, incapable de se défendre contre qui que ce soit, et surtout pas contre lui-même. Je l'avais puni une fois, le faisant mettre debout face au tableau, et il n'avait pu se retenir, pataugeant dans la flaque qui s'était formée sous ses pieds, provoquant un éclat de rire de la classe entière. Quand je l'avais retenu, après cinq heures, pour lui montrer à quel point il perturbait ses voisins, il avait acquiescé de la tête à chacun de mes reproches, promettant de s'amender, mais avec un sourire si désarmant que j'avais renoncé. Depuis, il faisait manifestement des efforts, mais le rire et les gesticulations lui tenaient lieu de bouclier contre cette timidité qui le submergeait.

Entre les trois certificats, la rivalité s'exacerbait au fil des jours. Nous avions à plusieurs reprises frôlé l'incident entre Viviane et Roseline qui ne pouvaient pas se supporter. Seul Baptiste maintenait un fragile équilibre entre les deux filles, et j'avais noué avec lui des liens de confiance. Un soir, après la sortie, il m'avait avoué son rêve : devenir pilote, voyager dans le monde entier, et je lui avais assuré, le plus sincèrement du monde, qu'il le deviendrait.

– Mon père ne voudra jamais, m'avait-il répondu.

– Pourquoi donc ?

– Je suis fils unique et nous avons quatre-vingts hectares.

– Ça t'intéresse, de devenir paysan ?

– Non.

– Tu sais qu'avec le certificat d'études, tu peux rentrer en cinquième, et même en quatrième si tu obtiens le prix cantonal.

– Oui, je sais, mais il ne voudra jamais.

– Et ta mère, qu'en pense-t-elle ?

– Elle veut que je reste à la ferme.

Évidemment ! Que pouvais-je faire ? J'avais l'impression d'être impuissante en ce qui concernait le destin des enfants. Il n'y avait qu'à l'intérieur de ma classe que je pouvais agir vraiment. Je me promis pourtant d'intervenir auprès des parents de Baptiste dès que j'en trouverais l'occasion.

Ce fut un peu avant la fin du mois que le petit Michel tomba malade et, comme il n'habitait pas très loin, je lui rendis visite, un soir, avant la nuit. J'eus alors la chance de rencontrer le médecin qui sortait, rassuré sur l'état de l'enfant qui ne souffrait que d'une mauvaise grippe, alors que j'allais entrer. J'entraînai le docteur Salabert un peu à l'écart pour l'entretenir de la surdité du petit, et il me répondit qu'il connaissait son état, précisa qu'il s'était renseigné auprès d'un spécialiste, mais qu'une opération n'avait qu'une très faible chance de succès.

– Et il y a des risques, ajouta-t-il, comme je lui demandais des explications.

C'était un gros homme débonnaire et rassurant, d'une cinquantaine d'années, qui connaissait parfaitement les familles.

– Personne ne pourra les convaincre de faire opérer leur fils, ajouta-t-il. J'ai déjà essayé.

– Alors cet enfant est condamné à devenir complètement sourd ?

– Je le crains. Mais vous pouvez intervenir à votre tour. Peut-être serez-vous plus convaincante que moi.

Je réfléchis un instant, demandai :

– Une telle opération peut-elle être effectuée à Saint-Céré ?

– Non. Uniquement à Toulouse. Vous constatez l'ampleur de la tâche ?

– Je la constate et je la déplore, vous ne savez pas à quel point.

– Détrompez-vous, mademoiselle, je le sais.

Il y avait dans son regard un éclat chaleureux qui me fit du bien. Il me serra la main et monta dans sa voiture tandis que je m'éloignais, découragée devant ces obstacles qui me paraissaient chaque jour de plus en plus insurmontables.

Peu avant la Toussaint, un jeudi matin, alors que je me rendais chez Germaine pour y chercher mes provisions, je tombai face à face avec le curé, une homme dans la quarantaine, en soutane, chauve, et avec un peu d'embonpoint. J'eus l'impression qu'il m'avait guettée. Je n'avais pas eu besoin de nouer des contacts avec lui, car il enseignait le catéchisme le jeudi après-midi et le dimanche matin avant la messe de onze heures. Contrairement à ce que je craignais, il se montra plutôt aimable, m'expliquant qu'à l'occasion du 11 Novembre il ne se rendrait pas devant le monument aux morts, et qu'il comprendrait très bien que je n'entre pas dans l'église pour la célébration de la messe.

– Nous procédions ainsi avec Mme Destruel et tout se passait bien, ajouta-t-il, levant sur moi des yeux couleur de châtaigne.

– Alors nous agirons de la même manière, dis-je. Il n'est pas dans mon intention de créer entre vous et moi le moindre problème. Quant à l'église, je l'ai fréquentée jusqu'à l'âge de seize ans, et je la fréquente encore aujourd'hui deux ou trois fois l'an, auprès de ma mère, dans le village où je suis née, à Noël et à Pâques. Je n'y entrerai pas ici, car je considère que ma fonction me l'interdit. Je veillerai scrupuleusement à ne pas empiéter sur votre domaine, et je suis maintenant persuadée que vous ferez de même.

Il parut rassuré, prit congé de moi avec une légère inclinaison du buste, et je le quittai satisfaite de n'avoir pas à lutter sur un nouveau front dans un combat qui s'annoncerait rude après la Toussaint.

Je partis pour Saint-Vincent la veille du 1er novembre, pour trois jours. Le voyage me parut moins long que lors de mon arrivée, tout simplement parce que la route descendait au lieu de monter et que le vieux car qui assurait la liaison Saint-Céré - Aurillac roulait plus vite. La vallée était encore verte, le vent, ici, n'ayant pas arraché toutes les feuilles des arbres, et j'eus vraiment la conviction que ma vraie demeure se trouvait là, dans ces plaines aux terres alluviales riches et fécondes, bien plus que sur les contreforts du Massif central où la rudesse du climat et l'acidité des sols rendaient la vie plus difficile, ingrate, souvent, à ceux qui les peuplaient. Comme à chacun de mes retours, je me répétais ces vers de Lucie Delarue-Mardrus que je comptais faire apprendre à mes élèves comme je les avais appris à leur âge :

Ah ! Je ne guérirai jamais de mon pays !
N'est-il pas la douceur des feuillages cueillis
Dans leur fraîcheur, la paix et toute l'innocence !

Et qui donc a jamais guéri de son enfance ?...

Le grand pont sur la rivière réveilla en moi des frissons délicieux, comme au temps où ma mère m'emmenait sur ses rives, pour que je puisse me baigner les soirs d'été, mais j'eus tout à coup la sensation que ces années-là étaient bien loin, en tout cas beaucoup plus que lors de mes retours de l'École normale.

Il était presque midi quand j'arrivai dans la maison que nous habitions depuis toujours. Ma mère m'attendait, sachant que nous allions être seules à midi, mon père ne rentrant jamais des chantiers à la mi-journée. À l'orée de la cinquantaine, c'était toujours une belle femme brune, comme je l'étais moi-même, mais elle avait les yeux noirs alors que les miens étaient verts. J'avais hérité de ses longues boucles, de ses lèvres charnues, de ses formes épanouies que son goût pour la cuisine – pour elle le moyen le plus sûr de témoigner son amour à ses enfants – avait développées beaucoup plus que chez moi. Elle avait souffert de la présence auprès d'elle d'un mari dur comme les pierres, le plus souvent muet, mais qui, cependant, n'avait jamais levé la main sur nous, ni sur elle, ce qu'elle n'aurait pas supporté. Elle l'avait connu à Saint-Vincent, dans les champs, où elle travaillait elle aussi à la journée, et elle avait épousé six mois plus tard cet homme qui trouvait sans doute en elle une étonnante ressemblance avec les belles Italiennes de sa Romagne. Elle avait rêvé pour moi de liberté, de ce métier auquel j'avais accédé grâce à elle, et qui me valait aujourd'hui un traitement de vingt-cinq mille francs, alors

68

que mon père n'en gagnait pas vingt mille à cinquante ans. Cette réussite était un peu la sienne, et
je me devais de la partager avec elle.

Aussi je lui fis un récit détaillé de ma vie à
Ségalières, en oubliant seulement les difficultés auxquelles je me heurtais. Face à moi, elle m'écouta,
les yeux brillants, les mains sagement posées devant
elle sur la table de la cuisine, accédant à travers moi
à ce qu'elle avait rêvé pour elle tout en le sachant
impossible. Je lui parlai du logement où j'habitais,
des enfants, de Michel, de Baptiste, de Roger, de
Germaine, aussi, qui m'était si précieuse.

Ce fut seulement au milieu de l'après-midi, lorsque
je lui eus révélé l'essentiel de ma nouvelle vie, qu'elle
consentit à me donner des nouvelles de la famille :
mon second frère, André, avait trouvé un travail à la
Poste en banlieue parisienne. Il ne voulait plus travailler comme manœuvre sur les chantiers. Mon
frère aîné, Jean, vivait à Paris depuis cinq ans déjà, où
il conduisait des rames de métro, nous savions toutes
deux, sans le dire, qu'ils s'étaient éloignés de leur
père dont il ne supportaient plus la tutelle. Ainsi, ma
mère se retrouvait seule face à l'homme de sa vie, un
homme que, malgré ses défauts, la tyrannie qu'il
avait exercée sur elle et sur nous, elle n'abandonnerait jamais. Comme elle n'abandonnerait jamais
cette maisonnette des Grands Champs où s'était
jouée sa vie, au cœur d'une vallée dont le vert et la
lumière lui tenaient lieu de refuge, car elle n'avait
rien oublié des difficultés dans lesquelles avaient
vécu sa famille et celle de son époux.

Je fis tout ce qui était en mon pouvoir, cet après-midi-là, pour partager avec elle le meilleur, et je lui promis de l'emmener un jour avec moi, afin de lui montrer l'école où je vivais.

– Je ne pourrai jamais laisser ton père seul, me dit-elle.

– Alors nous l'emmènerons avec nous.

Elle voulut bien en rire, car elle était, malgré ce qu'elle avait vécu et ce qu'elle vivait, de nature gaie et optimiste, cherchant toujours le bon côté des choses au lieu de gémir sur son sort. Ce contraste avec l'humeur sévère de mon père m'avait surprise dès mon plus jeune âge, et je me félicitais d'avoir hérité de beaucoup plus de traits de caractère de ma mère que de mon père.

Il arriva alors que la nuit tombait. Il m'embrassa très vite, comme d'habitude – sans doute s'était-il toujours méfié de lui, de ses mains immenses, de sa force brute – et il s'assit à table, les coudes écartés, épuisé, sans doute, sans qu'il en fasse l'aveu. Je le trouvai changé, vieilli, avec, sur son visage aux traits épais, un air étrange, jamais exprimé jusqu'alors, de renoncement. Il voulut bien s'intéresser au récit que lui fit ma mère de mon installation à l'école, de mes débuts, de mes élèves, mais en évitant soigneusement d'évoquer mon salaire.

– Alors tu es contente ? me demanda-t-il.

– Très contente.

– Tant mieux !

Ce fut tout.

Mon succès, je le compris, ne faisait que rendre caduque et injuste son attitude à mon égard à la suite de mon échec au concours de l'École normale. Est-ce qu'il s'en voulut, ce soir-là ? Je ne crois pas. De son enfance incroyablement dure sur une terre qui n'était pas la sienne, il avait conçu la conviction de s'être, lui, bien conduit vis-à-vis de ses enfants puisqu'il les avait abrités, nourris, élevés jusqu'à ce qu'ils fussent en âge de travailler. Et peut-être cette conviction était-elle légitime, après tout. C'est du moins ce que je m'efforçai de penser, durant les deux jours qui suivirent – deux jours qui me firent retrouver une vie qui n'était plus la mienne, désormais, mais qui continuait de réveiller en moi des échos précieux. Ma mère ne cessa de m'interroger sur le village de Ségalières, sur ses habitants, sur les enfants, et je lui répondis volontiers. La voir heureuse, comblée, me donna le courage de repartir avec la ferme intention de mener à bien ma mission, quelles que fussent les difficultés.

Je repris le chemin du Ségala forte de grandes résolutions, persuadée que j'exagérais les problèmes qui se posaient à moi, que ce métier dont j'avais tant rêvé ne pouvait que satisfaire les espoirs que j'avais placés en lui. Heureusement, il ne pleuvait plus tandis que le car grimpait sur les contreforts du Massif central. Il faisait beau mais froid, et je me hâtai de faire du feu dès que je fus entrée dans le logement où m'attendait une lettre de l'académie qui m'annonçait une réunion pédagogique à Saint-Céré pour le troisième jeudi du mois. Cette convocation me rassura tout à fait : j'allais pouvoir exposer à l'inspecteur les difficultés auxquelles, je n'en doutais pas, j'allais me heurter dans une classe qui, très

71

probablement, allait doubler ses effectifs, les parents n'ayant plus aucune raison de retenir leurs enfants à la maison. Mais j'étais loin d'imaginer dans quel combat j'allais devoir m'engager, les risques que j'allais devoir prendre, les dangers que j'allais devoir affronter.

5

ILS étaient tous là, enfin, ce matin de novembre, c'est-à-dire vingt-quatre en tout : huit en classe enfantine et cours préparatoire, dix en cours élémentaire et cours moyen, six dans le cours supérieur, dont trois nouveaux : un garçon et deux filles qui me firent craindre, dès le début, un échec pour eux au certificat. Parmi les petits, aucun cas semblable à Michel, mais chez les moyens, François était là : noir de cheveux, maigre, dépenaillé, craintif, semblant redouter à tout instant un châtiment, bégayant légèrement, sorte d'animal apeuré qui ne trouva pas la force de répondre à la moindre de mes questions, quand je le retins, le soir, à cinq heures, pour tenter de le rassurer. Il me parut penser à une seule chose : fuir, partir le plus vite possible pour rentrer chez lui où l'on devait l'attendre. Je n'eus pas le cœur à le faire souffrir et je lui ouvris la porte qu'il franchit d'un bond, avant de se mettre à courir.

Comme à l'occasion de la rentrée d'octobre, j'expliquai aux nouveaux que je vérifierai la propreté des mains et des oreilles chaque matin, et que la classe commencerait par un cours de morale, dont la phrase serait inscrite au tableau. Cette annonce parut jeter un trouble chez les nouveaux dont, par ailleurs, cinq resteraient à midi pour manger, ce qui en rassemblerait environ une douzaine autour du poêle. Dès le premier jour, en fait, je me rendis compte que la moitié n'avaient rien à faire réchauffer. Un œuf dur, une pomme et un morceau de fromage suffisaient à les nourrir jusqu'au soir, du moins les parents le croyaient-ils. Cette différence entre les uns et les autres me parut si injuste que je décidai de faire une soupe de pain que je leur servirais pour les réchauffer, car l'hiver approchait et il ne faisait pas si chaud que cela dans la salle de classe. Ainsi, dès le deuxième jour, je pris mon repas avec eux, veillant à ce que chacun eût assez à manger, mais aussi que les gamelles fussent également remplies. Je veillai de surcroît à ce que leurs bouteillons contiennent plus d'eau que de vin, car les enfants buvaient du vin dès leur plus jeune âge, à cette époque. Combattre avec détermination l'alcoolisme qui provoquait des ravages dans les campagnes faisait partie de notre mission.

Les repas se déroulaient dans une ambiance calme mais chaleureuse, chacun mangeant à la place qu'il occupait en classe, et chacun étant chargé de la nettoyer avant la reprise. Quand nous avions fini, les élèves sortaient dans la cour ou s'attardaient autour du poêle sous la surveillance de Baptiste, toujours aussi serviable et attentionné. J'étais heureuse d'avoir instauré une certaine justice au sujet de la nourriture grâce à la soupe que je distribuais gratuitement, bien sûr, et qui ne me coûtait pas cher car Germaine m'aidait en me donnant quelques légumes et du pain rassis que le bouillon imbibait rapidement. Quelle ne fut pas ma stupeur de m'entendre reprocher mon initiative par le maire, un soir, alors que je corrigeais des cahiers.

– Vous n'en n'avez pas le droit ! me dit-il. Ce n'est pas à vous de nourrir ces enfants !

– Pourquoi me parlez-vous toujours de droit quand il s'agit de faire manger des enfants à leur faim ? Un peu de soupe, ce n'est pas une affaire, tout de même !

– Vous humiliez les parents !

J'en restai muette, incrédule pendant de longues secondes, avant de protester :

– Je pense aux enfants avant tout.

– Ils ont des parents, ces enfants, et vous donnez à croire qu'ils sont incapables de les nourrir.

– Allons donc ! Qui peut penser une chose pareille ?

– Eux. C'est pourquoi ils sont venus se plaindre à moi.

– Je ne vous crois pas.

– Eh bien, vous devriez ! Parce que j'en ai déjà informé l'inspecteur primaire.

J'étais si abasourdie que je ne trouvai pas les mots susceptibles d'exprimer mon indignation.

– Je vous demande de cesser dès demain ! reprit le maire, persuadé d'avoir gagné la partie. Arrêtez de faire la charité ! Ce n'est pas la mission d'une institutrice.

– J'en parlerai à l'inspecteur avant la fin du mois

au cours de la journée pédagogique, dis-je, sous l'effet de la colère qui me submergeait. En attendant, je continuerai.

– Je vous l'interdis ! Je vais étudier la possibilité de créer une cantine municipale. C'est de ma responsabilité, pas de la vôtre. Et elle sera payante, comme il se doit.

– J'aurai au moins fait évoluer les choses. Vous voyez que mon initiative n'aura pas été inutile !

Furieux, il s'en alla, me laissant tremblante de rage et, je dois l'avouer, un peu désemparée. J'étais tellement loin d'imaginer une réaction pareille ! Que des parents fassent passer leur orgueil avant le bien-être de leurs enfants me paraissait impensable. Que se passait-il, soudain, autour de moi ? Était-il possible de renoncer à ce qui m'avait paru la moindre des choses ? Tant d'histoires pour un peu de soupe chaude ! Décidément, on ne nous apprenait pas tout à l'École normale !

Je dus informer les élèves, le lendemain, qu'à la demande du maire je ne pourrais plus leur distribuer de la soupe. Je m'en fis ainsi un ennemi définitif, mais j'avais au moins sauvé la face vis-à-vis des enfants car j'étais totalement incapable de leur laisser croire que je leur retirais d'une main ce que je leur avais donné de l'autre quelques jours auparavant. À Baptiste, qui s'était étonné de cette démarche, j'expliquai clairement ce qui s'était passé. Il murmura seulement :

– Je partirai.

Je tentai de lui expliquer qu'on ne pouvait pas en

vouloir aux parents, qui peut-être se sentaient humi-
liés, mais il répéta fermement:

– Je partirai.

Il avait de l'influence sur l'ensemble des élèves, y
compris sur un garçon de quinze ans, prénommé
Louis, qui n'avait pu avoir le certificat et redoublait.
Et pourtant, Louis était beaucoup plus grand que
Baptiste et il avait tendance à se montrer violent,
souvent, envers les moyens dans la cour de récréation. J'avais remarqué dès le début que Baptiste
veillait sur François et le protégeait. Je lui demandai
un matin s'il le connaissait bien, si par hasard ils
avaient un lien de parenté, et il me répondit simplement:

– Non. Je sais ce qui se passe, c'est tout.

Décidément, ce garçon avait non seulement une
intelligence remarquable, mais il avait du cœur! Je
pense que les grandes filles étaient toutes amou-
reuses de lui, mais il feignait de ne pas s'en rendre
compte. Au contraire, il contemplait d'un œil
amusé la rivalité permanente qui les opposait, et au
sujet de laquelle, pour ma part, j'affichais la plus
stricte neutralité. Ce ne fut évidemment pas suffisant quand il s'avéra qu'à la suite des compositions, Roseline obtint une meilleure moyenne que
Viviane. J'eus droit alors à une visite de la mère de
Viviane – la première mais pas la dernière. Elle
assura ne pas comprendre que sa fille n'eût pas de
meilleures notes avec moi, alors qu'elle les obtenait
avec Mme Destruel. Je lui montrai les cahiers de
composition, les erreurs des uns et des autres, les
notes qui en avaient découlé, mais je ne parvins pas

à la convaincre. Elle m'annonça que si les choses n'avaient pas évolué à Noël, elle retirerait sa fille de l'école pour la mettre à Sousceyrac. Je lui dis que, si cela se produisait, je le regretterais énormément car sa fille avait beaucoup de qualités et que c'était toujours un plaisir pour une institutrice de s'occuper de tels élèves.

– Elle pourrait obtenir le prix cantonal ? me demanda-t-elle.

– Au moins y prétendre, répondis-je. Au même titre que ses camarades.

Elle partit en me disant qu'elle allait réfléchir, mais il me sembla qu'elle était venue en mission et qu'en réalité elle ne m'était pas vraiment hostile. Je renonçai à comprendre pourquoi, me préparai à la journée pédagogique qui approchait quand la première neige tomba, le 16 novembre. Heureusement, elle ne tint pas, mais le lendemain il fit très froid et un vent glacial souffla sur les collines.

Ce fut donc frigorifiée que je montai dans le car le troisième jeudi du mois pour descendre à Saint-Céré où m'attendaient l'inspecteur et une vingtaine de mes collègues. Il ne faisait pas très chaud non plus dans la grande salle de réunion de la mairie où nous avions pris place. L'inspecteur, M. D., nous accueillit individuellement avec beaucoup de chaleur et d'amabilité. Il me prévint qu'il me retiendrait quelques minutes, le soir, quand il en aurait terminé. Je compris que le maire ou le délégué cantonal avait dû intervenir, mais je comptais bien mettre à profit les quelques heures que j'avais à passer dans cette salle pour évoquer les problèmes qui me paraissaient essentiels.

L'inspecteur nous invita tout d'abord à respecter une minute de silence en mémoire de deux de nos collègues, M. et Mme Monnerot, qui avaient été assassinés en Algérie, dans les gorges de Tighanimine, à l'occasion de ce que l'on appela plus tard la Toussaient rouge, c'est-à-dire l'insurrection qui allait déclencher la guerre d'indépendance. J'aurais été bien en peine de deviner, ce jour-là, à quel point ces événements allaient influer sur ma vie. L'inspecteur s'attarda quelques minutes sur les victimes, discourant sur les mérites d'aller enseigner sur une terre où la plupart des enfants n'étaient pas alphabétisés, puis il en vint à l'ordre du jour de cette journée qui nous voyait tous réunis.

Quelles ne furent pas ma surprise et ma déception quand je découvris qu'elle allait surtout porter sur les programmes, la manière de les appréhender, de les enseigner, en résumé une leçon de pédagogie tout à fait théorique, qui ne prenait pas du tout en compte les problèmes pratiques auxquels je me heurtais. Je me crus alors seule dans ce cas et le désarroi m'envahit. Heureusement, à l'occasion du bref repas que pous prîmes dans cette même salle où nous mangeâmes nos provisions, j'eus l'opportunité de me rapprocher de deux collègues et de m'en ouvrir auprès d'elles. L'inspecteur, lui, était allé déjeuner au restaurant voisin, en présence du maire de la ville, de son adjoint chargé des écoles et du délégué cantonal.

Mes deux collègues, dont ce n'était pas le premier poste et qui étaient un peu plus âgées que moi, me confirmèrent qu'il ne fallait pas attendre de ces journées pédagogiques la résolution de problèmes dont l'administration préférait ne pas entendre parler. Il s'agissait bien de pédagogie, non d'assistance ou de conseils particuliers. J'en fus si furieuse que je me levai dès l'entrée de l'inspecteur au début de l'après-midi pour lui demander si nous aurions avant la fin de la journée la possibilité d'évoquer devant lui des problèmes plus concrets, et qui concernaient autant les enfants que les méthodes d'enseignement. Son sourire dû au vin et la bonne chère s'éteignit aussitôt. Il me répondit qu'il se tenait à ma disposition pour en parler après la réunion, car ces problèmes ne concernaient que moi, et non mes collègues.

Puis il enchaîna sur la méthode Rose (qui devait être associée à la méthode syllabique, car, selon lui, elle favorisait la lecture directe) ; il insista sur la préférence que nous devions manifester désormais pour les livres de morceaux choisis et non plus ceux des lectures suivies, enfin sur le fait que les Dumas devaient être remplacés par les Châtel, et qu'il s'agissait pour nous de convaincre les maires d'en acheter. Moi qui venais de faire renouveler les Dumas au maire de Ségalières, je n'étais pas près de le convaincre d'en changer.

À quatre heures de l'après-midi, j'étais accablée par tout ce que j'avais entendu depuis le matin et qui ne m'était d'aucun secours. Quand mes collègues sortirent, après avoir respectueusement salué l'inspecteur, j'attendis, comme il me l'avait demandé. C'était un homme de petite taille, rond, chauve, les yeux noirs, avec qui, jusqu'à ce jour, j'avais entretenu les meilleurs rapports – du moins à l'occasion de la seule fois où il m'avait reçue, pour me parler de mon affectation. Il s'approcha de la table où j'étais assise, et je me levai à son approche, par simple politesse.

– Vous pouvez vous rasseoir, mademoiselle Perrugi, me dit-il aussitôt.

Ce que je fis, en me rendant compte que si j'étais restée debout j'aurais été aussi grande que lui. Il demeura quelques secondes silencieux, comme s'il cherchait ses mots, puis :

– On s'est plaint de vous à deux reprises, mais ne vous inquiétez pas, vous n'êtes pas la seule. C'est fou le nombre de lettres que nous recevons, vous n'imaginez pas.

– Détrompez-vous, monsieur, je l'imagine très bien.

Il parut contrarié d'être interrompu, poursuivit néanmoins :

– Je n'ai pris en compte que le fait que vous distribuez gratuitement de la soupe à vos élèves à midi.

– Il fait froid, là-haut et certains ne peuvent pas manger chaud.

– Certes ! Mais ce n'est pas à vous de prendre en charge ce genre de situation.

– Je suis persuadée du contraire, mais j'ai cessé de m'en occuper dès que le maire me l'a demandé.

– Vous avez bien fait ! Voyez-vous, une maîtresse d'école doit observer une certaine réserve et ne pas donner l'impression qu'elle se substitue aux parents dans la vie quotidienne.

– Un peu de soupe chaude, ce n'était pas grand-chose.

– J'entends bien, mais il n'est pas dans votre rôle d'humilier les gens. Si vous voulez entretenir de bonnes relations avec eux, il faut les traiter avec respect.

– C'est ce que je m'efforce de faire.

– Pas toujours, mademoiselle Perrugi, mais je sais que ce n'est pas mauvaise volonté de votre part. Disons qu'il s'agit plutôt d'inexpérience, ce qui est tout à fait compréhensible. C'est d'ailleurs le problème des premiers postes en classe unique. Lorsqu'on se trouve en poste double, on peut au moins s'appuyer sur un collègue.

Je crus qu'il allait me proposer une mutation après moins de deux mois d'affectation.

– Mais c'est aussi de cette manière que l'on apprend un métier à tous égards bien difficile, n'est-ce pas ? reprit-il.

– Je le pense aussi.

– Je vous recommande donc la prudence, le respect et la réserve.

Je ne pus me résoudre à repartir ainsi tancée et, surtout, sans avoir obtenu le moindre conseil sur la conduite à tenir dans les deux cas bien précis que représentaient Michel et François.

– J'ai un enfant presque sourd, dis-je très vite, et si ses parents ne le font pas soigner, il le deviendra totalement.

– Comment procédez-vous avec lui ? demanda l'inspecteur, après avoir réfréné un mouvement de contrariété.

– Visuellement. Enfin, je veux dire : je lui parle peu – bien qu'il ait appris à lire sur mes lèvres – et j'écris directement sur son ardoise les lettres et les syllabes qu'il a appris à reproduire.

– Eh bien ! C'est parfait ! Continuez !

– Je vais continuer, monsieur, mais si on ne l'opère pas, sa surdité deviendra rédhibitoire.

– Qu'en disent ses parents ?

– Ils ont une seule crainte, c'est que je ne le garde pas à l'école.

– Tant que cet enfant apprendra quelque chose et de quelque manière que ce soit, vous devez le garder.

– C'est ce que je fais, monsieur, mais, si je puis me permettre, la question n'est pas là. Il faut le faire soigner.

– Vous en avez informé ses parents ?

– Oui.

– Vous avez fait tout ce qui était de votre devoir : cet enfant leur appartient. Il n'est pas à vous. Vous me comprenez bien ?

– Parfaitement.

Il regarda sa montre, tresssaillit, comme s'il était en retard, mais je n'étais pas décidée à le lâcher si vite.

– Autre chose, monsieur, s'il vous plaît.

– Rapidement, mademoiselle, car on m'attend.

– J'ai aussi un enfant battu par son père.

– Vous avez des preuves de ce que vous avancez ?

– Non. Pas vraiment. Enfin je veux dire : pas pour le moment. Mais tout le monde le sait.

– Le maire aussi ?

– Oui.

– Et que dit-il ?

– Il ne veut pas intervenir à l'intérieur des familles.

– C'est pourtant de sa responsabilité, pas de la vôtre.

– C'est aussi notre responsabilité, non ?

– Je n'ai pas obtenu l'assistante sociale que j'ai demandée. Pour des raisons budgétaires, évidemment. Mais je vais écrire au maire dès demain, je vous le promets. Donnez-moi le nom de cet enfant.

Je le lui donnai, et il le nota sur un carnet à spirale de couleur rouge. Puis il parut vraiment décidé à partir.

– Dès demain, répéta-t-il, vous pouvez compter sur moi.

– Et si le maire n'agit pas ?

– Je réglerai ça avec lui.

Je me levai et, comme il me faisait signe de passer devant lui, je le précédai jusqu'à la porte, me retournai pour le saluer. Il me prit alors le bras en disant :

– Une dernière chose mademoiselle Perrugi. Ce n'est pas bon pour une institutrice de ne pas être mariée. Cela favorise les ragots.

– Je vous donne ma parole que je n'ai jamais donné prise à la moindre rumeur. Personne n'entre dans mon logement, à part une amie qui a plus de soixante ans.

– Je sais cela aussi, répondit-il. De ce point de vue-là vous êtes irréprochable. Il n'y a pas de rumeur vous concernant à ce sujet. Je regrette simplement de n'avoir pas assez de ces postes doubles qui favorisent les rencontres.

Il me lâcha le bras, ajouta :

– Pensez-y, tout de même. Une belle jeune femme comme vous l'êtes doit songer à se marier.

J'étais tellement furieuse que je ne pus répliquer quoi que ce soit. Je lui tournai le dos sans le remercier de m'avoir écoutée et je courus jusqu'à la place centrale d'où partait le car à cinq heures trente précises. Je me réfugiai au fond, tout en me demandant si la neige qui commençait à tomber n'allait pas nous empêcher de partir. J'étais seule à l'intérieur avec une femme assise juste derrière le chauffeur, quand le car démarra, d'abord très lentement, comme s'il hésitait à se lancer à l'assaut des collines, d'autant que la nuit s'étendait maintenant en grandes ombres hostiles de part et d'autre de la route. J'avais froid, je ressassais tout ce que j'avais entendu au cours de la journée, et je n'avais plus qu'un désir : aller me réfugier dans mon logement en espérant que Germaine, comme elle me l'avait promis, aurait rallumé le feu dans la cheminée.

Mon visage contre la vitre, je regardais tourbillonner les flocons de plus en plus épais et je me sentais seule, très seule, et pour tout dire découragée. Il nous fallut plus d'une heure pour atteindre Laquière, et je dus partir à pied vers le village, le long de la petite route que la neige recouvrait peu à peu, me demandant si j'allais pouvoir arriver à destination. Heureusement une voiture qui se rendait à Sousceyrac me prit et m'emmena en moins d'un quart d'heure à Ségalières, alors que je me jurai de ne plus jamais m'aventurer de nuit sur la route enneigée. Comme elle me l'avait promis,

Germaine était venue allumer le feu et je me sentis tout de suite mieux à l'abri des murs épais, tandis que je tentais de faire le point sur cette journée à tous égards si décevante. Mais j'étais si fatiguée que je me couchai de bonne heure et m'endormis aussitôt.

6

L E froid me réveilla à six heures du matin. J'eus vite fait de raviver les braises et de déjeuner avant de faire ma toilette. Dehors, il ne neigeait plus, et il me sembla que le ciel s'était éclairci. Je descendis allumer le poêle dans la salle de classe et préparai les leçons du jour, non sans me remémorer la journée de la veille. Je crois que j'aurais mieux accepté les propos de l'inspecteur s'ils ne s'étaient pas achevés sur son discours au sujet du mariage. Comme si on pouvait décider de se marier, comme cela, du jour au lendemain ! Quelle idée ! Bien sûr que j'y pensais, au mariage, mais encore fallait-il rencontrer un homme à aimer, à respecter, un homme avec qui passer ses nuits, un homme qui pût vous séduire au point de ne pas envisager le moindre jour sans lui.

Avant seize ans, je n'avais fréquenté que des ouvriers agricoles, du fait que, en dehors de l'école, je travaillais auprès de ma mère. Après seize ans, à Cahors, les promenades du dimanche ne favorisaient pas les rencontres avec nos futurs collègues, sinon la dernière année, à l'occasion du bal de la promotion. Mais je ne dansais pas, n'ayant pas eu le temps d'apprendre. Je n'étais pas la seule, heureusement, mais les deux ou trois garçons avec qui j'avais lié conversation ne m'avaient pas convaincue de nouer avec eux une liaison épistolaire qui aurait pu déboucher sur une fréquentation plus assidue. J'avais été portée mais dévorée par mon rêve : devenir institutrice, et j'y avais sacrifié toutes mes forces et tout mon temps. Le mariage n'était pas, au demeurant, mon souci principal : je devais d'abord être disponible pour mes élèves, réussir cette première année qui me vaudrait l'estime de tous. Du reste, je ne m'en étais pas souciée pour la bonne raison que j'avais confiance en l'avenir. Je ne doutais pas de rencontrer un homme à qui unir ma vie, et la pression de l'inspecteur m'avait paru inconvenante, déplacée, au moins autant que ses propos au sujet de mes deux élèves en difficulté.

Précisément, ce matin-là, dès que les enfants furent assis, je m'aperçus que François était absent. Je demandai à Baptiste s'il en connaissait les raisons et il me répondit seulement :

– Ça arrive souvent.

Je n'insistai pas et fis en sorte de ne pas manifester la moindre impatience au cours de cette journée qui débuta mal du fait que le grand Louis éclata de rire quand, à l'issue de la leçon de morale, je déclarai qu'un homme ne devait pas boire plus de deux verres de vin par jour.

– Mon père en boit deux litres ! me répondit-il lorsque je lui demandai la cause de son hilarité.

– Il ne devrait pas. Sa santé en souffre et il se met en danger.

– Vous devriez lui dire.

– Si j'en ai l'occasion, je n'y manquerai pas.

Puis je demandai à chacun des élèves si leurs parents buvaient beaucoup et je leur expliquai qu'ils ne devaient pas les juger, mais qu'eux-mêmes ne devaient pas prendre cette habitude dangereuse pour leur santé. Et le soir même, alors que je ne m'y attendais pas du tout, je vis surgir le père de Louis, un grand escogriffe au visage d'un rouge vermeil, un chapeau crasseux sur la tête, qui faillit renverser mon bureau en s'exclamant :

– Alors y paraît que vous voulez m'interdire de boire du vin !

Je m'efforçai de garder mon calme et répondis :

– J'ai simplement recommandé à votre fils de ne pas en boire.

– Et qu'est-ce que vous voulez qu'y boive ?

– De l'eau.

– De l'eau ?

L'homme parut si interloqué par ma réponse qu'il en perdit la parole ; hélas pour quelques instants seulement.

– Vous mêlez pas de mes affaires, hein ! C'est pas une Italienne qui va m'interdire de boire du vin.

Face à ce qui était évidemment une insulte, je pâlis mais trouvai la force de répliquer :

– Je n'en ai pas l'intention. Je m'intéresse seulement à votre fils, pas à vous.

Il me dévisagea avec des yeux pleins de rage, lança

avant de tourner les talons aussi subitement qu'il avait surgi :

– N'y revenez pas, hein ! Sans quoi vous aurez affaire à moi !

Décidément, j'avais bien mal mesuré l'ampleur de ma tâche ! Être toujours renvoyée à mes origines, comme si j'avais usurpé mon poste, comme si j'avais obtenu une faveur de la République, comme si je me trouvais en un lieu où je n'avais pas le droit de vivre, me rappela de bien mauvais souvenirs. Tout cela me parut insurmontable, tout à coup, et je posai mon porte-plume qui laissa choir une tache rouge sur le cahier que j'étais en train de corriger. C'est alors qu'arriva la mère de Michel qui, ayant frappé à la porte vitrée, hésitait à entrer. Je me levai pour ouvrir, lui fis signe de pénétrer à l'intérieur, mais elle n'osait pas, triturait timidement son tablier, et je dus lui proposer de s'approcher du poêle, ce qu'elle accepta enfin. Je restai debout près d'elle et compris qu'elle ne dirait rien du but de sa visite si je ne l'interrogeais pas moi-même.

– Vous voulez me parler de votre fils, je suppose ?
– Oui. Michel.

Elle malmenait toujours son tablier, son regard me fuyait et je sentais chez elle l'immense tension qu'avait provoquée sa démarche, l'émouvant effort qu'elle représentait.

– Il faudrait le faire soigner, dis-je afin de l'aider.
– Oui, oui.
– Alors vous en êtes d'accord.
– Oui, oui, je lui en ai parlé.
– À qui ? À Michel ?

– Oui, oui, et à mon mari aussi.

– Et alors ?

– Je sais pas trop comment faire.

Je réfléchis à peine, demandai :

– Vous voulez que je m'en occupe, peut-être ?

– Oui, oui, c'est ça.

– Eh bien, je vais m'en occuper ! Ne vous inquiétez pas.

– Oui, oui.

Elle ne songea pas à me remercier, demeura devant moi, toujours aussi intimidée, et je me demandai si elle avait bien compris ce que je lui avais proposé. Je répétai :

– Je m'en occuperai si vous voulez.

– Oui, oui.

– Alors tout va bien.

– Oui, mais pour les sous ?

C'était un aspect du problème auquel je n'avais pas songé.

– Je suppose que vous êtes aux assurances sociales, dis-je.

– Je sais pas trop. Ces histoires-là, j'y comprends pas grand-chose.

– Votre mari non plus ?

– Y sait pas lire.

Bon. Je me demandai si je n'allais pas devoir renoncer avant même d'avoir essayé. Je songeai alors que Germaine allait peut-être pouvoir me renseigner sur le système de protection sociale des agriculteurs, et je reconduisis la mère de Michel à la porte en lui assurant que je la tiendrais au courant de mes démarches. Elle hésita pourtant à repartir,

91

comme si quelque chose encore l'inquiétait, puis elle lança, avec, me sembla-t-il, une émotion sincère :

– Je vous porterai un lapin.

– N'en faites rien, dis-je. Je vous remercie, mais il ne le faut pas. Je n'ai pas le droit de recevoir le moindre présent des parents d'élèves.

Elle crut que j'étais fâchée, parut sincèrement malheureuse.

– J'ai tout ce qu'il me faut. Je vous remercie, mais s'il vous plaît, ne me portez rien ; je ne pourrai pas l'accepter.

Elle partit enfin, non sans un dernier regard qui exprimait un réel désarroi. Je me retrouvai seule dans la salle de classe, plus émue que je n'aurais su le dire par cette manifestation de confiance : c'était le premier signe positif que je recevais, la première preuve d'un lien nouveau tissé avec des parents, une sorte de victoire – du moins la considérais-je comme telle. Les larmes me vinrent aux yeux, tandis que je reprenais la correction de mes cahiers, persuadée que j'étais capable de vaincre les difficultés quelles qu'elles fussent. Il s'agissait d'un combat engagé contre l'immobilisme, la mauvaise foi, la routine, le renoncement, la fatalité, mais je ne doutais plus de le gagner à force d'énergie et de volonté.

Forte de cette nouvelle conviction, François étant toujours absent le jeudi suivant, je pris le chemin de sa maison en début d'après-midi, sous un soleil qui me parut de bon augure. Il faisait froid, mais sec, et le vent du nord soufflait en rafales courtes mais vives, arrachant les feuilles des châtaigniers. Moins d'un quart d'heure plus tard, je n'eus aucun mal à trouver

François, car il gardait les vaches dans la même pâture où je l'avais rencontré la première fois. Quand il m'aperçut, une lueur d'effroi passa dans ses yeux. Il voulut se lever de la murette sur laquelle il étais assis, mais il ne le put pas. Au contraire, il bascula sur le côté et demeura gémissant, tenant sa jambe droite à deux mains. Je m'approchai, l'aidai à se rasseoir en le rassurant de la voix :

– N'aie pas peur, ce n'est que moi.

À l'instant où je posai la main sur sa jambe, il eut encore un mouvement brusque pour s'échapper, mais la douleur l'arrêta.

– N'aie pas peur, mon petit, répétai-je en soulevant le bas du pantalon qui laissa apparaître une large auréole bleue au-dessus du tibia droit.

La fureur s'empara de moi car je venais de comprendre : cet enfant manquait l'école chaque fois que son père le battait. Il ne reviendrait que lorsque les traces des coups auraient disparu. Prise d'une colère sans bornes, je courus plus que je ne marchai vers la maison du père, sans entendre les cris de l'enfant terrorisé qui avait tenté vainement de me suivre. Je n'eus aucun mal à trouver l'homme dans le jardin situé derrière sa maison. Il était petit, trapu, mais très large, noir de poil et de peau, et dégageait une sorte de force brute qui m'arrêta dès que je le vis. Il se précipita vers moi sa bêche à la main et je crus qu'il allait me frapper. Ses yeux noirs lançaient des éclairs quand il m'apostropha d'une voix qui me glaça :

– Qu'est-ce que vous foutez là, vous ?

– Je suis l'institutrice de votre fils, dis-je d'une voix que je voulus le plus ferme possible.

– Et alors ? Ça vous donne le droit d'entrer chez moi sans mon autorisation ?

– Je m'inquiétais de la santé de François, c'est pourquoi je suis venue aux nouvelles.

– Il est tombé et il s'est fait mal. Il reviendra quand il sera guéri. À présent, foutez-moi le camp !

Que dire ? Que faire ? Je faillis renoncer, mais je revis la jambe tuméfiée de François, et la colère, de nouveau, m'embrasa :

– Il n'est pas tombé. C'est vous qui le frappez, j'en suis sûre, d'ailleurs tout le monde le sait et tout le monde se tait. Mais moi, je ne me tairai pas. Je vais prévenir les gendarmes.

Je crus ma dernière heure venue lorsque la bêche se leva, mais il la jeta dans le jardin et, comme s'il se désintéressait de moi, il courut vers sa maison d'où il ressortit, un fusil à la main.

– Si vous remettez les pieds ici, lança-t-il, vous ne repartirez pas vivante ! Et je vais vous reconduire moi-même dans votre école pour être sûr que vous n'irez pas à la gendarmerie. Si vous faites un pas vers Sousceyrac, vous êtes morte.

Cet homme était fou. Ses yeux n'étaient plus noirs, mais rouges, comme si le sang les avait inondés. Je sentis qu'il était capable de tirer et je reculai doucement vers l'entrée du jardin, puis jusqu'au chemin. C'était la première fois que je me trouvais face à la folie et en si grand danger. Mais, bizarrement, la peur m'avait quittée, comme si ce que je devais affronter était trop énorme pour être vrai. Je fis front en disant :

— Baissez votre fusil. Si vous tirez, vous irez en prison, et votre fils se retrouvera seul alors qu'il a besoin de vous. Vous ne voudriez pas qu'il soit enfermé dans un orphelinat, tout de même ?

Je sentis qu'il était ébranlé par cette hypothèse qu'il n'avait jamais envisagée. Mais cela ne dura pas et il releva son fusil en disant :

— Avancez !

Pour lui obéir je dus lui tourner le dos et je sentis des frissons glacés courir le long de ma colonne vertébrale. Je fis quelques pas hésitants puis, une fois sur le chemin, je pris la direction de l'école et non celle de Sousceyrac. Il me semblait qu'il pouvait impunément tirer, que personne, jamais, ne retrouverait mon corps. Quelle aventure, tout de même, ou plutôt quel cauchemar ! Qui pourrait croire une chose pareille ?

Une fois que j'eus parcouru trente mètres, je me retournai : l'homme était toujours derrière moi, à cinq ou six mètres seulement, et il me fit signe d'avancer en redressant une nouvelle fois le canon de son fusil. Je continuai ma route, en m'efforçant de ne pas me mettre à courir et je regagnai ainsi Ségalières où, devant la première maison, je me retournai enfin : il avait disparu. Je me réfugiai dans la salle de classe, tremblante mais incrédule : était-il possible qu'un fou pareil demeurât en liberté ? Et dans quel danger vivait le petit François ! Je me précipitai chez le maire qui n'était pas là, mais je racontai à sa femme ce qui s'était passé, et je lui fis promettre que son mari viendrait me voir.

— Je le lui dirai, me répondit-elle, un peu ébranlée, me sembla-t-il, par mon récit.

Il ne vint qu'à la nuit, alors que je désespérais de sa visite, et il me déclara d'emblée :

— Je vous avais prévenue. Sa femme est morte en donnant naissance au petit. Ça l'a rendu fou. Il se venge sur le gosse.

— Et vous avez laissé faire ça depuis dix ans ?

— On a tout essayé, les gendarmes sont venus plusieurs fois.

Il parut hésiter, comme si ce qu'il avait à me confier n'était pas avouable, puis il murmura :

— Il est protégé.

— Protégé ? Par qui donc ?

— Son frère est sous-préfet en Bretagne. Il a toujours refusé qu'on le fasse enfermer. Ça porterait tort à la famille et à sa carrière.

— Cet homme va tuer son enfant.

— Mais non ! Il y tient plus que vous ne le croyez.

— Il le frappe. Il le blesse.

— Les gendarmes sont au courant.

— Et tout le monde est complice. Mais moi, je ne veux pas : je vais aller porter plainte.

— Elle finira au panier.

J'en restai un long moment muette de stupeur.

— Enfin, dis-je, c'est tout à fait incroyable ça ! Cet enfant est en péril ! il va tomber sous les coups !

— Je vous dis que non. Ne vous mêlez pas de ça, vous auriez des ennuis. Je m'en occupe, moi.

Le maire ajouta, après une nouvelle hésitation :

– Ce type a beaucoup d'amis en ville qui le protègent.

– En sachant qu'il frappe son fils ?

Le maire ne me répondit pas, mais il fit demi-tour, se retourna simplement au moment de sortir.

– Je vous aurai prévenue, dit-il avant de disparaître dans la nuit.

Je demeurai seule, anéantie, essayant vainement de réfléchir, mais toutes mes pensées aboutissaient à la même conclusion : je ne pouvais pas accepter cette situation. François était en danger, il était de mon devoir de le protéger. Je pris quand même le temps de mesurer les risques, j'en parlai à Germaine qui me confirma tout ce que m'avait dit le maire, j'écrivis à l'inspecteur, je pris toutes les précautions possibles avant de me rendre à Sousceyrac le jeudi suivant, mais je n'en eus pas le temps : François revint à l'école le lundi, boitant légèrement, toujours aussi apeuré, et je le gardai avec moi après la classe pour tenter de l'amadouer, de le rassurer, de l'aider à avouer ce qu'il subissait. Il ne me répondit pas, se contenta, comme la première fois, de jeter des regards vers la porte, mais, à la fin, quand j'eus passé une main maladroite dans ses cheveux, il se blottit contre moi en tremblant.

Je crus alors qu'il allait se livrer, enfin parler, mais il se contenta de sangloter, tandis que je tentais d'employer les mots dont use une mère, maladroitement sans doute, mais si sincèrement qu'il le sentit, j'en suis sûre, car il demeura ainsi pendant cinq longues minutes au terme desquelles il se redressa brusquement, affolé, et s'enfuit sans que je puisse esquisser un geste pour le retenir.

C'était un lundi, je m'en souviens très bien. Le lendemain, mardi, François n'apparut pas. En fin de matinée, les gendarmes surgirent dans la cour et me demandèrent de faire sortir les enfants en récréation. Je les plaçai sous la surveillance de Baptiste, heureuse à l'idée que le maire eût enfin fait son devoir, persuadée que j'allais pouvoir les informer de tout ce que j'avais constaté au sujet de François, le sauver du calvaire qu'il subissait. Ils étaient deux, ces gendarmes, je les revois comme si c'était hier : le brigadier, plutôt bonhomme, avec d'énormes moustaches, un peu rustre mais calme, son adjoint plus petit, maigre, aux yeux fureteurs. Ils paraissaient mal à l'aise, hésitaient, au point que je leur dis que s'ils n'étaient pas venus, je leur aurais rendu visite. Je leur demandai s'ils voulaient monter à l'étage, mais ils me répondirent qu'ils préféraient rester dans la salle de classe.

– Vous êtes bien Mlle Perrugi ? me demanda enfin le brigadier.

– Oui.

Il hésita encore, si bien que soudain ce fut moi qui me sentis mal à l'aise. Mais j'étais loin d'imaginer ce que j'allais entendre.

– Voilà, déclara le brigadier : on est bien embêtés mais il y a une plainte contre vous. Il paraît que vous frappez les enfants.

Je crus que j'allais tomber. Je m'appuyai des deux mains à un pupitre, murmurai :

– Moi, je frapperais les enfants?

– Pas les enfants, mais un enfant: le petit François N.

Les jambes coupées, je m'assis sur un banc en me demandant si j'étais éveillée, si je ne faisais pas un mauvais rêve. Je parvins à demander d'une voix que je ne reconnus pas:

– Qui vous a dit ça?

– Son père. Il est venu ce matin à la gendarmerie de bonne heure, et il a déposé une plainte contre vous.

Mon Dieu! Que se passait-il soudain dans ma vie? Avais-je tant travaillé, tant accompli d'efforts, tant espéré de ce métier pour entendre ce matin-là des mots pareils?

– Écoutez! dis-je après avoir repris un peu d'empire sur moi-même, c'est moi qui serais venue jeudi porter plainte contre lui. J'ai vu les traces des coups, cet homme est fou, tout le monde le sait.

– Il est peut-être fou, mais il a porté plainte contre vous et nous devons faire une enquête. Il prétend que vous retenez son fils le soir après la classe pour le battre. Et cela sans témoins. Il a même obtenu un certificat médical qui le prouve. Du moins, c'est ce qu'il a produit.

Le brigadier se tut un instant, ajouta après un soupir:

– Vos supérieurs ont été prévenus.

– Mais non, dis-je, ce n'est pas possible, vous n'avez pas fait une chose pareille?

– Nous avons été obligés. C'est la loi.

Et comme j'étais effondrée, incapable de réagir:

– Nous allons interroger quelques enfants et, pendant ce temps, vous allez monter dans votre logement. Il n'y aura pas d'école ce matin. L'inspecteur arrivera cet après-midi.

L'écœurement me fit me dresser dans un réflexe de refus :

– Tout le monde sait que cet homme est fou, mais il est protégé et vous êtes complices de ce qui se passe.

J'ajoutai, dans un dernier sursaut, après avoir chancelé :

– Si cet enfant tombe sous les coups, c'est vous qui serez responsables !

– Mesurez vos propos, mademoiselle, fit le brigadier sans perdre son calme. Allez chez vous, ça vaudra mieux.

Je me demande encore aujourd'hui comment j'ai trouvé la force de grimper les escaliers. Je me suis écroulée sur mon lit et, à partir de ce moment-là, je ne me souviens de rien jusqu'au moment où le maire est venu frapper à ma porte, une heure plus tard.

– Nous avons renvoyé les élèves, me dit-il. Descendez ! On vous attend.

Il me sembla que, pour la première fois, il y avait une certaine douceur dans sa voix. De fait, en bas, il prit ma défense devant les gendarmes :

– Vous voyez ? Les élèves ont tous témoigné du fait qu'elle n'a jamais touché à l'un d'entre eux. Je me porte garant de Mlle Perrugi. Elle est incapable de frapper un enfant. Si ce n'était pas le cas, ma nièce me l'aurait dit.

– Le père assure qu'elle a frappé son fils alors qu'elle était seule avec lui. Il n'y a aucun témoin.

100

C'est sa parole contre celle de la demoiselle. Et si vous voulez mon avis, la parole de monsieur N. pèse beaucoup plus lourd que celle de votre institutrice. Vous le savez aussi bien que moi.

– Je verrai ça cet après-midi, avec l'inspecteur.

– Peut-être, mais quoi que vous décidiez, vous aurez du mal à arrêter la plainte.

Il me semblait que tout cela se passait en dehors de moi, que l'on ne me demandait même pas mon avis, alors que j'étais innocente, que c'était évident, que tout le monde le savait, que tout cela était ridicule, sans objet, que la priorité, c'était l'enfant à sauver et non pas moi.

– Nous reviendrons en fin d'après-midi pour parler à l'inspecteur, reprit le brigadier. Dites-lui de nous attendre !

Ils s'en allèrent et je demeurai seule avec le maire qui murmura :

– Je vous l'avais dit. Il ne fallait pas vous occuper de ça.

La révolte me fit me dresser et je criai :

– Si c'était à refaire, je le referais ! Je n'accepterai jamais de voir un enfant en danger sans intervenir.

– Calmez-vous. Je ne vous laisserai pas tomber. Mais je ne vois pas comment vous auriez pu réussir, vous, dans un combat que je mène, moi, depuis cinq ou six ans. Vous ne pouvez pas me reprocher de ne pas vous avoir prévenue.

– En effet. Mais je n'aurais jamais cru un jour en arriver là.

– Eh bien, à l'avenir, écoutez-moi ! Je connais ce pays beaucoup mieux que vous.

Il partit, me laissant seule, abandonnée, si perdue, si blessée, que je ne pus remonter chez moi et que je me rendis chez Germaine pour lui raconter ce qui se passait. Elle était déjà au courant, les gens du village s'étant rassemblés sur la place après l'arrivée des gendarmes. Elle me donna à manger, me rassura de son mieux en m'expliquant que tout le monde connaissait le père du petit et savait ce qui se passait. Elle se déclara prête à témoigner en ma faveur si je le désirais, car elle n'avait peur de personne. Mais je n'en étais pas au point d'accepter d'être ainsi accusée et de devoir me défendre. Pour moi, à cet instant-là, cette plainte était ridicule, sans objet, et il n'était pas question de me justifier.

Hélas ! Je compris à quel point je faisais fausse route quand l'inspecteur arriva, à trois heures de l'après-midi, et qu'il me dit d'emblée, avec un air très contrarié :

– J'ai eu le préfet ce matin au téléphone, je vais devoir prendre des mesures conservatoires.

– Des mesures conservatoires ?

– Oui. Vous ne ferez plus la classe jusqu'à lundi. D'ici là, nous aurons une vue plus claire de la situation.

– Comment ça, une vue plus claire ? Vous me croyez capable de frapper un enfant ?

– Non, mademoiselle ! je ne vous en crois pas capable, mais malheureusement le problème ne se pose pas en ces termes. Une plainte est une plainte. Elle a des effets juridiques et des conséquences dont je dois tenir compte.

– Cet homme est fou ! Tout le monde vous le dira.

– Il n'est pas considéré comme tel au sens juridique du terme. Il a parfaitement le droit de déposer plainte.

Je ne comprenais rien à ce que me disait cet homme. J'étais incapable de réagir, car j'avais cru à une solidarité au moins égale à celle du maire, et il me semblait me trouver face à un nouvel accusateur.

– Faites-moi confiance, me dit-il. Vous n'êtes pas en situation de vous défendre vous-même.

– Comment ça ? Interrogez au moins les enfants, ils vous diront, eux, ce qui se passe dans ma classe et comment je les traite !

– C'est inutile, hélas ! Ce qui se passe dans votre classe, je le sais, et en ce qui me concerne, je n'ai rien à vous reprocher.

– Alors pourquoi me privez-vous de classe jusqu'à lundi ?

– Parce que je ne peux pas faire autrement.

Je devais être défaite, défigurée, car il s'approcha de moi, tendit une main vers mon épaule et ajouta :

– Écoutez, ma petite, tout cela vous dépasse. Faites ce que je vous dis. Il n'y a pas d'autre solution.

Les gendarmes arrivèrent sur ses entrefaites, et je dus monter dans le logement où je m'allongeai sur mon lit, essayant vainement de retenir les larmes qui me montaient aux yeux. Épuisée, anéantie, je m'endormis sans doute aussitôt car je n'entendis même pas, en bas, refermer la porte de la classe.

7

HEUREUSEMENT, le lendemain, dès le milieu de la matinée, je reçus des témoignages de soutien qui me réconfortèrent et me donnèrent les forces nécessaires pour faire face. Ce fut d'abord le père de Roseline, celui qui m'avait si bien accueillie le premier jour, qui proposa lui aussi de témoigner en ma faveur, mais également la mère de Viviane, de qui je n'attendais pourtant pas le moindre soutien.

– Mon mari ne sait pas que je suis venue, me dit-elle. Je crois qu'il ne m'approuverait pas. Mais moi, je vous aime bien.

Le maire revint également, vers midi, pour me demander si je n'avais besoin de rien, et je lui répondis que j'avais seulement besoin de mes élèves.

– Nous serons vite à lundi, me dit-il. Soyez patiente. Ils ne vont pas s'envoler. Personne ici ne tient à ce que les enfants prennent du retard et perdent une année.

Ces quelques mots me laissèrent circonspecte, de nouveau angoissée, et je me réfugiai chez Germaine qui, comme d'habitude, connaissait les dernières nouvelles. Ce qui me paraissait incompréhensible, de nouveau, c'était qu'elle sortait à peine de chez elle et que, cependant, elle était au courant de tout ce qui se passait dans le village et ses environs. De fait, elle fréquentait sa voisine d'en face, une vieille qui était paralysée mais qui recevait de fréquentes visites de la femme du maire, car elles étaient cousines. Sans même que j'eusse à l'interroger, elle me déclara :

– Ne vous inquiétez pas outre mesure. L'enquête suit son cours. Beaucoup essayent de lui faire retirer sa plainte, mais pour le moment sans succès.

Je la remerciai, retournai à l'école, mangeai du bout des lèvres et me refugiai dans la salle de classe dont, fort heureusement, on ne m'avait pas interdit l'accès. J'effaçai le tableau, allumai le poêle, ouvris le placard, rangeai les livres, les gommes, les boîtes de plumes, puis je m'assis au bureau en respirant les odeurs familières de craie, de bois brûlé, d'encre, et je me sentis un peu mieux. Il ne me vint pas une seconde à l'idée que tout cela fût menacé. Au contraire, j'écrivis au tableau la phrase de morale par laquelle je comptais commencer la classe du lundi, et qui était la suivante :

« Il faut aimer la vérité et refuser le mensonge. »

Elle me parut si explicite, me concerner si cruellement que je l'effaçai aussitôt et cherchai une autre maxime, mais en vain, tellement j'étais troublée. Je me mis alors à corriger les cahiers, mais malgré moi je relevai la tête sur la classe vide et, chaque fois, je sentais mon cœur se serrer. Que pouvais-je faire, sinon attendre, comme me l'avaient recommandé le maire et l'inspecteur, en espérant que tout cela allait s'arranger ?

Je me mis à préparer une leçon de choses pour les moyens, y renonçai une nouvelle fois. J'entrepris d'arroser le plancher avec cet arrosoir en fer-blanc si caractéristique des écoles d'alors, et de balayer. Cette activité physique me fit du bien et elle exacerba délicieusement l'odeur familière qui régnait dans ma classe. Ensuite, je rentrai du bois, fis le plein d'eau dans le bac au bas de l'escalier, m'occupai à toutes sortes de menus travaux qui m'apaisèrent à peine. Cet après-midi-là fut l'un des pires de ma vie, au point que je m'en souviens encore parfaitement, bien des années plus tard. Je ne croyais pas à une sanction, car je ne me savais pas coupable, mais je sentais une menace sur moi, une sorte d'étau qui se refermait sans que je puisse m'en défendre.

La journée du lendemain fut plus facile à vivre car c'était un jeudi, et il n'y avait officiellement pas d'école. Je parvins alors à préparer la classe du lundi sans trop penser à la prochaine venue de l'inspecteur. Je reçus vers quatre heure la visite des parents de Baptiste qui, me dirent-ils, avait insisté pour qu'ils me rendent visite et témoignent auprès de moi de leur soutien.

– Il vous aime beaucoup, me dit sa mère. Il voulait venir lui-même, mais nous l'en avons dissuadé Cela ne vous aurait pas rendu service. Il vaut mieux que ce soit nous. N'est-ce pas ?

Je ne sus ce que cette réserve supposait, mais je les

remerciai sincèrement. Le père ne parla pas. Je sentais son regard sur moi, comme s'il me jaugeait. Ils étaient plus élégamment vêtus que les paysans que j'avais déjà rencontrés, ce qui indiquait plus de moyens. De fait, c'étaient les plus grands propriétaires fonciers de la région et des métayers travaillaient pour eux. Je compris également à leur vocabulaire qu'ils étaient plus instruits que la majorité de leurs voisins. J'hésitai un moment à leur parler de la vocation d'aviateur de leur fils, mais il me sembla que la circonstance était mal choisie. Alors j'y renonçai et je m'en voulus.

– Tout ça va s'arranger, me dit enfin le père en me serrant la main, mais il ne me proposa pas de témoigner en ma faveur.

Qu'importe ! Leur visite me prouvait que j'avais réussi à obtenir la confiance de certains enfants, et même davantage : une complicité, un lien plus fort, plus vrai, plus beau que le simple respect, tout ce à quoi j'avais rêvé, finalement, en choisissant ce métier. Baptiste avait convaincu ses parents de venir à ma rencontre malgré leurs réticences. Il avait dû lutter, y mettre toute son énergie, toute sa sincérité. Quel plus beau cadeau pouvait-il me faire ? C'est en pensant à lui que je repris courage, que je cessai de redouter le retour de l'inspecteur.

Et le lendemain, vendredi, ce fut la mère de Michel qui frappa à la porte de la classe, en fin de matinée, toujours aussi émue, toujours aussi mal à l'aise. Elle demeura un instant face à moi dans l'allée sans pouvoir trouver ses mots, puis elle fouilla dans son tablier et en sortit fébrilement un morceau de papier qu'elle me tendit en souriant. J'eus du mal à cacher mon émotion quand je lus les quelques mots que l'enfant avait tracés de sa main :

«Je t'aime, madame.
Michel.»

Je demandai doucement :
– Il a écrit ça tout seul ?
– Oui, oui, tout seul.
– Peut-être l'avez-vous aidé un peu ?
– Oui, oui, un peu : je lui ai fait le modèle.
– Je vous remercie. C'est très gentil à vous.
Toujours souriante, elle se balançait d'un pied sur l'autre, ne sachant ce qu'elle devait faire ou dire, à présent, puis, refoulant brusquement sa timidité, elle m'embrassa, vite, très vite, se retourna et disparut. Une fois de plus l'émotion me gagna, je revins lentement au bureau où je mis plusieurs minutes à reprendre mon travail. Mais tous ces témoignages m'avaient réconfortée, rétablie dans mes certitudes, ma conviction que j'étais sur la bonne route, que je devais me défendre, ne rien céder.

C'est dans cet état d'esprit que je reçus l'inspecteur le samedi vers onze heures. Je me trouvais comme à mon habitude dans la salle de classe et non dans mon logement, occupée à choisir une poésie pour le lundi. Je vis tout de suite qu'il avait l'air soucieux à ses sourcils froncés, sa mine sombre, aux hésitations qu'il manifestait en allant et venant dans l'allée, aux précautions qu'il prenait, déjà, avant même d'avoir parlé.

109

– Asseyez vous, mademoiselle ! me dit-il enfin.

Je revins au bureau et il resta debout devant moi, tout en frottant ses mains l'une contre l'autre.

– Ce que je vais vous dire, commença-t-il, n'est pas très agréable à entendre, mais je suis sûr que votre intelligence – que nous avons tous appréciée à l'École normale – vous permettra de bien me comprendre.

Et, comme je demeurais circonspecte, il poursuivit :

– Nous sommes parvenus à un accord avec le plaignant – je veux dire avec M. N., l'homme qui a porté plainte contre vous.

Il soupira, reprit :

– Il n'a pas voulu retirer sa plainte, ce qui nous a obligés à négocier.

– À négocier ? dis-je, de plus en plus inquiète.

– Voilà les termes de notre accord : nous allons prendre une mesure administrative à votre sujet. J'ai bien dit une mesure administrative, non pas une sanction, puisqu'il n'y a pas de faute de votre part, nous en sommes persuadés.

Il hésita une nouvelle fois, poursuivit :

– Vous allez être déplacée, mais pas avant le premier janvier, ce qui n'apparaîtra pas comme une mesure disciplinaire, ni du point de vue administratif, ni vis-à-vis des parents d'élèves.

Et, comme je restai muette de stupeur :

– Comprenez-moi bien, il s'agit ni d'une mise à pied, ni d'un blâme, rien n'apparaîtra dans votre dossier.

– Mais je vais devoir m'en aller ? dis-je, d'une voix glacée.

– Oui, mademoiselle. Il n'y a rien là d'anormal les premières années. C'est ainsi que l'on apprend un métier.

– Et si je refuse ?

– Comment ça, « si je refuse » ? Vous n'avez pas le choix. Et, croyez-moi, nous avons eu beaucoup de difficulté à obtenir cet accord.

Je laissai passer quelques secondes en sentant bouillonner en moi une telle rage qu'il s'en aperçut et recula d'un pas :

– Et vous allez laisser cet homme frapper son enfant !

– Bien sûr que non ! En fait, nous négocions avec son frère, qui est sous-préfet, comme vous le savez peut-être, et qui s'est engagé à s'occuper de l'enfant.

– Quand ? Tout de suite ?

– Le plus rapidement possible, je suppose.

– Vous supposez ?

– Écoutez, mademoiselle Perrugi, je n'ai cessé d'agir en pensant à votre carrière ; j'ai voulu vous protéger, et ça n'a pas été facile. Alors, ne faites pas la fine bouche, vous le regretteriez.

Je ne parvenais pas à trouver les mots que mon indignation appelait. J'essayais de raisonner, mais je n'y parvenais pas.

– Je peux vous promettre une chose, reprit l'inspecteur : c'est que, si vous acceptez cette mesure sans la contester, nous en tiendrons compte.

– À la fin de l'année scolaire, dis-je d'une voix qui tremblait, j'aurai sans doute démissionné.

– Ne dites pas n'importe quoi, mademoiselle. Quand on vient d'où vous venez, on ne démissionne pas de l'Éducation nationale. C'est un privilège que d'y travailler. Une mission que celle de l'éveil des enfants et de leur instruction. Façonner les esprits, faire grandir, accompagner, aider les jeunes à devenir adultes, laisser sa trace, son empreinte, développer la pensée : quel plus beau métier que celui-là ?

Je ne le savais que trop, mais je n'étais pas en état d'accepter ce que j'avais entendu. Il me vint une pensée soudaine, qui s'imposa comme une évidence :

– J'accepte de partir en janvier si à la même date le petit François a quitté le domicile de son père. Dans le cas contraire, je démissionnerai.

Et je répétai, d'une voix qui ne tremblait plus :

– Je vous jure que je démissionnerai !

À ma grande surprise, il parut se satisfaire de ma réaction, et je compris qu'il avait dû obtenir des assurances au sujet du placement de François, ce qui, en fin de compte, me rassura. Mais je tins à lui manifester de l'hostilité, de manière à le convaincre que je ne reculerais pas.

– Je n'imaginais pas qu'une seule personne puisse faire peur à tant de monde, dis-je.

– Personne ne me fait peur, répondit-il. Il faut savoir transiger dans la vie, pour éviter le pire. Souvenez-vous-en, mademoiselle, à l'avenir, et vous vous en porterez mieux.

Il réfléchit un instant, ajouta :

– Vous savez, la République est généreuse, elle distribue des bourses à ses enfants, de quelque origine qu'ils soient, et il faut savoir l'écouter de temps en temps.

Encore mes origines ! Je crus que j'allais éclater, mais je compris à son air qu'il regrettait ses propos et je demandai seulement :

– Où serai-je déplacée ? Ce n'est pas trop exiger que de le savoir aujourd'hui ?

– Je ne peux pas encore répondre à votre question. Ce que je peux vous dire, c'est que vous n'aurez pas à vous plaindre de votre nouvelle affectation.

Je soutins son regard et je compris qu'il était sincère. Nous n'avions plus rien à nous dire. Il prit rapidement congé de moi, se retourna une dernière fois avant de sortir et me dit :

– Merci de votre compréhension, mademoiselle. Je ne l'oublierai pas.

Cette dernière phrase m'emplit de doute : avais-je bien fait d'accepter ce qu'il me proposait ? N'allait-il pas me trahir, faire apparaître mon déplacement comme une sanction ? Je ne cessai de réfléchir pendant le repas que je pris sur un coin de ma table, comme si une urgence m'appelait ailleurs. Je me sentais blessée, mortifiée, mais en même temps satisfaite d'avoir lié mon sort au sauvetage d'un enfant. Je songeai également qu'avant janvier j'allais avoir la possibilité de m'occuper du petit Michel et, peut-être, de parler aux parents de Baptiste. En somme, venir en aide aux enfants dont l'avenir me préoccupait le plus. Cette idée me rasséréna. Mon sort, dans le fond, importait peu, pourvu que je puisse mener à bien l'essentiel de ma mission. Mais le temps pressait, puisqu'on était en novembre. Aussi, je décidai

de rendre visite aux parents de Baptiste dès le lendemain dimanche, et cette résolution me fit du bien.

Le maire arriva sur ces entrefaites, vaguement hostile, en tout cas contrarié. Il me répéta qu'il n'aimait
pas que les enfants changent de maîtresse en cours
d'année, regretta une nouvelle fois que je n'aie pas
suivi ses conseils.

– Je suis institutrice, dis-je, et j'ai le devoir de protéger les enfants qu'on me confie. Si vous l'aviez fait
en temps voulu, je n'aurais pas eu besoin d'intervenir.

Il s'en alla, furieux de cette vérité qu'il ne pouvait
contester, et je songeai que si je n'avais pas dû partir,
j'aurais dû traiter à l'avenir avec un ennemi impitoyable.

Au cours de l'après-midi, j'allai voir Germaine qui,
comme d'habitude, savait déjà.

– Je vous regretterai, me dit-elle, mais n'en soyez pas
malheureuse, prenez-le plutôt comme une chance.
Je vous connais bien : vous n'avez rien à faire ici. Si
seulement j'avais eu, moi, la possibilité de quitter ce
village !

Je revins à l'école sous la neige qui tombait en
flocons épais, un peu désemparée, me demandant si
tout ce que je vivais depuis le matin n'était pas un
rêve, si je ne m'étais pas mise en danger en acceptant
une nouvelle affectation si rapidement. D'autant
que je pensais à ma mère, à sa surprise, à ses questions probables. Mais je me dis qu'il me suffirait de
lui expliquer que les mouvements étaient normaux
pour les institutrices pendant les premières années.

Par ailleurs, avec un peu de chance, mon nouveau poste serait peut-être plus proche de Saint-Vincent et je pourrais aller la voir tous les dimanches. Tout n'était pas si noir, en somme, et une pensée dominait toutes les autres, qu'elles fussent ou non rassurantes : j'avais sauvé un enfant, et je pouvais en aider deux autres avant mon départ.

Ce fut dans ces dispositions d'esprit que j'allai à la rencontre des parents de Baptiste, le lendemain, dimanche, au début de l'après-midi. Ils habitaient, à quelques kilomètres de l'école, dans le hameau de Granseigne, une imposante maison en pierres de taille couverte d'ardoises, autour de laquelle se trouvaient de non moins imposantes dépendances. Deux énormes chiens, mais pas du tout agressifs, annoncèrent mon arrivée, si bien que je n'eus pas besoin de frapper à la porte : elle s'ouvrit sous la main de la mère de Baptiste, une femme brune, rondelette, aux grands yeux noisette. Elle ne parut pas surprise de ma visite et, sans m'interroger, me fit entrer dans un salon aux meubles massifs qui sentaient l'encaustique, avant de me proposer de m'asseoir dans un épais fauteuil de cuir vert. Elle s'assit elle-même en face de moi et dit d'une voix désolée :

– Baptiste n'est pas là. Son père lui a demandé de le suivre à Saint-Céré.

– Ce n'est pas grave, dis-je, c'est vous que je voulais voir.

Je me félicitai du fait qu'elle fût seule car je

n'avais pas été en confiance avec son mari lorsqu'ils m'avaient rendu visite. J'étais persuadée qu'il me serait plus facile de lui parler à elle, si bien que je n'hésitai pas à lui confier le but de ma démarche, la passion de Baptiste pour l'aviation, ses qualités remarquables qui devaient lui permettre de réussir dans quelque domaine que ce soit.

— Il est d'une intelligence rare, dis-je pour terminer, et possède un esprit fin et généreux.

Elle ne cilla pas, ne parut pas autrement surprise de ce qu'elle entendait, un sourire erra un instant sur ses lèvres, mais s'éteignit rapidement, aussitôt remplacé par un air de contrariété si évident que je crus bon d'ajouter :

— Ce serait vraiment dommage que cet enfant ne poursuive pas des études. C'est un élève exceptionnel. Je suis sûre qu'il va obtenir le prix cantonal au certificat. Cela peut lui permettre de rentrer en quatrième et non pas seulement en cinquième.

Ce compliment, qui ne se voulait pas obséquieux, mais sincère, me donna l'impression d'aggraver sa contrariété.

— Est-ce que vous voulez du café ? me demanda-t-elle, me désarçonnant, sans doute involontairement.

— Non, merci, dis-je, j'en ai bu avant de venir.

Elle soupira, parla enfin d'une voix dont la tristesse me fut tout de suite sensible :

— Je sais tout ce que vous venez de me dire. Cet enfant est le miracle de ma vie. J'ai eu beaucoup de mal à l'avoir et je n'en aurai pas d'autre.

Elle soupira une nouvelle fois, reprit :

– Comment pourrais-je accepter de laisser s'éloigner un tel soleil ?

Et, comme je demeurais muette, mesurant brusquement l'inutilité de ma démarche :

– Les terres appartiennent à mon mari : près de quatre-vingts hectares. C'est beaucoup pour la région. Nous n'avons qu'un héritier et il porte notre nom. Comment voulez-vous que nous acceptions de le voir s'en aller ?

– Il n'aime pas le métier d'agriculteur. L'aviation est vraiment une passion pour lui. Il a dû vous le dire ?

– À moi, oui. À son père, non : il n'osera jamais.

– Aimer vraiment les enfants, c'est quelquefois accepter de les voir s'en aller, dis-je en le regrettant aussitôt, car je n'en avais pas, moi, d'enfants, et cette femme le savait.

Mais elle eut l'indulgence de ne pas me le faire remarquer et, au contraire, elle reprit, me confirmant qu'elle possédait, elle aussi, une intelligence rare :

– Si j'étais sûre que son bonheur soit là où Baptiste le croit aujourd'hui, j'essaierais, peut-être, de convaincre mon mari, mais il n'a que treize ans, et je sais, pour l'avoir vécu, que notre vie est rarement celle dont nous rêvons. On change en grandissant, c'est inévitable.

– Je ne crois pas que Baptiste change vraiment. Si je suis là aujourd'hui devant vous, c'est parce que devenir institutrice était pour moi un rêve interdit,

117

et pourtant je l'ai réalisé. Rien n'est impossible à qui le veut vraiment.

Elle daigna sourire, me dit doucement, avec une sincérité touchante :

– La seule chose que je puisse vous promettre, c'est de ne jamais oublier notre conversation. Sait-on jamais ? Peut-être que les circonstances agiront à notre place.

Je compris que je ne pourrais pas en obtenir davantage, mais c'était déjà beaucoup : une sorte de graine mise en terre et qui pouvait germer un jour.

– Je vous remercie de m'avoir écoutée, dis-je. Ce n'était pas facile pour vous.

– Pour vous non plus, sans doute, observa-t-elle, après ce qui vient de se passer à l'école.

Je fis en sorte que mon cas personnel ne vienne pas interférer avec ma démarche et ne relevai pas ses propos. Quand je pris congé, elle m'accompagna jusqu'à la porte et me dit, alors que je lui faisais face :

– Vous permettez ?

Et elle m'embrassa en murmurant :

– Merci.

Je partis en me retournant plusieurs fois, car elle était restée sur le seuil et me regardait m'éloigner en souriant. J'étais heureuse d'avoir pu lui parler seule à seule et il me semblait que mes paroles ne demeureraient pas vaines. C'est du moins ce que je m'efforçai de penser durant la fin de cet après-midi qui me séparait encore de mes élèves, tout en m'interrogeant sur leur attitude le lendemain matin. Ils ne pouvaient ignorer que j'allais les quitter. Leurs parents avaient

dû leur en parler, le contraire eût été étonnant. Je
passai toute la nuit à me demander si je devais leur
en parler aussi ou si je devais me comporter comme
s'il ne s'était rien passé en leur absence. Au petit
matin, je ne savais encore pas si j'allais être capable
de trouver les mots que, sans doute, ils attendaient de
moi.

8

LEUR regard me parut étonnamment fixe, interro-
gatif, dès qu'ils furent assis devant moi. Je les
passai tous en revue, cherchai dans leurs yeux ce
qu'ils pensaient, redoutaient ou espéraient, et je finis
par leur expliquer le plus naturellement possible
que j'allais les quitter à la fin de l'année, que je les
regretterais beaucoup et que je ne les oublierais
jamais. Puis, évitant la leçon de morale, je demandai
à Roseline d'aller au tableau pour écrire la poésie
que j'allais lui dicter. C'est alors que Baptiste se leva
et dit d'une voix qui ne tremblait pas :

– Nous les grands, nous savons pourquoi vous allez
partir, et nous ne sommes pas d'accord. Nous nous
sommes réunis et nous avons écrit une lettre à l'inspecteur et aux gendarmes.

Je fus effrayée par cette initiative qui donnerait
peut-être à penser que j'avais manipulé ces enfants.
Et en même temps si émue que j'eus du mal à trouver les mots :

– Je vous remercie, mais nous n'auriez pas dû.
Mes supérieurs ne me considèrent pas comme

coupable. Ils connaissent la vérité. Il est fréquent de changer d'affectation les premières années pour les maîtres ou les maîtresses d'école qui débutent. Il n'y a là rien d'extraordinaire.

– Ça ne fait rien, madame, dit alors Viviane en se levant à son tour. Nous avons écrit. Les lettres sont postées.

– Eh bien, je vous remercie sincèrement, dis-je, mais nous avons encore beaucoup de temps à passer ensemble et nous allons en profiter. C'est ce qu'il y a de mieux à faire.

Puis, comme je sentais que j'allais être incapable de continuer à parler, je demandai à Baptiste de dicter une poésie à Roseline au tableau. Elle était de Jean Richepin et s'intitulait « La neige est belle ». Je m'en souviens très bien car ce matin-là n'est jamais sorti de ma mémoire :

Salut ! dans ton manteau doublé de blanche serge,
Dans ton jupon flottant de ouate et de velours
Qui s'étale à grands plis immaculés et lourds,
Le monde a disparu. Rien de vivant n'émerge.

Contours enveloppés, tapages assoupis,
Tout s'efface et se tait sous cet épais tapis.
Il neige, c'est la neige endormeuse, la neige

Silencieuse, c'est la neige dans la nuit.

Mais c'était comme si ce qui se passait dans la salle de classe se déroulait sans moi. J'avais peur, soudain, de cette lettre expédiée par des enfants dont mes supérieurs penseraient qu'ils ne pouvaient avoir eu cette idée tout seuls. J'allais devoir affronter encore un autre problème, et peut-être en payer le prix. Décidément, c'était bien une épreuve que je vivais – et quelle épreuve pour mes débuts dans le métier !

Je m'aperçus que Roseline avait fini d'écrire et que le silence régnait, que tous les regards étaient posés sur moi. Je puisai, je ne sais comment, la force de continuer en expliquant « blanche serge », « jupon de ouate et de velours », « tapages assoupis », puis je donnai des problèmes aux grands et aux moyens et, quand ils furent occupés, je pris le syllabaire pour faire lire les petits.

La récréation de dix heures trente atténua quelque peu mes tourments, et je me sentis un peu mieux dès que les enfants furent sortis dans la cour, même si, par la fenêtre, je les vis discuter par petits groupes, Roseline, Baptiste, Louis et Viviane ensemble, réconciliés, unis pour la première fois depuis le mois de novembre, ce qui me rasséréna : j'aurais au moins réussi cela avant de partir.

Ce fut une journée éprouvante à tous égards, car je dus éviter les contacts trop directs avec les enfants, ne pas entrer dans des discussions qui toutes nous auraient ramenés vers leur indignation et, peut-être, m'auraient incitée à leur avouer la mienne. Or il ne fallait pas. Je n'en avais pas le droit. J'avais donné ma parole à l'inspecteur, et je savais que j'aurais déjà du mal à me dédouaner de la lettre envoyée par les enfants. C'était ma victoire, certes, mais je risquais de la payer cher.

Je vécus les jours qui suivirent dans l'angoisse,

d'autant que je reçus une lettre du secrétaire départemental du syndicat qui, bien que je ne sois pas adhérente, se proposait d'assurer ma défense – dans l'espoir, sans doute, de me voir prendre une carte rapidement. Les nouvelles allaient vite et je m'étonnais de cette sorte de réseau souterrain qui les portait de village en village, comme si tout ce qui se passait dans les écoles du département était répercuté par un écho mystérieux. Je ressentis désagréablement cette évidence qui me livrait à la curiosité de mes collègues, sans que j'eusse fait la moindre démarche, ni demandé la moindre aide. Je répondis que je n'avais besoin de rien, mais que je me proposais d'adhérer à l'avenir, lorsque j'aurais reçu une affectation définitive. Mon refus, pourtant, ne cessa de m'obséder, car je me demandais toujours si j'avais eu raison de faire confiance à l'inspecteur : à savoir si mon déplacement n'allait pas apparaître comme une sanction dans mon dossier.

Un autre souci m'obsédait : il avait beaucoup neigé et j'ignorais si j'allais pouvoir emmener Michel à Saint-Céré et, si cela s'avérait nécessaire, à Toulouse, comme je l'avais promis à sa mère. Heureusement, le temps cassa vers le 12 décembre, après que le vent eut tourné du nord à l'ouest, et je pus prendre le car avec l'enfant pour le conduire chez un spécialiste de la grande ville. Je le revois encore dans son petit manteau, emmitouflé jusqu'aux oreilles, un bonnet sur la tête, me tenant la main avec une confiance qui me bouleversait. Sa mère n'avait pas pu venir, mais ne m'avait pas pour autant donné ses raisons. Je crois qu'elle avait peur, tout simplement, d'un monde qui lui paraissait hostile, et que dans son impuissance et sa résignation, elle s'en remettait à moi.

Il y avait moins de neige, en bas, dans les rues de la ville que sur le plateau ouvert à tous les vents, et il faisait moins froid. Comme nous étions en avance, je conduisis le petit dans un café pour boire un chocolat chaud et je compris que c'était la première fois qu'il entrait dans un tel lieu. Comme le café était déjà illuminé par les décorations de Noël, l'enfant jetait de tous côtés des regards émerveillés, et je me disais qu'au moins ma démarche ne serait pas vaine, quoi que j'apprisse du spécialiste.

C'était un homme austère, aux lunettes épaisses, sans la moindre aménité. Michel avait peur, je le sentais, et il ne cessait de jeter des regards vers la porte. Le verdict ne fut pas tout à fait celui que j'espérais : selon le médecin, on ne pouvait pas opérer avant dix-huit ans, c'est-à-dire au terme de l'adolescence. Il fallait voir comment le corps du petit allait évoluer, et avec lui l'infirmité qui le frappait. D'autant que ce n'était pas une opération facile, et qu'elle ne déboucherait pas forcément sur un succès. Mais enfin, d'ici que l'enfant eût dix-huit ans, la chirurgie aurait fait des progrès et on pouvait espérer un jour une issue favorable.

Je n'eus pas la force d'expliquer à cet homme hautain que Michel était très handicapé pour apprendre, que le problème se posait dès à présent et qu'il serait trop tard dans dix ans. Ce n'était manifestement pas son problème, mais le mien, et bientôt celui du maître ou de la maîtresse qui me succéderait. Une fois de retour au village, j'eus de grandes difficultés à expliquer à la mère de Michel ce que j'avais appris à Saint-Céré. Elle avait placé une telle confiance en moi qu'elle était déçue, je le compris à la hâte qu'elle mit à me remercier – tout de même – et à s'en aller. Si bien que j'eus l'impression de l'avoir trahie et que j'en demeurai meurtrie pendant plusieurs jours.

D'autant que chaque heure qui passait me rapprochait de mon départ, d'une séparation d'avec ces enfants que j'avais appris à aimer, qui m'étaient devenus précieux. Je m'en voulais, je me reprochais d'avoir accepté trop vite ce déplacement qui me mortifiait, et mon seul remède, mon seul plaisir au cours de ces journées si douloureuses à vivre, c'était de prendre le temps de les écouter, de savourer chaque minute passée dans la salle de classe, que je fusse seule ou avec eux.

Je m'y réfugiais même le dimanche, j'allumais le poêle, je feuilletais les livres et les cahiers, jouissais d'une paix, d'un silence à nul autre pareil. Je respirais délicieusement l'odeur du bois, de l'encre et de la craie, je cherchais le texte des lectures et des récitations avec le plus grand soin, comme si ma mission devait se poursuivre durant toute l'année. Certains soirs, je m'imaginais prisonnière ici, sur ces hautes terres isolées par la neige, et dans l'impossibilité de les quitter. Même la perspective de passer les fêtes de Noël avec mes parents ne me paraissait pas indispensable, contrairement aux années précédentes. Bref ! Je refusais ce qui m'avait été imposé et le fait de devoir dire adieu aux enfants me crucifiait.

L'inspecteur revint peu avant les vacances, mais,

contrairement à ce que je redoutais, il ne se montra pas hostile, au contraire. Je n'eus même pas à me justifier, car il voulut bien ne pas douter de ma sincérité quand je lui eus précisé que je n'étais pour rien dans l'initiative des enfants qui lui avaient écrit. En fait, il venait m'apprendre trois nouvelles : la première était que le petit François se trouvait chez son oncle, à qui il avait été confié jusqu'à sa majorité ; la deuxième, que la plainte à mon encontre avait bien été retirée, la troisième, que mon affectation, à compter du 1er janvier, serait Saint-Laurent-la-Vallée, un petit village à classe unique, et que j'y resterais le temps de recevoir une affectation définitive, à la fin de l'année scolaire.

— Vous verrez, me dit-il, c'est un village charmant, à seulement une vingtaine de kilomètres de chez vous, et vous y serez bien.

Je n'eus ni la force ni le cœur de le remercier. Je me contentai de lui dire que j'avais tenu parole et que j'espérais qu'il tiendrait la sienne au sujet de mon dossier.

— Comment pouvez-vous en douter ? me demanda-t-il avec un air offusqué.

— J'ai au moins appris qu'il ne suffit pas d'être innocent pour ne pas être condamné.

— Qui a jamais parlé de condamnation ?

— Il n'est pas nécessaire de l'entendre pour en ressentir les effets.

Il comprit que l'approche de la séparation me rendait malheureuse et il n'insista pas. Il me dit seulement en me serrant la main :

– Vous avez pris la bonne décision, mademoiselle Perrugi. Vous n'aurez pas à vous plaindre de moi.

Il partit, me laissant seule avec mes regrets et avec mes remords, face à une situation qui devenait chaque jour plus douloureuse. La neige qui tomba en abondance peu avant le 20 décembre me fit croire qu'elle venait à mon secours. Mais elle ne me m'épargna pas le chagrin des derniers jours, l'abattement des dernières heures. Les enfants paraissaient statufiés, ils ne m'écoutaient pas, ne jouaient pas entre eux lors des récréations mais tenaient de secrets conciliabules qui s'arrêtaient dès que je m'approchais.

Le dernier jour, au matin, je tentai vainement de faire réciter aux moyens et aux grands la poésie qu'ils devaient savoir depuis longtemps, mais ils semblaient avoir tout oublié. Leur esprit était ailleurs, ils se refusaient à travailler. Peu avant midi, Baptiste se leva et m'apprit qu'ils m'avaient tous écrit une lettre, même les petits. Ils vinrent un par un déposer sur le bureau leur missive que je n'eus pas le cœur de lire devant eux.

– Je les lirai ce soir, leur dis-je, quand j'en aurai besoin.

Au cours de l'après-midi, je leur parlai longtemps de leur avenir, de leurs rêves et de leurs projets. Je leur expliquai quel avait été mon chemin, combien j'avais rencontré d'obstacles, comment je les avais franchis, et leur répétai que tout était possible dans la vie, à condition de le vouloir vraiment. J'en profitai pour leur demander quel était le métier qu'ils voulaient exercer plus tard et je fus frappée par la résignation de la majorité d'entre eux : rester à la ferme, trouver une place de vendeuse à la ville, tenir un café, un garage, toutes sortes de petits métiers qui ne les éloigneraient pas de chez eux. Seule Roseline voulait devenir infirmière et Baptiste pilote d'avion. Comme j'insistais auprès de Viviane qui n'avait pas levé le doigt, elle se décida à faire un aveu qui me surprit mais m'enchanta : elle voulait devenir archéologue.

– Mais je ne pourrai jamais, ajouta-t-elle.

– Bien sûr que si ! dis-je aussitôt, frappée, encore une fois, par le fatalisme d'une jeune fille intelligente et le plus souvent sûre d'elle.

– Vous le pensez vraiment ?

– J'en suis persuadée. Si tu travailles beaucoup, comme il le faut, tu deviendras archéologue un jour. J'en suis certaine.

Son sourire, alors, me paya de bien des déceptions. J'enchaînai sur le métier d'archéologue, fis un petit cours sur l'Égypte, la Rome antique, et il me sembla qu'une porte s'ouvrait devant eux : un horizon, enfin, quelque chose de plus grand que leur petite vie – un espoir véritable. Et, comme si une digue avait cédé, plusieurs d'entre eux levèrent de nouveau le doigt et osèrent exprimer un rêve demeuré jusqu'alors inavouable. Une voulait devenir hôtesse de l'air, l'autre institutrice – « comme vous », précisa-t-elle – et le grand Louis, jusque-là muet et sceptique, murmura qu'il voulait essayer de devenir ingénieur.

C'était le dernier jour, la dernière heure, les derniers instants, mais il me sembla que j'avais gagné, que mon passage ici, dans ce village, pour bref qu'il ait été, n'aurait pas été vain. Dès lors, je me sentis moins fragile à l'instant de les embrasser un par un, et je trouvai les forces nécessaires pour ne pas verser la moindre larme, les consoler, les encourager une dernière fois, ces enfants qui n'étaient pas à moi et qui, pourtant, m'étaient devenus si chers.

Quand Baptiste, le dernier, disparut au portail, je pus enfin me laisser aller, non sans comprendre que je venais de rencontrer le plus grave écueil que guettait une maîtresse d'école : s'attacher à des enfants au point de croire qu'ils lui appartenaient. Sans doute aussi avais-je, de ce fait, outrepassé mes fonctions en intervenant à la place des familles, mais je n'en concevais pas le moindre regret, seulement une souffrance supplémentaire.

Je demeurai un long moment assise à mon bureau, contemplant mon royaume désert, écoutant des voix qui s'étaient tues, défaite et victorieuse à la fois, dévastée et cependant heureuse d'avoir pu éveiller des esprits endormis, résignés, à l'image de ces terres rudes où le rêve paraissait interdit.

La nuit était tombée. Le poêle s'éteignait. Je me levai, parcourus les allées, caressai des doigts les pupitres, les cartes Vidal-Lablache, les tableaux, mais je ne pus quitter cette salle de classe où flottaient encore l'odeur des tabliers et des cartables, celle du parfum bon marché des filles et du fumier des étables transportée par les garçons. Impossible de m'en aller, d'éteindre, de refermer la porte derrière moi.

Heureusement, Germaine apparut, s'approcha et me prit le bras en disant :

– Nous allons faire un festin : j'ai apporté tout ce qu'il nous faut.

Mais je n'eus pas la force d'éteindre : ce fut elle qui actionna le commutateur et referma la porte derrière nous. Je me laissai guider dans l'escalier, jusqu'à l'appartement où, enfin, je pus reprendre un peu mes esprits en l'aidant à mettre la table, mais sans pour autant entendre les paroles qu'elle prononçait : je revoyais les visages des enfants tendus vers moi, leur gravité à l'instant de nous séparer, j'écoutais leurs mots maladroits mais si sincères, si émouvants, ceux de Baptiste, le dernier à s'en aller : « Mademoiselle, je ferai comme vous : je partirai. »

Germaine comprit qu'elle ne pouvait pas grand-chose pour moi et me quitta de bonne heure. Elle m'avait quand même été d'un grand secours et je la remerciai sincèrement. Puis je me retrouvai seule avec mes pensées et avec ce qui était, déjà, des souvenirs. Impossible de dormir. J'ouvris une des lettres que m'avaient écrites les enfants, mais je la refermai aussitôt : c'était trop d'émotion, trop de douleur. Je les lirais plus tard. Alors je pris un livre, le feuilletai, tombai sur un texte de Colette qui racontait une veillée de Noël et qui, aussitôt, me mit du baume au cœur :

« Nous n'avions ni boudin noir, ni boudin blanc, ni dinde aux marrons, mais les marrons seulement, bouillis et rôtis. Puis, comme il nous était loisible de veiller, la fête se prolongeait en veillée calme, au chuchotement des journaux froissés, des pages tournées, du feu sur lequel nous jetions quelque élagage vert qui crépitait sur la braise comme une poignée de gros sel... Quoi ? Rien de plus ? Non, rien. Aucun de nous ne souhaitait davantage, ne se plaignait d'avoir trop peu. Le sifflant hiver assiégeait les persiennes, la grosse bouilloire de cuivre, assise dans les cendres, et les cruchons de terre qu'elle allait remplir nous promettaient des lits chauds dans les chambres froides... »

À ces mots, je fus transportée dans ma maison d'enfance des Grands Champs, apaisée à l'idée que j'allais bientôt retrouver ce refuge, ce bonheur ancien et pourtant si vivace, et j'oubliai le jour qui venait de s'achever. Je me revis près de mes frères, allongée devant la cheminée, guettant les étincelles d'or du foyer, ces étincelles qui, en nous, ne s'éteignent jamais. Je pus enfin m'endormir en rêvant à ces heures ineffaçables, dans l'odeur délicieuse du papier journal sur les briques chaudes, le murmure de ma mère qui nous lisait des contes peuplés de fées et d'ogres aux bottes de sept lieues.

Dès le lendemain matin, je décidai de ne pas m'attarder, de partir le plus vite possible. Le maire vint me saluer, un peu gêné me sembla-t-il, vaguement coupable, sans doute, mais égal à lui-même.

– Je vous souhaite bonne chance, mademoiselle, me dit-il. Peut-être à l'avenir pourrez-vous mieux faire la différence entre la mission d'une assistante sociale et celle d'une maîtresse d'école.

Et, comme je lui répondais que pour moi l'une n'allait pas sans l'autre quand un enfant était en danger, il ajouta :

132

– Je suis certain que vous auriez fait du bon travail chez nous. Les enfants vous aimaient bien.

Je ne tins pas à prolonger cette conversation et me dirigeai vers la porte. Je serrai par politesse la main qu'il me tendit, et je préparai ma valise rapidement, sans grand soin, persuadée que si je m'attardais, je souffrirais encore plus que la veille. Je partis à pied, comme j'étais arrivée trois mois plus tôt, dans la pâle lueur d'un soleil enfin revenu, mais glacée jusqu'aux os, le cœur en folie, pressée soudain de gagner la vallée, de me retrouver loin de ces hautes terres trop étrangères à la jeune femme de vingt ans que j'étais alors.

Deuxième partie

9

Comme je l'avais espéré, il ne me fut pas difficile d'expliquer à ma mère que les changements de poste étaient nécessaires à l'apprentissage du métier, au moins les premières années. Je n'avais pas envisagé une seule seconde de lui dire la vérité au sujet d'un déplacement qui, heureusement, me rapprochait d'elle. À l'occasion des fêtes de Noël, mon frère aîné vint nous voir avec sa femme et son fils. C'était une famille très unie, dont l'enfant bénéficiait de soins attentifs et affectueux. Ces trois jours m'enchantèrent tout en me rappelant que, si je voulais moi aussi des enfants, je devais me marier. En prenant son petit-fils sur ses genoux, mon père laissa apparaître quelques failles dans son armure, qui me surprirent mais me ravirent. Quand nous nous retrouvâmes seules, ma mère et moi, elle me demanda si je n'avais pas songé à trouver un mari et je lui répondis que ce n'était pas si simple, que je n'en avais pas encore eu le loisir.

– Le temps passe vite, me dit-elle, et je voudrais tellement te savoir heureuse !

– Mais je suis heureuse ! répondis-je. Rappelle-toi le proverbe : « Tout vient à point à qui sait attendre. »

– Un autre proverbe dit que « le temps perdu ne se rattrape jamais », fit-elle en guise de conclusion, et je ne pus dissimuler un mouvement d'humeur que je regrettai aussitôt.

Passé les fêtes, je trouvai enfin la force de lire les messages des enfants que j'avais quittés, et qui tous, sans exception, exprimaient des regrets, le chagrin, à l'exemple de Roger, l'enfant qui savait si bien rire, et qui écrivait :

« Merci mademoisèle, de m'avoir pas punni aussi souvent que je le mérité. Aujourdui, pluto que rire, j'ai envi de pleuré. Je vous oublierez pas, surtout quand je serais debou, au piqué. Alors je penserez à vous. »

Celui de Michel, manifestement écrit pas sa mère, disait seulement : « Jamais j'ai bu un si bon chocolat qu'à Saint-Céré, et avec vous, j'ai pas eu peur du docteur. » D'autres, ceux des plus grands, avouaient le sentiment d'une injustice inacceptable et je me reprochai de n'avoir pas désamorcé cette conviction qui les plaçait en conflit avec le monde des adultes, à leurs yeux coupables de ne pas s'être suffisamment opposés à mon départ. N'allaient-ils pas en concevoir un rejet brutal ? Une défiance définitive ? Il était trop tard, hélas, pour y remédier, mais je me promis de me montrer plus vigilante à l'avenir, de les préserver davantage du « monde des grands ».

Ce fut avec impatience que j'attendis le moment

de partir à Saint-Laurent, l'avant-veille de la rentrée de janvier, ainsi que je l'avais projeté, comme lors de la rentrée d'octobre. Avec mes premiers émoluments, j'avais acheté un Vélo Solex qui me permit de gagner ma destination, distante d'une vingtaine de kilomètres, ma valise soigneusement attachée sur le porte-bagages. J'avais un peu présumé de mes forces, car la route ne cessait de monter et de descendre, sous un soleil qui réchauffait à peine l'air vif, coupant comme du verre. Je dus à plusieurs reprises mettre pied à terre afin de pousser mon Solex ou me réchauffer le visage, et il me fallut plus de deux heures pour atteindre la dizaine de maisons qui se trouvaient de part et d'autre de la petite route qui longeait un ruisseau, au creux d'un vallon.

Les arbres avaient perdu leurs feuilles, mais la sensation de douceur était étonnante, réconfortante, sans doute à cause de l'abri contre le vent que formaient les collines alentour. L'école se trouvait un peu en retrait de la route, de l'autre côté d'une petite place plantée de tilleuls et de platanes. Quatre enfants y jouaient paisiblement, vêtus presque comme en plein été. Malgré leur présence, un grand silence régnait dans la vallée, au bout de laquelle, là-bas, la route rejoignait une grande plaine que rien ne semblait limiter, jusqu'à l'horizon.

Je m'y sentis bien tout de suite, c'est-à-dire dès que je me retrouvai dans ma chambre du café-restaurant-hôtel où me conduisit le maire, après que les enfants furent allés le chercher à ma demande. En effet, l'instituteur que je remplaçais venait de tomber gravement malade à la fin du trimestre, et il n'avait pu libérer le logement au-dessus de la salle de classe.

– Ne vous inquiétez pas, me dit le maire, il a été entendu avec l'inspecteur que la mairie prenait en charge la location de votre chambre. Vous verrez, vous serez bien.

C'était un homme énergique, à la peau tannée, sec, mais au visage avenant, qui, manifestement, n'avait pas de temps à perdre. Je n'eus jamais à m'en plaindre car il tenait à son école et la savait menacée en raison du faible nombre de ses élèves : à peine une vingtaine. Contrairement à Ségalières, je n'ai pas gardé le souvenir précis de tous et, cependant, la douceur de ces lieux est demeurée vivante en moi, surtout à partir du moment où, avec le printemps, la vallée redevint ce qu'elle était vraiment : un enclos de verdure, de paix et de silence.

Un mois après mon arrivée, je quittai la chambre de l'hôtel des Voyageurs pour m'installer dans un deux pièces inoccupé, à trente mètres derrière l'école. Il avait été aménagé au-dessus d'un entrepôt de maçon et j'étais réveillée le matin de bonne heure par les ouvriers. Cela ne me dérangeait pas, car j'ai toujours aimé me lever tôt. Il comprenait une cuisine-salle de bains et une chambre. L'eau coulait au robinet : un luxe que j'appréciai après le puits de Ségalières. Deux grands saules encadraient l'édifice et, quand je pus ouvrir les fenêtres, le printemps venu, j'entendis le murmure du ruisseau qui

140

sinuait entre des berges vertes, plantées de fins peupliers d'Italie.

Ce fut comme s'il n'y avait pas eu d'hiver et dans
ma mémoire ce séjour a duré moins longtemps que
les trois mois passés dans le Ségala. C'est curieux,
mais c'est ainsi. Peut-être parce que je savais que je
ne devais pas rester au-delà de la fin de l'année scolaire, mais aussi parce que je n'ai pas voulu m'attacher à des enfants que j'allais quitter, et qu'aucun
événement grave n'est intervenu, sinon une chute
dans la cour de récréation, qui vit un garçon de dix
ans se casser le bras.

Un livre de lecture, ou plutôt un roman scolaire
me reste de ces jours heureux, celui d'Ernest
Pérochon, Prix Goncourt et ancien instituteur : *À
l'ombre des ailes.* Je ne sais pourquoi, je l'ai gardé, sans
doute parce qu'il me rappelle l'ombre des grandes
frondaisons dans lesquelles dormait la salle de classe,
en mai et en juin, et son contexte d'aventure, de
départ, correspond assez bien à mon état d'esprit de
l'époque. Demeure aussi vaguement dans mon souvenir un problème de trains qui se croisent que j'ai
eu beaucoup de mal à expliquer aux enfants, ayant
toujours connu des difficultés pour apprivoiser les
mathématiques, même les plus ordinaires ; enfin une
poésie d'Arthur Rimbaud, qui me paraissait parfaitement traduire que je ressentais dans ce village :

C'est un trou de verdure où chante une rivière,
Accrochant follement aux herbes des haillons
D'argent ; où le soleil de la montagne fière,
Luit : c'est un petit val qui mousse de rayons.

Deux filles intelligentes et gaies : Helène et
Martine, que j'ai présentées au concours d'entrée en
sixième sans avoir eu beaucoup de mal à convaincre
leurs parents, et qui l'ont passé avec succès. Trois
reçus sur quatre au certificat, dont Maurice, un
grand gars qui avait beaucoup de mal à apprendre,
et qui m'en a gardé une grande reconnaissance
pendant de longues années... Un autre garçon à
consoler : Gérard, qui n'avait jamais pu résoudre le
moindre problème et qui, pourtant, me donnait des
rédactions remarquables. Je n'ai jamais su ce qu'il est
devenu, mais cet échec, c'était le mien, et je m'en
suis fait le reproche longtemps, c'est-à-dire jusqu'au
moment où d'autres enfants se sont substitués à lui,
avec leurs qualités, leurs défauts, leurs petites faiblesses et leur volonté.

Ce qui reste, au fond, de ce séjour, c'est ma hâte
de partir pour ne pas m'attacher à eux, car je savais
que je souffrirais, une nouvelle fois, de les perdre.
Lors de son inspection en mai, après m'avoir félici-
tée pour mon travail, l'inspecteur ne m'avait laissé
aucune illusion à ce sujet :

– Je vais vous affecter à un poste double en tant
que titulaire, comme je vous l'ai promis. Ce sera
beaucoup mieux pour vous, car vous aurez un collègue pour vous appuyer.

J'avais compris, mais il ne put s'empêcher d'insister :

– Ce sera un homme, et jeune, comme vous.

Ainsi donc, aujourd'hui comme depuis toujours,
l'Éducation nationale veillait à former des couples

capables de porter la bonne parole dans les villages et de montrer l'exemple d'un bonne moralité. Elle ne supportait pas que l'un ou l'autre de ses hussards pût, par sa conduite, nuire à sa réputation. Nous étions pourtant en 1955, mais la concurrence demeurait vive avec l'école privée. Bref! Les célibataires n'avaient pas bonne réputation dans les bureaux des académies.

– Qui vous dit qu'il me plaira? demandai-je avec un mouvement d'humeur.

– Il vous plaira, mademoiselle, il vous plaira; faites-moi confiance.

Comme après chacune de nos entrevues, je restai un long moment contrariée, d'autant qu'à cinq heures arrivèrent les parents du garçon qui s'était cassé le bras, deux jours auparavant. Je remplis devant eux les papiers d'assurance, leur expliquai une seconde fois comment les choses s'étaient passées, et ils s'en allèrent sans le moindre reproche, alors que j'avais craint le contraire. Cette attitude me changeait d'autres parents, là-haut, dans le Ségala. En y réfléchissant, il me sembla que l'état d'esprit des gens d'ici venait du fait qu'ils vivaient dans une région ouverte, de passage, et non pas dans des hautes terres difficiles d'accès, fermées sur elles-mêmes. Mais je n'en voulais pas aux gens du Ségala. Je les comprenais mieux avec le recul et je me disais que j'avais sans doute ma part de responsabilité dans ce qui s'était passé.

À Saint-Laurent, le dernier mois, malgré la proximité du certificat, fut un enchantement. Après cinq heures, je retenais les grands et je leur faisais réviser l'histoire et la géographie, à l'ombre, dans le petit pré situé entre l'école et le ruisseau. Ils ne songeaient pas à rentrer chez eux, et nul ne s'inquiétait de leur retard. Comme on n'avait pas besoin d'écrire, je leur faisais aussi travailler le calcul mental, ainsi qu'on le pratiquait à l'époque, avec des questions simples et concrètes de la vie de tous les jours :

« Une mère de famille achète une robe à ses trois filles. Elle paye la première 4 000 francs, la deuxième 3 500 francs et la troisième 2 400. Combien débourse-t-elle en tout ? »

Ou encore :

« Un élève a obtenu les notes suivantes : 14, 12, 7. Quelle est sa moyenne ? »

Heureusement, cette épreuve, qui provoquait beaucoup d'émotion et de crainte chez les enfants, fut supprimée par la suite, car elle surchargeait la journée déjà bien encombrée du certificat. Et il faut bien avouer que les enfants qui le passaient n'étaient pas les plus brillants. La survivance du certificat à quatorze ans était en réalité, pour l'Éducation nationale, un moyen, au cours de deux années supplémentaires après le CM2, de faire assimiler des connaissances avec des élèves qui éprouvaient les plus grandes difficultés. Les autres, d'ores et déjà, dans les régions les plus favorisées, passaient le concours d'entrée en sixième, ce qui n'était pas pour me déplaire. Il me semblait, à l'époque – du moins je crois m'en souvenir –, que le certificat était condamné à disparaître, même s'il demeurait pour les familles paysannes, surtout, le moyen de garder leurs aînés auprès d'eux afin qu'ils les aident et, un jour, leur succèdent.

Vint le moment du départ et, pour moi, le premier cadeau de fin d'année de la part des élèves – et surtout de leurs parents : une écharpe de laine grise que j'ai gardée longtemps, en souvenir de ces jours heureux qui m'avaient réconciliée avec l'école, après les difficultés du début. Mais je dois dire que ces cadeaux de fin d'année m'ont toujours gênée, emplie de confusion, comme s'il agissait d'une présent auquel je n'avais pas droit : pour moi, c'était une chance de pouvoir vivre avec les enfants, de les aider, de les accompagner de mon mieux. Je ne voulais pas être récompensée pour cela. Je tâchais pourtant chaque fois de les accepter avec le sourire, d'embrasser les enfants et d'écrire un petit mot de remerciement aux parents, mais j'en gardais une désagréable sensation de culpabilité.

Dès la fin de l'année scolaire, je regagnai Saint-Vincent, et plus précisément la maison des Grands Champs, avec la perspective de trois mois de vacances devant moi – trois mois payés sans faire la classe. Je compris très vite que cette situation me mettait en porte-à-faux vis-à-vis de mon père et de ma mère, lesquels travaillaient tous les jours pour gagner leur vie. Si ma mère se montrait heureuse de cette situation, mon père, lui, qui montait chaque jour sur des échafaudages sous la canicule et rentrait épuisé, tard le soir, fut dépité de me voir gagner de l'argent sans travailler. Il ne m'en fit pas ouvertement le reproche, mais je sentis que j'avais changé de mode de vie, de statut, que j'avais accédé à un certain luxe puisque j'étais payée à ne rien faire, et qu'il me serait difficile de cohabiter avec eux à l'avenir. L'écart était trop grand, déjà, entre ma situation et la leur. Je le confiai à ma mère qui s'en émut, versa des larmes, mais ne put me contredire : tout cela était vrai. Je lui proposai pourtant de venir travailler avec elle dans les champs, comme avant, mais elle démontra que ce n'était plus possible puisque j'étais payée : il fallait laisser ces travaux à ceux qui en avaient besoin.

Que faire ? Où aller ? Je louai une petite chambre à Saint-Vincent où je me sentis bien tout de suite, libre de vivre à ma guise et de m'adonner enfin, sans avoir à me cacher, à ma passion des livres. Je crois bien que pendant ces vacances-là je dus lire une trentaine de romans, dont *Le Déjeuner de Sousceyrac*, de Pierre Benoît, qui me replongea dans la rudesse et l'âpreté de la vie sur le Ségala. Mais je le lus avec plaisir, comme en harmonie avec les mots d'un grand romancier qui exprimait si bien ce que j'avais connu là-bas. Je lus aussi *Le Hussard sur le toit* de Giono, et je fus fascinée – non sans un pincement au cœur pour ne l'avoir jamais connu – par l'amour d'Angelo et de Pauline de Théus. D'autres encore, comme *Les Thibault* de Martin du Gard, le *Journal* de Gide, des romans d'Eugène Dabit, de Louis Guilloux : bref ! tout ce qui me tombait sous la main, que ce fût à la bibliothèque de Saint-Vincent ou à la Maison de la presse qui recevait quelques nouveautés.

Le soir, je revenais préparer le repas chez mes parents et dînais avec eux. Ainsi, je les soulageais un peu de leur fatigue du jour et je partageais avec ma mère cette complicité qui me faisait regretter de ne plus dormir dans la maison où j'étais née. Mais je me sentais toujours mal à l'aise vis-à-vis d'eux. Si je l'avais pu, j'aurais emménagé dès la fin du mois dans le village de mon affectation définitive en tant que titulaire d'un poste double, conformément à ce que m'avait annoncé l'inspecteur. Il s'agissait de Peyrignac-du-Causse, et je ne le connaissais pas.

Ce fut au début du mois d'août que je reçus une lettre d'un homme qui se nommait Pierre L. et qui demandait à me rencontrer car, écrivait-il, nous devions travailler ensemble à la rentrée. Il habitait près de Cahors et me proposait un rendez-vous à Peyrignac même, ou à mi-chemin, dans le village de mon choix. Je trouvai d'abord l'initiative assez cavalière, puis je me dis qu'il était bien naturel de faire connaissance, puisque nous allions devoir cohabiter. Je ne voulus pas le rencontrer à Peyrignac même – ni à Saint-Vincent pour ne pas donner prise aux ragots –, et je lui proposai Gramat, que je pouvais rallier avec mon Solex en moins d'une heure.

Je lui donnai rendez-vous sur la place où il arriva dans une quatre-chevaux verte, ce qui m'étonna beaucoup, du fait qu'il n'avait pas encore travaillé, que Peyrignac était son premier poste. C'était un jeune homme brun, aux yeux noirs, assez grand, plutôt maigre, avec une certaine dureté dans le visage dont l'angulosité étonnait dès l'abord. Sa voix douce démentait pourtant une quelconque rugosité de caractère. Il était calme, posé, et il me proposa de m'inviter au restaurant le plus naturellement du monde, ce que j'acceptai sans beaucoup hésiter. Je m'étais assez désolée de ne pas côtoyer de jeunes hommes, assez reproché ma solitude, j'avais assez rêvé d'un homme à qui parler pour ne pas nourrir de scrupules, ce jour-là, à accepter une invitation qui n'engageait à rien.

Il fut franc, direct, honnête. Comme il n'avait encore jamais enseigné, il me proposa de m'occuper des grands, alors qu'il se chargerait de la section enfantine, des cours préparatoire et élémentaire.

– Nous aviserons à l'avenir, me dit-il, une fois que j'aurai acquis un peu plus d'expérience.

Cette humilité me plut. Je savais que beaucoup de jeunes institutrices choisissaient de partir enseigner en ville, dans les cours complémentaires, car la coutume voulait qu'elles héritent des petites classes des postes doubles. L'autorité d'un homme, en effet, était censée être indispensable à la maîtrise des grands du certificat d'études.

Nous déjeunâmes presque en silence, du moins au début, un peu gênés de nous trouver face à face, trop près l'un de l'autre pour une première fois. Je remarquai la manière élégante qu'il avait de tenir sa fourchette et son couteau, de s'essuyer les lèvres, de boire en rejetant légèrement la tête en arrière, de parler seulement quand il avait la bouche vide. Je ne me souviens pas vraiment de ce que nous nous sommes dit, où plutôt de ce qu'il me dit ce midi-là, sinon qu'il revenait du service militaire qui durait dix-huit mois à l'époque. C'était la première fois que je mangeais seule face à un jeune homme et j'étais très impressionnée. Je mesurais mes gestes, répondais à peine, et il me tardait que ce repas finît.

Il le paya, bien que je lui eusse proposé de m'acquitter de ma part, puis il m'offrit de me conduire à Peyrignac, distant d'une quinzaine de kilomètres, avec sa voiture. J'en profitai alors pour lui faire la remarque qui me trottait dans la tête depuis qu'il était arrivé :

– En quatre-chevaux ? Je ne pourrai pas m'en offrir une avant trois ou quatre ans.

– Mes parents m'aident beaucoup. Mais c'est le dernier cadeau que j'ai accepté d'eux. Je le leur ai dit.

Je laissai passer un instant avant de préciser :

– Les miens ne possèdent rien, pas même la maison dans laquelle ils habitent.

– Quelle importance ? murmura-t-il.

Mais il me sembla que c'était assez pour ce jour-là et je refusai de me laisser conduire à Peyrignac-du-Causse. Je ne voulais pas lui donner à croire que tout ce qui pouvait advenir entre nous était déjà écrit. Cependant, quand il me demanda la permission de m'écrire à Saint-Vincent, je lui répondis qu'il pouvait le faire. Puis je lui serrai la main et repartis sur mon Solex, partagée entre deux sentiments : je le trouvais sympathique et pourtant, quelque chose me heurtait en sa présence. Qu'était-ce donc ? Cette question m'habita tout le long de mon trajet de retour, mais elle ne m'empêcha pas d'attendre une lettre avec impatience.

J'en reçus une par semaine jusqu'à la rentrée et je

répondis à toutes sans parvenir à résoudre la question qui me hantait. Je ne pus la lui poser que le jour où nous nous donnâmes rendez-vous à Peyrignac, à la fin du mois de septembre. Pierre était vêtu d'un costume qui ne se portait qu'en ville, dans les milieux les plus favorisés. Il ne devait pas m'avoir tout dit sur sa famille. Et la mienne, en comparaison, devait être sans doute très différente. Ainsi, une fois de plus, mes origines remontaient en moi, me faisant mesurer à quel point je venais de loin, et combien il m'était difficile de m'inscrire dans une société qui, pourtant, dans notre profession, ne roulait pas sur l'or. Mais lui, Pierre L., qui était-il vraiment ? Avais-je le droit d'envisager un avenir avec lui ? Ce fut dans ces dispositions d'esprit que je fis la découverte du village dans lequel j'allais vivre des années, du moins le croyais-je cet après-midi-là, dans le parfum des chênes que le soleil de septembre poudrait d'une lumière d'or.

10

PEYRIGNAC-DU-CAUSSE, c'était, au milieu d'un grand désert calcaire, un bourg plutôt qu'un village aux maisons de pierres orangées coiffées de tuiles rousses. En ces lieux, la sensation d'isolement était totale : on atteignait Rocamadour après avoir longé des ravines d'une profondeur insondable et, de l'autre côté, Gramat, au terme d'une petite route qui semblait se perdre indéfiniment dans des bois de chênes nains et que seuls paraissaient guider ces murs de lauzes si typiques de la région. Pourtant, contrairement au Ségala, je ne me sentis pas en terre étrangère, mais dès l'abord dans un lieu familier. Malgré la proximité de l'automne, les couleurs aimables du causse, sa sécheresse et son soleil me donnèrent à penser que je m'y sentirais bien. Depuis Saint-Vincent, je n'étais montée que deux ou trois fois sur les collines, mais il y avait là quelque chose – une aridité accueillante, une lumière différente, un silence paisible – qui m'invitait à me laisser aller, à me sentir en confiance.

L'école se trouvait à l'extrémité nord du village, au

bord d'une petite route dont on se demandait si elle menait quelque part. Elle comprenait deux classes au rez-de-chaussée et, au-dessus, deux logements, un grand et un plus petit, séparés par une cloison qui, d'évidence, n'avait pas toujours été là. Sans doute avait-elle été dressée ou enlevée au gré des nominations successives. Deux cours, en bas, de chaque côté de l'immeuble, avec leur préau respectif, indiquaient qu'il n'était pas question de faire cohabiter les filles et les garçons pendant les récréations.

La rue principale descendait vers la grand-place où trônaient un immense chêne et trois platanes, escortée de maisons où toutes les portes étaient ouvertes. Des commerces – cafés, épiceries, une boulangerie – témoignaient d'une vie active et joyeuse. Les habitants que nous croisions, Pierre et moi, se retournaient pour s'interroger sur notre identité, mais ils ne paraissaient pas méfiants, au contraire : je devinais qu'ils mouraient d'envie de lier conversation. Ce que fit tout de suite le maire, Marius Fabre, quand nous nous fûmes présentés à lui.

– Fan de Lune ! s'exclama-t-il, que vous êtes jeunes ! On dirait des oisillons tombés du nid !

Et, sans nous laisser le temps de nous expliquer, avec un enthousiasme qui se voulait communicatif :

– Tant mieux ! On a toujours besoin de jeunesse.

C'était un homme énorme, aux yeux très clairs, aux boucles blanches, qui devait avoir près de soixante-dix ans. Il était vêtu d'un pantalon de velours retenu par des bretelles, d'une chemise bleue sur laquelle des traces de sueur témoignaient d'une activité peu en rapport avec son âge et avec l'enbompoint qui le handicapait. Il respirait difficilement, mais riait sans cesse et discourait sans se préoccuper de ce que ses interlocuteurs avaient à répondre :

— On m'a dit que vous n'étiez pas mariés. Jeunes comme vous l'êtes, si beaux, si gentils, comment c'est possible, ça ?

Pierre tenta de s'expliquer, mais il n'en eut pas le temps. Nous fûmes emportés dans un tourbillon qui nous entraîna vers l'école, à pied, dans le sillage de cet homme tonitruant qui s'arrêtait devant chaque porte pour nous présenter, apostrophait ses administrés dans de grands éclats de voix et d'amples mouvements de bras :

— Voyez comme ils sont beaux ! On dirait des Jésus ! Ils nous gâtent à l'académie !

Et, toujours plaisantant :

— Ils sont pas mariés, dites ! Je suis sûr qu'on sera de noces avant la fin de l'année !

Enfin, au terme de multiples haltes et d'un périple qui dura près d'une heure, nous arrivâmes à l'école où il nous fit visiter les logements, les salles de classe, et nous dit en conclusion, après nous avoir remis les clefs :

— S'il vous manque quelque chose, n'hésitez pas à demander ! Tout le monde le sait : Fabre, il est pour l'instruction ! C'est pas pour rien qu'il a été élu maire ! Les enfants, c'est l'avenir ! C'est pas vous qui me direz le contraire, pas vrai !

Quand l'ouragan fut passé, nous nous retrouvâmes, Pierre et moi, étonnés d'y avoir échappé, mais rassurés et séduits, au fond, par cet accueil si chaleureux. Un grand rire sincère s'empara de nous, qui nous tenions debout, face à face dans le couloir, un peu gênés de cette promiscuité, à laquelle je mis un terme en proposant de m'installer dans le logement le plus petit.

– Il me suffirait, dit Pierre.

– J'ai l'habitude des petites pièces.

– Comme vous voudrez.

Je refermai la porte derrière moi tout en me disant que j'allais devoir résoudre très vite ce problème de cohabitation auquel, pourtant, j'aurais dû songer bien avant notre arrivée. Je ne voulais pas me montrer trop distante, mais je ne souhaitais pas non plus accepter si rapidement les inévitables conséquences de ce qu'avait projeté l'inspecteur sans me demander mon avis. Pierre ne m'était pas indifférent, mais je devinais toujours une sorte de barrière entre lui et moi. Je ne pus me résoudre à faire le premier pas, et j'attendis qu'il se manifeste à l'heure du repas du soir. Ce qu'il fit, mais assez tard pour que je puisse penser qu'il était allé dîner dans le petit restaurant du village dont le maire nous avait dit qu'il nous mitonnerait des plats excellents si nous le souhaitions.

Quand Pierre frappa à ma porte, j'ouvris sans la moindre hésitation, bien décidée à trancher le problème rapidement :

– Entrez! dis-je. J'ai fait une omelette que nous pouvons partager. Nous pourrons ainsi parler de l'école et prendre les dispositions qui s'imposent avant la rentrée.

Il parut soulagé, comme moi, et nous nous installâmes face à face, après qu'il fut allé chercher des tranches de rôti froid qu'il avait apportées dans ses bagages.

– Si vous le souhaitez, dis-je, nous pouvons prendre tous nos repas ensemble, dans mon logement. Il y a tout ce qu'il faut, et ça ne nous engage à rien.

– Merci. Vous m'enlevez une belle épine du pied. Et vous pouvez compter sur moi pour ne pas en abuser. Si un jour vous souhaitez y mettre fin, il vous suffira de me le dire.

– C'est entendu.

Nous pûmes discuter du fonctionnement de l'école sans arrière-pensées et il me confirma qu'il envisageait sérieusement de prendre en charge les plus petites classes, contrairement à ce qui se pratiquait d'ordinaire.

– Le certificat d'études et le concours d'entrée en sixième seraient trop de responsabilités pour moi la première année, précisa-t-il.

Je lui fis observer que je n'avais pas eu le choix, moi, à mes débuts.

– C'est vrai, répondit-il, mais justement : je suis sûr que si vous ne vous occupiez pas des grands, cela vous manquerait.

Cette délicatesse me toucha. Décidément, cet homme n'était pas ordinaire. Je profitai alors de la situation pour lui poser quelques questions au sujet de sa famille et j'appris ce que je redoutais : ses parents n'étaient pas de simples vignerons mais ils étaient propriétaires de soixante hectares près de Cahors. Ils n'habitaient pas une maison, mais un petit château situé au milieu des vignobles au-dessus du Lot.

– Et vous êtes parti ? Vous avez quitté tout cela ?

– J'ai un frère plus âgé que moi qui s'occupe du domaine avec mon père. Je suis parti sans regret : je rêvais de devenir instituteur, et cela depuis toujours.

Ainsi tout s'éclairait : je comprenais enfin ce que je ressentais en sa présence. Ébranlée par ce que je venais d'apprendre, je laissai passer quelques secondes avant de demander :

– Vous avez bien dit soixante hectares ?

– Oui.

– Vous ai-je dit que mon père était maçon et que ma mère travaillait dans les champs ?

– Vous ne me l'avez pas dit de façon si explicite, mais vous me l'avez fait comprendre. Quelle importance, dites-moi ? Nous avons la même situation : je suis instituteur, comme vous.

– Vous savez très bien ce que je veux dire, et vous savez très bien aussi pourquoi nous sommes en poste ici tous les deux aujourd'hui.

– J'en suis ravi, Ornella.

C'était la première fois qu'il m'appelait par mon prénom et j'en fus touchée beaucoup plus que je ne l'aurais imaginé. Troublée, aussi, au point de m'en défendre exagérément :

– Je ne pense pas que nous puissions imaginer un avenir ensemble, dis-je. Vos parents n'aimeraient pas, j'en suis certaine.

– Que savez-vous de mes parents ? Ce sont des gens très respectables et très compréhensifs.

– Je n'en doute pas, mais je ne suis pas certaine qu'ils verraient d'un bon œil arriver chez eux une belle-fille d'origine italienne, et sans la moindre fortune de surcroît.

Je compris que j'étais allée trop loin, d'abord en lui donnant à penser que j'envisageais un mariage avec lui, ensuite en jugeant des gens que je ne connaissais pas. Rouge de confusion, j'ajoutai :
– Excusez-moi.

Et, cherchant à me disculper, je m'enfonçai plus encore :
– C'est le mot « château » qui m'a choquée. J'ai travaillé dans les champs moi aussi, pour le compte de grands propriétaires. Vous pouvez comprendre ça ?
– Je peux tout comprendre, Ornella. Il suffit que vous m'expliquiez, et vous le faites très bien, avec beaucoup de persuasion.

Sa voix avait changé. Il se leva, me remercia pour le repas et me proposa de me retrouver dans la salle de classe le lendemain matin à neuf heures, ce que j'acceptai aussitôt. Avant que je referme la porte, pourtant, il me dit en me fixant étrangement :
– Nous ne sommes pas responsables de ce que font nos parents. Ni vous. Ni moi.

Je me retrouvai seule, furieuse de n'avoir pas su éviter ce début de dispute à l'occasion du premier repas de notre nouvelle vie. Mais comment eût-il pu en être autrement, en étant qui j'étais, et d'où je venais ? Je me reprochai ma conduite toute la nuit, et j'étais bien décidée à me montrer sous un jour plus aimable au matin, mais je n'en eus pas besoin, car Pierre feignit d'avoir oublié notre conversation.

Ce fut au contraire deux heures de complicité, à feuilleter les livres – tous en bon état, à part ceux de

géographie –, à faire l'inventaire des deux armoires
où se trouvait ce qui était indispensable à chaque
cours : bouliers, bûchettes, une chaîne d'arpenteur,
porte-mines, plumes, gommes, buvards, cahiers, bou-
teilles d'encres rouge et violette ; enfin à balayer la
poussière après avoir arrosé le plancher.

Je m'étonnai auprès de Pierre du fait que les
plumes fussent des Sergent Major (« Blanzy-Conté-
Gilbert réunis, fabricants exclusifs ») et non pas les
Baignol et Farjon que j'avais trouvées à Ségalières et
à Saint-Laurent. Je résolus d'en parler au maire, car
j'estimais les secondes plus faciles à manier que les
premières pour les élèves qui apprenaient à écrire.
Au mur, les cartes Vidal-Lablache exposaient aussi
bien les montagnes et les fleuves français que les
territoires de l'Afrique-Orientale française et de
l'Afrique-Équatoriale française. Les pupitres étaient
en bois massif, d'une seule pièce, et ne pouvaient
être dissociés des bancs. Les poêles étaient des
Godin, avec des tuyaux calorifères, et ils semblaient
en bon état. Le bois se trouvait sous un appentis
situé à droite du préau des grands. Bref ! Tout se
présentait bien, et nous avouâmes, l'un et l'autre,
qu'il nous tardait d'être au lendemain.

Je demandai à Pierre une dernière fois s'il comptait vraiment se charger des petites classes et il me
répondit :

– Je vous l'ai déjà dit, Ornella, les grands du cours
moyen et du certificat vous reviennent de droit.
Nous réexaminerons la question l'année prochaine.

Soucieuse de me faire pardonner mon attitude de
la veille, je lui proposai, pour fêter la rentrée, mais

non sans une certaine confusion, de l'inviter au restaurant du village à midi.

– Je vous dois un repas depuis notre rencontre,
lui dis-je. Vous ne pouvez pas refuser.

Il n'y songeait pas. C'est ainsi que nous nous
retrouvâmes dans une petite salle qui contenait une
douzaine de tables, sous le regard inquisiteur de
quelques familles venues là pour fêter le dimanche,
et des habitués des lieux. Nous fûmes atrocement
mal à l'aise, Pierre comme moi, car nous devinions
que ces gens se posaient des questions au sujet de
nos relations – tous devaient savoir depuis la veille
que nous n'étions pas mariés. C'est à peine si nous
osions nous parler et nous ne savions comment nous
comporter. Il nous tardait que le repas finît, mais il
fut interminable, comme c'était la tradition en un
lieu où les gens avaient pour habitude de prendre le
temps de vivre, surtout le dimanche.

Quand nous pûmes enfin nous échapper, ce fut
pour nous réfugier, aussi furieux l'un que l'autre,
me sembla-t-il, dans la salle de classe des grands.
Pourquoi les hauts personnages de l'Éducation
nationale, très soucieux d'une moralité sans faille,
ne prenaient-ils pas en compte les problèmes de
cohabitation que posait la nomination d'un homme
et d'une femme qui se connaissaient à peine et
n'étaient pas mariés ? Certes, le mariage était bien
l'objectif secrètement poursuivi, mais de quel droit
pouvaient-ils anticiper l'union de deux êtres qui ne
s'étaient jamais rencontrés ?

Je fis part à Pierre de mes réflexions sans songer
à lui cacher quoi que ce soit.

– Vous avez raison, Ornella, me répondit-il, nous devrons nous montrer vigilants, ne pas donner prise aux ragots.

Puis il ajouta en souriant :

– Il y a une autre solution : c'est nous marier le plus vite possible.

Je sursautai, et je répliquai, indignée :

– Vous vous rendez compte de ce que vous dites ? Nous nous connaissons à peine !

Il continua de sourire et répondit :

– En ce qui me concerne, ce peu me suffit. Jamais je n'aurais cru rencontrer un jour une madone italienne.

– Une madone italienne ? C'est tout ce que vous avez trouvé ?

– Je suis désolé, mais c'est comme ça que je vous ai vue dès le premier jour.

Il se tut un instant, comme s'il était gêné d'user de tels mots, puis il reprit, plus bas :

– Le lait de votre peau, vos longs cheveux noirs, le vert de vos yeux, à qui croyez-vous donc ressembler ?

– À ma mère, et elle n'est pas italienne. Seul mon père l'est.

– C'est bien ce que je pensais, murmura-t-il en souriant mais en détournant son regard.

Puis, comme pour lui-même :

– J'aurai au moins eu cette chance dans ma vie : vous rencontrer.

Il semblait sincère, et je me troublai en m'exclamant :

– Eh bien moi, je ne veux pas paraître complice d'une politique que je n'ai pas choisie et qui n'est

pas la mienne ! Ce n'est pas à un inspecteur d'académie de décider de ma vie.
– Vous avez parfaitement raison, fit Pierre sans se départir d'un calme étonnant. Cette décision n'appartient qu'à vous. Et puisque vous voulez qu'il en soit ainsi, vous m'en reparlerez à l'heure que vous jugerez bonne. Sachez seulement que la mienne est prise.

Il quitta la salle de classe pour regagner son logement, me laissant tremblante, toujours aussi furieuse contre moi et contre le monde entier. Je tentai de m'intéresser aux cahiers d'appel, mais je n'y parvins pas. Enfin ! me disais-je, comment pouvait-on décider d'un engagement pareil en si peu de temps ? C'était insensé ! Il me vint même à l'idée que peut-être Pierre se moquait de moi, mais cela ne dura pas. En fait, si je me montrais si hostile envers lui, c'était parce que tout allait trop vite pour moi et, surtout, parce que c'était trop beau pour être vrai : non seulement il me plaisait, mais il était attentionné, calme, tel enfin que j'avais imaginé des centaines de fois un futur époux.

Je résolus de laisser cette question de côté dans toute la mesure du possible et décidai de ne songer qu'à la rentrée. Pierre m'y aida au cours de l'après-midi en me questionnant sur les pièges à éviter, la bonne manière d'aborder des enfants inconnus, d'établir une autorité au premier contact, de capter leur attention et de gagner leur confiance. Comme il insistait, qu'il voulait tout savoir, je lui racontai comment s'était passée ma première année, notamment dans le Ségala, et les difficultés que j'y avais rencontrées. Il s'en offusqua, ne pouvant croire que j'avais accepté aussi facilement un déplacement qui n'était qu'une sanction déguisée.

– Je l'ai accepté pour sauver un enfant, dis-je.

– C'est incroyable !

– C'est pourtant la vérité. Et si c'était à refaire, je le referais. François est aujourd'hui à l'abri, hors de danger.

Et, comme Pierre hochait la tête en me dévisageant d'un air affligé, j'ajoutai :

– L'important ce n'est pas le lieu où l'on s'occupe des enfants, mais c'est de pouvoir s'en occuper.

– Certes, Ornella, mais vous vous rendez compte de ce que vous avez fait ?

– Qu'y a-t-il de si extraordinaire ?

– C'est formidable.

Il y avait une véritable admiration dans sa voix et je dois avouer qu'elle ne me fut pas désagréable, au contraire. Je fis en sorte, cependant, de changer de sujet de conversation, mais je n'en eus pas le temps, car on frappa à la porte de la classe, et le maire entra en s'exclamant :

– À la bonne heure ! Voilà qu'ils ne se quittent plus !

Il nous demanda si tout se présentait bien, si nous n'avions besoin de rien et il nous invita chez lui pour le repas du soir.

– Vous verrez Marie ! ajouta-t-il. Elle fait la cuisine à longueur de journée. Il faut manger pour pouvoir travailler !

Comment refuser sans vexer un homme pareil ? Il repartit en nous disant :

– Je vous laisse, mais n'oubliez pas! On a l'habitude de dîner à sept heures et demie!

Au cours des deux heures qui suivirent, je remplis les encriers et j'aidai Pierre à choisir la leçon de morale du lendemain, puis les lectures et la poésie de la première semaine, les problèmes, la leçon de choses du mercredi, celles d'histoire et de géographie.

À sept heures trente précises, nous entrâmes dans la maison de Marius Fabre et fîmes la connaissance de sa femme – la Marie, comme il disait –, qui était presque aussi énorme que lui, mais moins exubérante. Ce fut un repas pantagruélique au cours duquel le maire nous raconta sa vie, celle de sa commune dont on retrouvait trace dès le Moyen Âge, puis il en vint à l'objet de sa préoccupation essentielle : le secrétariat de mairie.

– Vos prédécesseurs s'en occupaient, nous dit-il, et ça m'arrangerait beaucoup que vous m'aidiez aussi. Enfin, surtout vous, ajouta-t-il en désignant Pierre. C'est la coutume ici : les paysans préfèrent avoir affaire à un homme qu'à une femme.

Et, devant notre perplexité :

– Moi je préfère les femmes, pas vrai Marie?

Il partit d'un énorme éclat de rire qui fit tinter le lustre sous lequel se trouvait la table de la salle à manger, puis il demanda :

– Alors, c'est d'accord?

Pierre tenta une manœuvre en précisant :

– Je n'aurai guère de temps de libre car je vais m'occuper de la section enfantine, du cours préparatoire et du cours élémentaire.

– Comment ça ? fit le maire en me désignant du regard, c'est elle qui va s'occuper des grands ?

– Oui.

Il nous considéra avec des yeux incrédules, puis, dans un nouvel éclat de rire, il s'exclama :

– Ça me plaît ! C'est une bonne idée ! Ça va nous changer un peu, et le changement, il en faut, c'est nécessaire.

À la fin du repas, quand il nous eut versé un fond de vieux marc malgré nos protestations, il baissa la voix pour nous conseiller :

– Dites ! Avec le curé allez-y doucement, c'est un brave homme et il est âgé. Tout le monde s'entend bien ici, et je voudrais que ça continue.

– Je ne vois pas pourquoi il y aurait des problèmes, dis-je. Nous vivons sous le régime de la séparation de l'Église et de l'État, c'est-à-dire chacun chez soi. Ne vous inquiétez pas.

– Ah ! J'aime la jeunesse, moi ! s'exclama-t-il.

Puis, sur sa terrasse, avant de prendre congé en nous serrant la main :

– Si on vous fait des misères, venez me voir. Personne n'a jamais touché à mes « estituteurs ».

– C'est entendu, fit Pierre.

Nous partîmes, un peu grisés par l'enthousiasme de notre hôte aussi bien que par le marc auquel nous n'étions pas habitués, et je me dépêchai de me réfugier dans mon logement où, dès que je me fus couchée, je sombrai dans un sommeil hanté par d'innombrables Marius Fabre qui péroraient sur une place avec des gesticulations de tribun romain.

11

L E lendemain, j'étais debout à six heures pour allumer le poêle dans ma salle de classe où Pierre me rejoignit un peu plus tard. J'avais écrit la date au tableau et la phrase sur l'hygiène qui allait me permettre de commencer l'année : « La propreté est la première qualité d'un bon élève. » J'avais également choisi le texte de la dictée qui permettrait de juger du niveau du certificat d'études et du cours moyen deuxième année. C'était un texte de Henri Bosco tiré du *Mas Théotime* que j'ai retrouvé récemment au cours de mes recherches, après avoir pris la décison – si longtemps repoussée – d'écrire l'histoire de ma vie et surtout celle de mon métier :

« Les troupeaux arrivent dans le fond, par le ravin, et gravissent la pente. On les entend venir de loin. Les bêlements, les lamentations des agneaux, l'aboi injurieux des chiens montent des bas-fonds vers le col, avant qu'on ait vu le troupeau. On entend tinter les clarines de cuivre et de bronze, grelots légers ou cloches lentes, cependant que le berger parle, on ne sait où, à haute voix pour appeler les chiens enivrés par l'air vif et l'odeur sauvage de la montagne. Le piétinement des moutons sur le tapis de feuilles mortes annonce l'approche du troupeau, et bientôt une odeur de suint monte dans les nappes d'air chaud que le ravin exhale... »

J'avais choisi ce texte car Peyrignac se trouve dans une région – le causse – qui vit de l'élevage des moutons, mais aussi parce qu'il était écrit au présent, qu'il ne contenait donc aucun de ces imparfaits du subjonctif si délicats à manier, et que le vocabulaire employé par l'auteur ne devait pas être étranger à mes élèves.

Je devais déchanter au moment de la correction, mais je l'ignorais encore en sortant dans la cour des filles où certaines arrivaient, accompagnées ou non par leurs parents, un peu intimidées, sans doute, mais peut-être moins que moi. Elles étaient vêtues d'une blouse rose ou bleue, portaient un ruban dans les cheveux, sentaient le parfum bon marché, me jaugeaient d'un regard en coin tandis que leur mère les présentait rapidement mais ne s'attardait pas. À part une, évidemment : la génitrice inévitable persuadée d'avoir mis au monde une des merveilles de l'univers, un puits de science, un monstre d'intelligence. Je lui fis comprendre avec le plus de précautions possible que je jugerais par moi-même de tout cela, et que je ne manquerais pas de m'en entretenir avec elle un peu plus tard. Elle s'éloigna après m'avoir jeté un regard qui ne me laissa aucun doute sur nos relations futures : dès la première heure, je m'étais fait une ennemie.

Une fois en classe, après l'appel, un grand silence

se fit et je compris qu'ils étaient étonnés d'avoir affaire à une maîtresse et non à un maître. Surtout les garçons, que Pierre venait de m'envoyer depuis la cour où il les avait accueillis. Une douzaine, dont six grands gaillards apparemment menés par l'un d'entre eux, vers qui, dès mes premiers mots, convergèrent tous les regards. Il se prénommait Claude, avait un frère, son cadet de deux ans, et je compris tout de suite que ce n'était ni Baptiste ni François, mais un énergumène qui allait me mener la vie dure. Je découvris aussi trois frères également redoutables, dont deux dans la classe du certificat, car l'aîné, Joseph, avait redoublé.

Les filles, elles, paraissaient solliciter le regard d'une belle brune aux cheveux longs, aux yeux noirs de Gitane, prénommée Aline, qui ne le leur rendait pas volontiers : on eût dit qu'elle rêvait, mais je devinais déjà que ses rêves étaient plus grands qu'elle, d'autant qu'elle ressemblait plus à une femme qu'à une jeune fille de quatorze ans. Les autres paraissaient plus sages, mais je savais que je devais me méfier de leurs manœuvres, de leurs enjôlements en me souvenant du propos d'un maître de l'École normale qui nous avait dit, mais en baissant la voix comme pour ne pas être entendu : « Il n'existe pas de petites filles : il n'y a que des petites femmes. »

Au cours de la leçon de morale, l'annonce d'une revue de mains et d'oreilles chaque matin provoqua un murmure de réprobation, lequel s'amplifia à l'instant où je leur déclarai que nous allions faire une dictée pour juger du niveau de leur orthographe. Les « cours moyen » de première année s'arrêteraient quand je le leur indiquerais, les « deuxième année » et les « certificats » iraient jusqu'au bout. C'est à ce moment-là que se joua mon autorité pour toute l'année, comme il arrive souvent entre une maîtresse et des élèves qui se découvrent. Joseph ayant manifesté en tapant du poing sur son pupitre, je le réprimandai sévèrement et je lui annonçai qu'il serait de corvée de tableau et de bois pendant une semaine. Cette sanction jeta un froid et rétablit le calme aussitôt, car essuyer le tableau avec le chiffon plein de craie – nous ne possédions pas encore ces brosses en feutre qui allaient être si efficaces quelques années plus tard –, vider les cendres du poêle et le regarnir après être allé chercher du bois, représentaient effectivement une corvée pour des enfants pressés d'aller courir sur les chemins.

Ils n'étaient pas méchants, ces enfants, je le compris très vite, ils n'avaient pas non plus l'esprit malsain, mais ils étaient ivres de l'espace et de cette lumière uniques du causse dans lequel ils étaient nés. Ils en paraissaient éblouis, pleins de vie, soucieux seulement de s'échapper d'une classe où ils se sentaient prisonniers, surtout les garçons. Au reste, contrairement à ce que j'avais trouvé à Ségalières et à Saint-Laurent, aucun d'entre eux ne prenait de repas à l'école à midi : ils rentraient tous chez eux au terme de cavalcades auxquelles Charlemagne et le chevalier Bayard n'étaient pas étrangers.

Pierre, qui surveillait la cour où il s'ébattaient, dut aussi montrer de l'autorité pendant la première récréation qui vit dégénérer des jeux révélateurs d'une énergie peu commune : celui du cavalier, par exemple, les plus grands portant les petits sur leur dos dans le but de déséquilibrer le cavalier d'en face et de le réduire à merci à coups de pied. Il y eut des chutes, des bleus, des plaies que je dus soigner avec du mercurochrome, mais il ne fut pas facile d'interdire ces jeux auxquels ils étaient habitués et qui révélaient des natures intrépides, une rudesse héritée de parents peu enclins à les réprimer.

Nous en prîmes pourtant la décision dès midi, au cours d'un repas durant lequel nous parlâmes de ce qui s'était passé le matin, des petits et des grands, des problèmes qui déjà se posaient, de la meilleure manière d'apprivoiser ces enfants pleins de vie. Après le repas, je me plongeai dans la correction de la dictée et fis part à Pierre, aussitôt, de ma consternation. Pour le cours moyen, c'était à peu près acceptable, mais les grands du certificat auraient tous eu zéro à l'examen. Certains même, comme Joseph, le plus âgé, avaient atteint les quinze fautes. Et encore j'avais établi un barème de correction très large qui ne prenait pas en compte les fautes ne modifiant pas la prononciation, comme « ennivrés » au lieu de « enivrés », « aboit » au lieu de « aboi », « exaler » au lieu de « exhaler ». Je n'avais pas davantage sanctionné les fautes d'accent ni celles qui m'avaient paru être la conséquence d'une inattention plutôt que d'une ignorance.

– C'est une catastrophe, dis-je. Jamais je ne réussirai à leur faire rattraper leur retard avant le mois de juin. Je n'ai jamais vu ça.

Pierre me réconforta de son mieux, s'estima

persuadé du contraire, mais je devinai qu'il était lui aussi préoccupé. Contrairement à ce que je pensais, ce n'était pas au sujet de la classe du matin. Comme j'insistais, il me montra la une du journal *La Dépêche* auquel il venait de s'abonner et qui titrait sur la gravité des événements en Algérie où les attentats se multipliaient depuis l'an passé. Le journal revenait sur ceux du mois d'oût qui avaient fait cent vingt-trois victimes européennes, dans la région de Constantine, Guelma et Philippeville, le FLN ayant monté une opération destinée à faire croire à une insurrection généralisée. Et, comme j'avançais que lui, Pierre, avait fait son service militaire, que tout cela se passait loin de nous, que nous n'y pouvions rien, il eut cette réponse qui ne m'alerta pas sur l'instant, mais qui revint dans mon esprit à plusieurs reprises au cours de l'après-midi :

– Qui sait si cela ne me concernera pas un jour prochain ?

Je me promis de lui demander ce qu'il entendait par là le soir même et je m'efforçai d'oublier sa remarque en expliquant aux moyens que, pour multiplier par un multiplicateur d'un chiffre, il suffit de savoir qu'on multiplie unités, dizaines, centaines, et qu'on ajoute les résultats :

Exemple : 523 x 8 revient à multiplier :
3 par 8= 24
20 par 8=160
500 par 8=4000

total : 4184

Cette manière de procéder les étonna et parut les séduire, mais je m'aperçus très vite qu'ils préféraient l'histoire aux mathématiques, notamment celle de la Gaule romaine et du Moyen Âge qui, sans doute, réveillait en eux des échos familiers et qui, de toute évidence, les concernait davantage que l'arithmétique ou l'orthographe dont ils se moquaient éperdument. L'ampleur de la tâche qui m'attendait me parut si insurmontable que je m'en ouvris à Pierre de nouveau au cours de notre repas du soir.

– Je n'y arriverai jamais, dis-je. J'ai besoin de deux ans pour les remettre au niveau.

Et j'ajoutai, songeuse :

– Ou alors il conviendrait de les faire travailler individuellement au cours d'une étude du soir. Mais pour cela, il faudrait convaincre leurs parents de ne les revoir qu'à six heures et non pas à cinq.

– Dès jeudi nous irons les voir, me dit Pierre. En deux semaines, nous aurons fait le tour. Ne vous inquiétez pas.

Cette résolution me rasséréna, au point que j'oubliai de lui reparler de cette Algérie qui paraissait tant l'inquiéter, et je ne songeai plus qu'à la solution que nous avions trouvée, non seulement au cours de la soirée, mais aussi pendant la nuit qui suivit.

Dès le lendemain, au début de l'après-midi, nous eûmes à faire face à un autre problème qui nous parut insoluble, car il se passait en dehors de l'école, bien qu'ayant des conséquences au moment de l'entrée en classe. Devant les héros murés dans le silence, il nous fallut un peu de temps pour comprendre ce qui opposait Joseph et ses frères d'une part, Claude et son frère d'autre part. Les premiers habitaient plus loin que les seconds, mais devaient passer devant chez eux obligatoirement pour y parvenir. Une sorte de haine ancestrale animait ces deux familles et provoquait de violents guets-apens sur le chemin de l'école et au retour. C'est ainsi que, dès le deuxième jour, le plus jeune frère de Joseph, prénommé Serge, arriva dans la cour tout ensanglanté, l'arcade sourcilière ouverte après un jet de pierre consécutif à l'embuscade quotidienne. Je ne pus arrêter le sang et Pierre dut le conduire chez le médecin pour le faire recoudre. Pendant ce temps, j'interrogeai vainement les protagonistes qui demeurèrent muets comme des jouets, avec sur le visage un air d'innocence troublant, comme si ce qui se passait était dans l'ordre des choses et ne tirait pas à conséquence.

Nous ne pouvions pas accepter cette situation, et c'est ainsi que nous partîmes en quatre-chevaux le soir même dans la famille des trois belligérants pour les ramener chez eux sans qu'ils courent le moindre danger, mais surtout pour expliquer aux parents ce qui se passait. Il faisait beau, encore, en ce début octobre, et le causse commençait à se teinter de roux et d'or dans les garennes, le long des chemins pierreux où le rocher calcaire apparaissait par plaques entre deux murs de lauzes. Une sorte d'été indien précoce réchauffait délicieusement l'air de ces solitudes battues par le vent.

Au bout de deux kilomètres sur le plateau où les chênes nains flambaient sous le soleil couchant, nous arrivâmes dans une ferme précédée d'une immense bergerie d'où jaillirent deux chiens énormes et, dans les secondes qui suivirent, un homme et une femme éberlués, ne comprenant pas ce que leurs trois fils faisaient dans cette voiture inconnue. Il leur fallut plus de trois minutes pour calmer les chiens que Joseph et Serge finirent par châtier à coups de bâton, et qui s'en allèrent enfin, gémissant, vers la grange où ils disparurent.

Quand nous nous fûmes présentés, les parents, à la fois rassurés et inquiets, finirent par nous faire entrer dans une vaste pièce dallée, qu'occupaient une grande table rustique et une cheminée gigantesque, au manteau de chêne. Une fois que tout le monde fut assis, ils continuèrent à nous considérer avec autant de stupeur, comme si nous étions descendus par cette cheminée si vaste, si imposante que nous n'en avions jamais vu la pareille. Il nous fallut un long moment avant de leur faire comprendre le but de notre visite, mais ils ne manifestèrent aucune inquiétude, au contraire :

— Ça fait du bien aux enfants de se dépenser, dit le père, un colosse aux yeux clairs que sa femme, une brunette alerte et vive, couvait du regard.

— Ça peut être dangereux, fit observer Pierre, qui ajouta devant un haussement d'épaules du père : surtout s'ils se blessent à la tête.

— Oh ! Même s'ils perdent un peu de sang, il leur en restera toujours assez : ils en ont de reste, croyez-moi.

L'homme ajouta, devant notre silence stupéfait :

– Et puis il faut bien qu'ils apprennent à se défendre. C'est comme ça. C'est la vie.

Devant cette rudesse bonhomme, et tout en me promettant de faire une visite à la famille des agresseurs, je me hâtai de faire dévier la conversation sur le projet d'étude du soir qui parut les concerner davantage. Et sur ce sujet-là, ils n'étaient pas prêts à concéder quoi que ce soit :

– J'ai besoin des gosses, le soir, pour soigner les bêtes, dit le père. Quatre cents brebis, vous imaginez un peu ?

Il nous fallut plaider longuement pour arracher un accord qui ne fut prononcé que du bout des lèvres :

– Si vous croyez que dans ces conditions Joseph aura enfin le certificat, alors on se débrouillera en attendant six heures.

– Il n'y a pas que Joseph qui est concerné. Les autres le sont aussi.

– Vous voulez les garder tous les trois ? fit le père, avec, cette fois, de l'hostilité dans la voix.

– Oui. Votre plus jeune fils pourrait peut-être passer le concours d'entrée en sixième.

– Il n'en aura guère besoin, ici, de la sixième.

– Vous ne pourrez sans doute pas les garder tous à la ferme, fit observer Pierre.

Ils nous dévisagèrent comme si c'était une pensée qui ne leur était jamais venue à l'esprit.

– Il faut qu'on en parle, fit le père, au terme d'une réflexion qui parut le contrarier.

Puis, après avoir sollicité du regard l'approbation de sa femme :

– Pour le moment gardez les deux grands, mais renvoyez-nous le petit à cinq heures, on en a trop besoin ici.

Je compris qu'il était inutile d'insister et nous prîmes hâtivement congé, bien décidés à nous arrêter chez la famille des agresseurs au retour, surtout à l'idée que Serge allait désormais rentrer seul, le soir, à cinq heures, sans être de taille à se défendre.

Là, dans une ferme qui se situait à un kilomètre du village, et qui était exactement semblable à l'autre, c'est-à-dire en pierres de taille, dominée par le pigeonnier si caractéristique de la région et possédant à l'intérieur la même imposante cheminée, nous trouvâmes la même réticence à écouter nos inquiétudes sur les plaies et bosses des enfants, mais davantage d'attention au moment où il fut question de l'étude du soir. Si Claude devait rester à la ferme, son jeune frère, Bernard, pouvait envisager de travailler ailleurs et donc, à cet effet, de poursuivre des études. Il nous fut donc moins difficile de convaincre les parents de nous les confier, si bien que l'ensemble des problèmes fut résolu d'un coup – ou presque.

Dès le jeudi qui suivit, nous reprîmes, Pierre et moi, nos visites chez les parents et nous arrivâmes à persuader ces hommes et ces femmes si rudes, peu habitués à envisager un avenir à long terme, que leurs aînés avaient besoin d'obtenir le certificat, les plus jeunes de poursuivre des études qui, peut-être, les conduiraient vers une situation ailleurs, une fois la pérennité de la famille assurée à la ferme.

Ce fut notre première victoire, aussitôt avalisée par

le maire, qui nous félicita tout en s'inquiétant pour son secrétariat de mairie.

– C'est moi qui m'occuperai de l'étude, dis-je. Le secrétariat de la mairie n'en souffrira pas.

Le sort en était jeté. Il ne nous restait plus qu'à assumer ces nouvelles responsabilités que nous avions nous-mêmes décidées, mais dont nous n'avions pas mesuré toutes les contraintes.

12

Tout ce travail entrepris, les soucis de chaque jour, les cahiers à corriger, les leçons à préparer, ne nous empêchaient pas de nous retrouver face à face, Pierre et moi, chaque midi et chaque soir, à l'occasion des repas. Nos liens devenaient de plus en plus étroits sans que nous ne nous en rendions réellement compte, sinon à l'heure de nous séparer pour dormir. Mais il s'installait entre nous une sorte d'intimité que je ne songeais pas à combattre, tant je me sentais bien en sa compagnie. Pourtant, il ne se passa rien jusqu'à la Toussaint, c'est-à-dire la veille du départ en vacances, à l'occasion desquelles nous allions nous séparer pour la première fois depuis un mois. Il devait rejoindre sa famille, moi la mienne pour trois jours, et, juste avant de me quitter, ce soir-là, il m'avoua combien cette séparation allait lui être difficile.

– Il y a trois mois nous ne nous connaissions pas, lui dis-je. Cela ne nous empêchait pas de vivre.

Je regrettai aussitôt ces quelques mots dont la froideur le figea et j'ajoutai, afin de les faire oublier :

– Pour moi aussi, Pierre, ce sera difficile.

C'était en quelque sorte le premier pas que je faisais vers lui, le premier aveu d'un penchant réciproque, pour ne pas dire davantage.

– Ça ne plus durer comme ça, murmura-t-il.

– Qu'est-ce qui ne peut plus durer, Pierre ?

– Vous le savez très bien. Vivre tout près de vous chaque jour, sentir votre souffle contre ma joue, frôler vos mains, votre corps, ne plus penser qu'à vous, jour et nuit, sans jamais pouvoir vous prendre dans mes bras, c'est devenu aujourd'hui au-dessus de mes forces. Je préfère qu'à l'avenir nous vivions séparés. Je prendrai mes repas à l'auberge, si vous le voulez bien.

Je laissai passer quelques instants pour bien choisir les mots que j'allais prononcer et je dis, d'une voix que je voulus le plus calme possible :

– Mais qui vous a jamais interdit de me prendre dans vos bras ? Je n'ai pas souvenir d'avoir manifesté ce genre de refus. Ou alors ma mémoire me fait défaut, ce qui me surprendrait car elle ne m'a jamais trahie.

Les secondes qui passèrent me parurent chacune durer un siècle, mais ce furent les plus délicieuses de ma vie. Je le sentis bouger, le vis s'approcher de moi lentement, très lentement, les ouvrir, ces bras dont je rêvais moi aussi, puis je ne vis plus rien car déjà j'étais contre lui, le visage enfoui dans son gilet, le cœur fou, persuadée d'avoir enfin trouvé le port que je cherchais depuis toujours.

Il n'essaya pas de franchir la dernière marche à l'occasion de cette première étreinte qui s'arrêta au seuil de ma chambre, et je lui en sus gré. C'était un homme plein de pudeur et de délicatesse, peu ressemblant à ceux que j'avais côtoyés dans ces rudes campagnes où ils ne manifestaient pas le moindre égard pour les femmes. La vie ancestrale qui se perpétuait ici traduisait une domination totale et jamais contestée des chefs de famille sur ceux qui vivaient sous leur toit, y compris leur épouse. Je m'étais juré de ne jamais m'unir à un homme qui m'imposerait pareille existence, mais j'avais longtemps cru que c'était impossible. D'où ce penchant vers Pierre qui, au fil des jours, m'avait attachée à lui mieux que n'importe quel autre trait de sa personnalité.

Le lendemain matin, à l'heure de nous quitter, il me retint un instant contre lui et me dit :

– Sais-tu ce qui m'a frappé le jour où je t'ai rencontrée ?

– Non, mais je voudrais bien le savoir.

– Tu as les yeux si clairs, si transparents, que j'y ai vu le reflet d'un arbre qui se trouvait à dix mètres de toi.

Décidément ! Un homme capable d'une telle remarque ne ressemblait à aucun autre. Je me demandai si cette chance n'était pas trop grande pour moi, mais je finis par décider que non : j'avais assez attendu, assez espéré, pour accepter sans trop me poser de questions ce cadeau du ciel envoyé par l'inspecteur que, depuis quelques jours, je ne vouais plus aux gémonies, au contraire : il avait changé ma vie et je me disais que j'avais eu raison de lui faire confiance.

Au point qu'à l'occasion de ces courtes vacances

je ne restai qu'une journée chez mes parents, à Saint-Vincent, et que je revins dès le lendemain à Peyrignac où Pierre, dans les mêmes dispositions d'esprit que moi, arriva le soir même. C'est sans doute cette évidence de ne plus pouvoir se passer l'un de l'autre qui nous réunit dans le même lit – le mien – bien avant l'heure légale, si je puis dire. N'oublions pas que nous étions en 1955, que les mœurs n'avaient pas encore commencé d'évoluer comme elles le firent à la fin des années soixante. Je ne m'attarderai pas sur cette nuit : chacun sait ce qu'il faut en savoir, à l'instant de la découverte, du plaisir et du bonheur. Je ne m'en suis pas privée et je m'en félicite encore aujourd'hui, si longtemps plus tard, à l'heure où ma main ne trouve plus la sienne.

Notre vie avait changé en quelques jours, mais nos obligations demeuraient les mêmes : nous n'étions pas mariés et nous devions sauver les apparences. Ce que nous fîmes, non sans convenir que Pierre me présenterait à ses parents dès les vacances de Noël et que je ferais de même à Saint-Vincent. Nous envisageâmes de nous marier à Pâques, ou au mois de mai, afin de laisser le temps à nos parents de préparer l'événement. Forts de ces résolutions, nous nous attachâmes à rester irréprochables non seulement à l'extérieur, mais aussi et surtout à l'intérieur de notre salle de classe.

À l'occasion du 11 Novembre, nous fîmes la connaissance du curé de Peyrignac, un homme débonnaire, plein de verve, dont l'accent roulait toutes les pierres du causse. Après la cérémonie à l'église, il vint bénir le monument aux morts où nous

nous trouvions avec tous les enfants de l'école, puis le maire nous entraîna chez lui pour fêter « la Victoire » en présence de l'homme de Dieu. On ne pouvait qu'entretenir de bonnes relations avec cet homme-là qui personnifiait la tolérance et la générosité. Pas le moindre nuage ne vint jamais assombrir notre séjour à Peyrignac, d'autant que le maire veillait. Fabre était un maire radical-socialiste, comme beaucoup, dans le Sud-Ouest, à cette époque, et cependant il « ne mangeait pas du curé », contrairement à d'autres. Ce vieil humaniste républicain incluait dans sa vision du monde tous les êtres pensants et respectait ceux qui fréquentaient l'église autant que les autres. Je ne pense pas avoir vu éclore meilleure civilisation que cette paysannerie des années cinquante où le respect et la bienveillance n'étaient pas de vains mots. Sans oublier la solidarité qui se manifestait lors des épreuves de la vie, deuils ou accidents, et se traduisait par des gestes, des attitudes, des paroles de sagesse et de simplicité.

Comment, dès lors, n'aurions nous pas été heureux, Pierre et moi, parmi ces gens que l'on eût dits, de prime abord, durs comme les pierres du causse sur lequel ils vivaient ? Et nous l'étions, heureux, avec nos projets, notre complicité, nos retrouvailles chaque soir – et chaque nuit, il faut bien le reconnaître –, avec les enfants qui nous réservaient régulièrement des surprises, à l'image d'Aline, la plus âgée des filles, qui disparut un jour et que les gendarmes retrouvèrent une semaine plus tard, au bras d'un garçon pas plus majeur qu'elle, à cinquante kilomètres du village.

Je crus bon de la prendre à part, dès la récréation qui suivit son retour, pour lui expliquer que cela ne se faisait pas, que les risques étaient grands de «fréquenter» ainsi les garçons à son âge, qu'un détournement de mineure pouvait avoir de graves conséquences pour celui qu'elle avait suivi. Ses yeux noirs de Gitane se posèrent sur moi, puis, sans ciller, elle me demanda :

– Et vous ? Avez-vous pensé à mesurer les risques ?

Je compris que la situation entre Pierre et moi ne pouvait pas durer, et je lui demandai le soir même que nous nous mariions dès les vacances de Noël. Quant à Aline, j'eus bien du mal à la freiner dans ces élans qui la portaient vers des hommes plus âgés qu'elle, sa mère menant par ailleurs une vie agitée que peuplaient de multiples amants. La seule solution à laquelle je m'attachai fut de lui éviter les contacts, au cours des récréations, avec les autres filles et j'y parvins sans difficulté : elle méprisait toutes celles qui ne volaient pas à la même hauteur qu'elle, et dont les yeux, pourtant, flambaient d'admiration et de crainte mêlées.

Pour le reste, l'étude du soir, qui me permettait de me pencher plus précisément sur les difficultés rencontrées par les plus grands, commençait à porter ses fruits. Elle me donnait la possibilité d'expliquer de nouveau les leçons de la journée, de refaire les problèmes qui n'avaient pas été compris, de rappeler les règles d'orthographe et de grammaire qu'ils avaient du mal à assimiler. L'espoir revenait, d'autant que nous travaillions en pleine harmonie, Pierre et moi : par exemple, il s'occupait de la gymnastique pour toutes les classes et moi du chant. J'avais toujours aimé chanter, mais le chant avait aussi fait partie de notre formation à l'École normale, et je connaissais aussi bien les paroles du *Chant du départ*, de *la Marseillaise*, que de *Mon beau sapin*.

En dehors de la classe, lorsque j'étais seule, ce n'était pas ces chansons-là que je fredonnais, mais celles que l'on chantait à l'époque : *Les Roses blanches* ou *Étoile des neiges* que je ne résiste pas au plaisir de fredonner, si longtemps après, en sentant ma gorge se nouer :

Étoile des neiges
Mon cœur amoureux
Est pris au piège
De tes grands yeux…

Oui, j'étais prise au piège, mais je ne m'en désolais pas, au contraire : les jours qui passaient m'apportaient ce bonheur que j'avais longtemps cru inaccessible, y compris le jeudi et le dimanche quand nous corrigions nos cahiers côte à côte, Pierre et moi, dans mon logement que chauffait le même poêle que celui des classes, et dans la même odeur du bois brûlé qui a toujours évoqué pour moi les meilleurs moments de ma vie.

Je fis la connaissance des parents de Pierre un dimanche de la fin novembre, après avoir accepté cette rencontre avec beaucoup d'appréhension. Comment allaient-ils m'accueillir ? Je ne cessai de me poser la question tout le temps du trajet qui nous conduisit vers les collines au-dessus du Lot, dont nous apercevions de temps en temps le sillon étincelant au fond de la vallée.

Pierre m'avait rassurée de son mieux quand nous arrivâmes dans la cour gravillonnée de ce qui n'était pas un véritable château, mais plutôt une immense maison de maître que dominait la tour-pigeonnier traditionnelle du Quercy, coiffée, comme le corps principal du bâtiment, de tuiles brunes. Deux dépendances également en pierres de taille abritaient le chais, la cave, les machines et instruments nécessaires au travail de la vigne. Le vin de Cahors était déjà un vin réputé, à l'époque, et il se vendait bien. On sentait l'aisance et la sérénité en ces lieux que le soleil d'hiver éclairait d'une lumière vive, comme en plein été.

De fait, la mère et le père de Pierre m'apparurent comme des gens heureux, à l'écart des préoccupations ordinaires de ceux pour qui la vie ne porte pas de certitudes face à l'avenir. Mais des gens simples, que le fait d'être propriétaires ne dispensait pas d'un travail quotidien souvent rude, et dont les mains témoignaient de l'usage des outils. Ils n'employaient aucun ouvrier agricole, accomplissaient toutes les tâches eux-mêmes, sauf à l'occasion des vendanges qui voyaient affluer les saisonniers. Le frère de Pierre lui ressemblait, quoique de plus petite taille. Marié avec Claudine, ils habitaient à l'étage de la maison et avaient un fils prénommé Paul.

Tout se passa bien jusqu'au moment où la mère de Pierre, une femme brune, aux cheveux en chignon et au regard aigu, lui fit observer que le délai était bien trop court pour organiser un mariage à Noël.

– Si c'était possible d'attendre Pâques, fit-elle, cela nous arrangerait beaucoup.

Je compris qu'elle se demandait si cette hâte ne cachait pas une nécessité impérieuse, autrement dit si je n'étais enceinte de son fils. J'en fus si décontenancée que je crus bon d'abonder dans son sens et proposai à Pierre, stupéfait, d'attendre effectivement les vacances de Pâques. En outre, plutôt que d'imposer cette organisation à mes parents, j'acceptai que ce mariage eût lieu chez Pierre, contrairement à la coutume qui voulait qu'une telle union fût célébrée au domicile de la mariée. J'en avais auparavant parlé avec ma mère qui préférait cette solution, car si elle n'avait pas honte de la maison des Grands Champs, elle n'avait jamais aimé – pas plus que mon père – faire entrer le moindre visiteur dans une demeure où les murs noirs de suie, le plancher par endroits crevé témoignaient d'un dénuement – d'une pauvreté – dont eux seuls devaient être les témoins.

Au retour, Pierre me demanda pourquoi j'avais changé d'avis, et je lui en expliquai la raison sans détour.

– Pourtant, me dit-il, le fait de dormir ensemble implique bien l'éventualité que tu trouves enceinte, non ? Si c'était le cas, qu'est-ce que ça changerait ?

– Le regard de ta mère m'en a dissuadée, répondis-je.

– Mais reculer la date ne multiplie pas les risques ?

– J'en sais assez pour mesurer ces risques.

– Comme tu voudras. En tout cas, je te remercie d'avoir accepté une solution qui leur a fait plaisir.

– Ce n'est pas grand-chose, dis-je, en guise de conclusion, et trois mois c'est vite passé, d'autant que nous vivons ensemble. Cela ne nous imposera qu'un peu plus de prudence

Je m'y appliquai en rassemblant toutes les notions que je possédais au sujet de la contraception, bien minces au demeurant et qui ne m'empêchèrent pas de vivre dans une crainte exacerbée par la célébration du plaisir dans les bras d'un homme.

Et le mois de décembre fit souffler sur le causse un vent du nord qui aiguisa le ciel d'un bleu si clair que l'on avait l'impression d'un miroir suspendu au-dessus des collines. Nous allâmes chercher mes parents le premier dimanche du mois pour qu'ils passent la journée avec nous, et ce fut une immense satisfaction pour moi de pouvoir enfin leur montrer mon école. Une merveilleuse journée, en fait, qui vit mon père se dérider un peu, comme s'il accédait, lui aussi, à un peu plus de confort, et comme si le travail de sa vie trouvait là une sorte d'aboutissement. Ma mère était aux anges. Elle s'assit dans la salle de classe sur un des bancs de la rangée du milieu, puis, après m'en avoir demandé la permission, derrière mon bureau, mesurant du regard les pupitres, les cartes sur les murs, le tableau où était déjà inscrite la date du lendemain.

Je compris que Pierre leur plaisait grâce à sa simplicité, à son calme, la gravité de son regard comme de ses gestes toujours pleins de délicatesse à mon égard. Ma mère m'en fit la confidence avant de remonter dans la voiture pour regagner Saint-Vincent. En fin de compte, tout s'annonçait bien, et nous n'avions plus qu'à attendre que les jours passent pour connaître l'aboutissement de nos projets.

Ce qu'ils firent, avec, mi-décembre une réunion pédagogique à Cahors où nous nous rendîmes ensemble, Pierre et moi, et où nous pûmes constater la satisfaction de l'inspecteur, que pourtant nous n'avions pas prévenu de nos projets, mais qui était parfaitement au courant, comme si l'Éducation nationale avait tissé tout un réseau destiné à la renseigner sur ses fonctionnaires. L'inspecteur n'en fit pas état, mais son sourire me déplut, car il exprimait le sentiment d'une victoire que je n'avais pas du tout envie de partager avec lui.

Une nouvelle fugue d'Aline s'acheva heureusement avant les vacances de Noël et nous permit de les vivre dans de bonnes conditions – Noël dans la famille de Pierre, le 1er janvier à Saint-Vincent, chez mes parents. Mais nous passâmes le reste du temps dans le logement qui était devenu le nôtre, à Peyrignac, bien au chaud, au sein d'un hiver dont le gel emprisonnait le causse dans sa gangue de fer, sous une lumière si vive qu'elle semblait aveugler les alouettes et les grives affolées par le vent du nord.

Quel bonheur que ces heures partagées dans le silence, la lecture, l'odeur du bois, l'immense paix de ce causse où plus rien ne bougeait, sinon l'aiguille de l'horloge accrochée au mur, face à ma table de travail ! C'est à peine si nous sortions faire les courses ou si nous répondions aux visites du maire venu demander si tout allait bien, si nous n'avions besoin de rien. Non ! Nous n'avions besoin de rien, Pierre et moi, sinon de nous retrouver seuls pour profiter d'une intimité qui maintenant, au village, n'étonnait plus personne, du fait que les bans avaient été publiés à la mairie.

Quand nous ne travaillions pas, nous parlions, allongés côte à côte sur mon lit, ou nous partions pour de longues promenades sur le causse désert d'où nous rentrions frigorifiés, pressés d'aller nous réchauffer dans l'abri sûr de l'école, où tout ce que nous possédions était réuni, où le monde entier nous paraissait enclos, embelli par la poésie pour laquelle nous nous étions découvert un penchant commun, une véritable passion, au point que Pierre m'avoua avoir publié un petit recueil dans une maison d'édition de Toulouse. Je dus insister pour qu'il consente à me le montrer, puis je le lus d'un trait, muette et bouleversée par ces vers dont il me semblait que je n'avais jamais lu les pareils :

Rappelle-toi les aubes de là-bas
Les puits profonds, les immortelles
Les grandes plages où couraient des filles
Aux cheveux écarlates
Les papillons de nuit
Le fronton des fontaines
Les feux de bois
L'or des sarments
Les hommes au regard de pervenche
Avec un cœur
Un cœur plus grand que ces immenses plaines
Sans eau ces plaines, sans le moindre soupir

Mais si belles pourtant
Que ton cœur s'arrêtait de battre.

Je ne lui fis jamais la moindre confidence à ce sujet. Mon silence en disait plus que ne l'eussent fait des mots. Pierre savait tout ce que je taisais, c'est-à-dire qu'à ce qui déjà nous liait s'ajoutait désormais une admiration que notre pudeur commune m'empêchait d'avouer. C'était tellement mieux ainsi. Mais de le découvrir plus grand que je ne l'avais imaginé, plus profond, plus complexe sans doute, m'inclinait davantage vers lui, au point que souvent, dans ma classe, je m'arrêtais de parler pour l'écouter de l'autre côté de la cloison, un instant, un instant seulement, mais qui me suffisait pour attendre le moment où de nouveau il ne serait qu'à moi. Ce dont je profitais davantage la nuit comblée par cette précieuse présence, et une plénitude qui me paraissaient devoir durer mille ans.

C'est ainsi que passa cet hiver-là, dans l'insouciance et la conviction que rien ne viendrait la troubler, pas même la perspective des examens de fin d'année, l'étude du soir portant enfin ses fruits et les embuscades sur le chemin de l'école ayant définitivement cessé. Seule Aline m'inquiétait car elle prétendait ne pas vouloir passer le certificat. Quand je l'interrogeais, elle assurait qu'elle n'en avait pas besoin, qu'elle saurait bien « se débrouiller sans rien dans la vie », et je pensais en moi-même qu'avec ses grands yeux noirs « elle n'était pas sans rien ». Cependant, je n'abandonnai pas ce combat qui se prolongea jusqu'aux vacances de Pâques tant attendues et qui nous virent enfin mariés, Pierre et moi, dans la petite mairie de son village que nous gagnâmes en cortège, à pied, depuis sa maison distante d'un kilomètre. À midi, un festin rassembla tous les invités dans la grande salle à manger – mes frères et leur famille étaient venus depuis Paris –, puis l'on dansa sur un plancher assemblé pour l'occasion dans la cour, et un nouveau repas le soir retint ceux qui le désiraient – dont Marius Fabre, peu pressé de quitter les lieux. Ma mère et mon père étaient heureux, et c'était tout ce qui m'importait, ce jour-là, au cours duquel je n'eus qu'une hâte : me retrouver seule avec Pierre. C'est pourquoi nous repartîmes dès le lendemain à Peyrignac, dans notre école, pour retrouver cette intimité qui ne tolérait pas la moindre présence étrangère, à présent, afin d'être vécue, éprouvée, ressentie, chaque seconde de chaque jour – et cela, pensais-je, pour toujours.

13

Au cours de la semaine précédente, pourtant, j'avais senti Pierre préoccupé, mais j'avais mis cette gravité soudaine sur le compte des soucis imposés par le mariage au domicile de ses parents. En fait, ce n'était pas cela. Et, comme je l'interrogeais, la veille de la rentrée, il me montra des exemplaires du journal *La Dépêche* qu'il m'avait soigneusement cachés depuis des mois et qui relataient des événements graves en Algérie : le gouvernement Guy Mollet issu des élections du début de l'année 1956 y rencontrait les pires difficultés. Le président du Conseil avait lui-même échappé de peu à l'émeute du 6 février devant le monument aux morts où il était venu déposer une gerbe. Le rétablissement de l'ordre était devenu le préalable à toute forme de négociation car « il n'était pas question de laisser huit millions de musulmans dicter leur loi à un million et demi d'Européens ».

– Et alors, dis-je, en quoi ça nous concerne ?

Pierre pâlit et me tendit un exemplaire récent :

– Le 12 avril, le gouvernement a voté le rappel de soldats pour une période de six à neuf mois.

Je réalisai que c'était le jour même de notre mariage et que Pierre avait gardé le silence.

– Crois-tu que tu vas repartir?

Pierre laissa passer un long moment de silence, soupira, répondit:

– Je le crains.

– Non! dis-je, ce n'est pas possible.

– Non seulement c'est possible, fit-il d'une voix étonnamment calme, mais c'est probable.

Je me refusais à y croire. Il avait déjà fait dix-huit mois de service militaire et, s'il repartait, il aurait donné deux ans de sa vie à son pays, peut-être même plus.

– C'est injuste! m'exclamai-je avec autant de colère que d'amertume.

Pierre ne répondit pas. Il me prit dans ses bras et murmura:

– Je ne pense pas que je serai rappelé en cours d'année scolaire.

– Peut-être que d'ici les vacances les choses se seront arrangées.

– Espérons-le!

Ce fut dans ces dispositions d'esprit que nous reprîmes l'école le lendemain, rassurés également par Marius Fabre qui était persuadé que l'on ne pouvait pas rappeler sous les drapeaux un instituteur devenu « un secrétaire de mairie indispensable à la population ». Et les jours qui suivirent nous confortèrent dans cet espoir, même si c'était avec appréhension que nous guettions la venue du facteur le matin vers midi.

Quinze jours passèrent et nulle mauvaise nouvelle ne nous parvint. Les soucis de la classe nous faisaient le plus souvent oublier la menace, d'autant que les examens approchaient et qu'il n'y avait pas de temps à perdre pour y conduire les enfants dans les meilleures conditions. J'avais des certitudes en ce qui concernait l'examen d'entrée en sixième où je devais présenter cinq élèves, mais un peu moins pour les grands du certificat. Malgré leurs efforts, Claude et Joseph m'inspiraient les pires craintes, le premier à cause de son orthographe, le second à cause de son incapacité à résoudre le moindre problème de bénéfices et d'intérêts. J'avais beau insister, lui expliquer de différentes manières comment les calculer, il n'y parvenait pas. J'avais appelé Pierre à mon secours : en pure perte. Il me restait deux mois pour faire entrer dans le crâne de Joseph la bonne façon de procéder, mais je n'étais pas persuadée de réussir. Quant à Aline, elle se montrait toujours aussi réfractaire à l'école et demeurait imperméable à mes tentatives de persuasion : elle ne passerait pas le certificat.

Les beaux jours revinrent avec le vent du sud, et le causse se mit à crépiter sous les premières chaleurs. Nous étions un peu rassurés car le maire prétendait être intervenu à la Préfecture en faveur de Pierre. Effectivement, aucune mauvaise nouvelle ne nous parvint, et ce fut avec confiance que nous conduisîmes les élèves au certificat, à Gramat, à la fin du mois de juin. Claude et Joseph n'avaient jamais été si pâles. Aline se trouvait là : j'avais passé les huit derniers jours à l'apprivoiser, lui montrer qu'elle serait plus forte après un succès, mais ce n'étaient pas ces arguments-là qui l'avaient décidée : je lui avais promis d'intervenir en sa faveur pour qu'elle ne soit pas placée en maison de redressement en cas de nouvelle fugue, comme les gendarmes en avaient brandi la menace. Elle m'avait fait jurer de la protéger et je m'y étais résolue bien qu'ayant conscience d'outrepasser mes fonctions une nouvelle fois, comme je l'avais fait à Ségalières. Mais je la savais en danger et je m'étais attachée à cette femme-enfant dont le cœur et le corps étaient plus forts que l'esprit.

Il y avait beaucoup de monde dans les rues de la petite ville ce matin-là quand nous y arrivâmes. Des enfants, des parents, des maîtres et des maîtresses, dont l'anxiété se mesurait aux achats dans les pâtisseries, aux boutons recousus à la hâte avec le matériel nécessaire à la couture pour l'épreuve de l'après-midi, aux cachets d'aspirine absorbés à la dérobée, aux derniers conseils murmurés dans la précipitation de l'appel, une fois que l'inspecteur eut fait une entrée solennelle, entre deux rangées de parents muets de crainte et de respect. Même Claude et Joseph n'en menaient pas large : comme tétanisés, ils demeuraient immobiles entre Pierre et moi, tandis que je tenais fermement la main d'Aline de peur qu'elle ne s'enfuît. Je la sentais prête à s'envoler et je dus la suivre jusqu'à l'entrée de la salle d'examen, où je la confiai à une collègue que j'avais connue lors des journées pédagogiques et qui faisait partie de la commission.

Quand les enfants eurent disparu, nous attendîmes dans la cour, Pierre et moi, que nous parviennent les nouvelles de l'épreuve de dictée et questions, redoutant le pire pour les deux garçons, dont l'un, Joseph, avait déjà échoué une fois. Je ne voulais pas m'éloigner, redoutant toujours de voir apparaître Aline à la porte, mais elle ne s'ouvrit, trois quarts d'heure plus tard, que sur notre collègue de la commission qui portait à tous les instituteurs et institutrices présents le texte de la dictée sur lequel ils se penchèrent anxieusement. C'était un texte tiré du *Grand Meaulnes*, d'Alain-Fournier, retrouvé dans les archives que j'ai précieusement conservées depuis mes débuts :

« Meaulnes, avec précaution, allait poser d'autres questions lorsque parut à la porte un couple charmant : une enfant de seize ans avec corsage de velours et jupe à grands volants ; un jeune personnage en habit à haut col et pantalon à élastiques. Ils traversèrent la salle, esquissant un pas de deux ; d'autres les suivirent ; puis d'autres passèrent en courant, poussant des cris, poursuivis par un grand pierrot blafard, aux manches trop longues, coiffé d'un bonnet noir et riant d'une bouche édentée. Il courait à grandes enjambées maladroites, comme si, à chaque pas, il eût dû faire un saut, et il agitait ses longues manches vides. Les jeunes filles en avaient un peu peur ; les jeunes gens lui serraient la main, et il paraissait faire la joie des enfants qui le poursuivaient avec des cris perçants. »

Je fus un peu rassurée en le lisant : mes deux grands buteraient sans doute sur « jupe », sur « élastiques », sur « pierrot », « blafard », « enjambées », et sur les accents circonflexes de « eût dû », mais le fait de mettre deux « p » à jupe, pas de « s » à élastiques, pas de « d » à blafard ou pas de « m » à enjambées ne compterait que pour une demi-faute, ou même un quart de faute, puisque cela n'en altérait pas la prononciation. Pour le reste, il fallait s'en remettre à la chance plus qu'au discernement des deux farouches guerriers du causse. Le « eût dû » était un piège au-dessus de leur sagacité, mais il me sembla qu'ils allaient pouvoir éviter les cinq fautes éliminatoires.

Restait à passer l'épreuve de calcul dont les problèmes emplirent les maîtres et les maîtresses de fureur : notamment le premier, qui paraissait contenir tout le machiavélisme des hautes sphères de l'académie, car il exigeait des connaissances sur le volume des cônes. Heureusement, aucun d'eux n'impliquait la pratique des pourcentages et des intérêts. Claude et Joseph allaient peut-être se sauver grâce au second problème, pour peu qu'ils mettent en œuvre tout ce que je m'étais efforcée de leur inculquer lors de l'étude du soir au sujet des trains qui se croisent :

« Deux trains partent à 5 heures du matin, l'un de Paris pour Marseille, l'autre de Marseille pour Paris. Le premier roule à 54 kilomètres à l'heure de moyenne, le second à 36 kilomètres à l'heure.

1°) À quelle heure se rencontreront-ils ?

2°) À quelle distance de Paris, sachant que Paris se trouve à 864 km de Marseille ?»

Pourtant, à midi, à la sortie, ils ne semblaient pas très fiers de leur travail. Vérification faite avec leur feuille de brouillon, ils avaient bien trouvé, apparemment, les deux réponses exigées : 14 heures 36 pour l'heure de rencontre, et 518, 4 km de Paris. Mais ce second problème était noté sur 8 et non sur 12 et ils ne semblaient pas avoir gardé souvenir de la formule du volume des cônes. Je dus les encourager, les rassurer, avant qu'ils n'aillent déjeuner avec leurs mères respectives cependant que Pierre et moi nous allions partager sur la place le pique-nique que j'avais préparé pour ceux qui ne pouvaient être accompagnés par leurs parents. Aline la première, qui, curieusement, paraissait plus calme, ne parlait plus de s'enfuir, mais que je surveillais quand même étroitement, craignant une ruse destinée à donner le change.

Il faisait beau, très chaud, même, sur la grand-place ombragée de platanes, et nous nous efforcions, Pierre et moi, de rappeler aux enfants les notions essentielles d'histoire et de géograhie, de récitation et de chant, quand vint me frapper la pensée du facteur qui avait dû passer, chez nous, à Peyrignac. Mais je la chassai facilement car nous n'étions pas trop de deux pour faire une révision rapide mais la plus complète possible de tout ce que nous avions enseigné pendant l'année en ce qui concernait les matières de l'après-midi.

Puis ce fut l'heure de regagner l'école et, de nouveau, l'attente recommença dans la cour, où les épreuves nous parvinrent, comme au matin, peu après avoir été données aux élèves. En géographie des questions sur la Loire (naissance au mont Gerbier-de-Jonc) et le Massif central (puy de Sancy, 1 886 mètres) ; en histoire un questionnaire sur la Révolution de 1789, qui avait beaucoup intéressé les plus grands – surtout les plus frondeurs, dont Claude et Joseph – à cause de ce qui était arrivé « au boulanger, à la boulangère et au petit mitron ». La couture, le dessin et le chant ne constituaient pas des écueils majeurs, car ils ne pouvaient être éliminatoires. J'entendis Joseph chanter *le Chant du départ* avec, pour la première fois, une certaine satisfaction, malgré les paroles guerrières qui promettaient la victoire « à l'heure des combats ». Le sort en était jeté. Il ne restait plus qu'à attendre les résultats, vers lesquels se précipitèrent, dès qu'ils furent affichés, les élèves, les parents et Pierre, tandis que je restais assise sur le mur de séparation de la cour des filles et des garçons, incapable, soudain, d'aller vérifier si mon travail de toute une année avait ou non porté ses fruits.

La première qui courut vers moi fut Aline qui se précipita dans mes bras avec des « merci, merci » qui me firent comprendre à quel point elle avait eu peur de ne pas se montrer à la hauteur du marché que nous avions passé. Puis ce fut Pierre qui revint, souriant, et me prit aussi un bref instant dans ses bras en murmurant :

– Tous reçus ! Tu te rends compte ! Même Joseph.

Celui-ci s'approchait, n'en croyant pas ses yeux

ni ses oreilles et, quand je l'embrassai, il s'empourpra, ne sachant que dire, avant de se cacher derrière Claude, son ennemi préféré, pour une fois s'en faire un allié. Ce fut enfin le tour des parents, tous aussi émus les uns que les autres, bientôt rejoints par Marius Fabre, qui venait d'arriver, et qui nous entraîna vers le café voisin pour fêter un événement selon lui sans précédent. Tous les grands de Peyrignac étaient reçus ! C'était la première fois que cela se produisait et c'était un honneur pour la commune qu'il convenait de célébrer à sa juste mesure.

Le retour au village fut un triomphe pour Joseph qui pérora un long moment sur la place, incapable de regagner sa maison, criant à tous ceux qui apparaissaient en les prenant à témoin :

– Je l'ai eu ! Je l'ai eu !

Et quand son père arriva, Fabre nous entraîna de nouveau au café, où il improvisa un discours sur les mérites de la République, de ses instituteurs et de ses enfants. La fête dura jusqu'à la nuit et nous n'eûmes pas le cœur de la quitter avant la fin, malgré notre désir de nous retrouver enfin seuls, pour fêter d'une manière plus intime l'événement. Car Pierre avait sa part dans ce succès, je le savais et je ne me fis pas faute de le lui rappeler quand nous nous écroulâmes enfin sur le lit, épuisés par les émotions et l'alcool bu, bien qu'en petite quantité, mais auquel nous n'étions pas habitués.

L'euphorie de ce succès – qui s'ajoutait à celui des six candidats au concours d'entrée en sixième intervenu le 20 juin – se prolongea pendant trois jours, trois jours au cours desquels il me sembla que rien ne pourrait nous faire redescendre du nuage sur lequel nous vivions, que la vie était belle, que les trois mois de vacances qui nous attendaient allaient nous permettre de voyager, ainsi que nous l'avions projeté.

Ce ne fut pas le facteur qui mit brutalement fin à ces rêves, mais deux gendarmes qui se présentèrent à notre domicile le 4 juillet, munis de papiers officiels qui informaient Pierre du fait qu'il était rappelé pour partir en Algérie dès le 15 juillet. Tout s'écroulait. Le bonheur de la réussite et de la vie communes, l'estime de tous, la joie des enfants, la satisfaction du devoir accompli, rien n'existait plus que ce gouffre béant devant nous, la peur, soudain, de tout perdre, la colère aussi, pour moi, qui décidai qu'il fallait nous rendre à l'académie afin de solliciter l'aide de l'inspecteur, dès le lendemain.

Marius Fabre, informé par nos soins, exigea de nous accompagner, et ce fut donc à trois que nous nous rendîmes au rendez-vous conclu la veille par téléphone, avec une secrétaire qui nous informa que l'inspecteur était déjà au courant depuis huit jours. Il ne nous avait rien dit pendant les épreuves du certificat, mais j'avais trouvé bizarre sa manière de nous éviter, Pierre et moi, alors qu'à l'occasion de la journée pédagogique, il était venu spontanément vers nous qui personnifiions le succès de sa politique de nomination sur les postes doubles.

Il nous reçut à l'heure qui avait été convenue, salua respectueusement Marius Fabre qui, aussitôt, voulut se lancer dans une plaidoirie, mais l'inspecteur l'arrêta en lui prenant le bras pour, d'abord, nous féliciter chaleureusement des succès du certificat. Je lui fis observer que ce n'étaient pas des félicitations que nous étions venus chercher auprès de lui, mais un soutien pour éviter à Pierre un nouveau départ en Algérie. Le maire parvint alors à placer quelques mots afin de démontrer les « graves inconvénients pour sa population de l'absence d'un secrétaire de mairie pendant six mois », mais j'avais déjà compris, comme Pierre qui demeurait silencieux, que tout cela était vain. C'est ce que nous expliqua l'inspecteur d'une voix ferme : Pierre n'était pas le seul instituteur, dans le département, à être rappelé : six autres allaient partir. En effet, pour le nouveau gouvernement, ce n'étaient pas uniquement les armes qui devaient parler, en Algérie, mais aussi l'éducation. La politique de pacification par l'alphabétisation décidée en 1955 avait montré beaucoup d'efficacité, au point qu'elle était combattue par le FLN. Il avait donc été décidée de la développer, même s'il fallait reconstruire les écoles détruites par les insurgés.

– Dans ce cas, dis-je, je demande à partir aussi.

Pierre avait essayé de m'interrompre, mais trop tard. L'inspecteur, lui, me dévisageait avec stupeur, et, me sembla-t-il, une certaine considération.

– C'est impossible répondit-il au terme d'une brève réflexion : seuls les militaires sont affectés à cette mission, car les risques sont grands. Il faut être armé.

Il mesura alors la gravité des mots qu'il venait de

prononcer et voulut faire marche arrière, mais la colère, déjà, m'emportait :

— Et vous trouvez normal qu'on envoie des jeunes de vingt ans à la mort pour des missions dont on sait qu'elles sont combattues par le FLN ! Ça ne vous pose aucun problème de conscience ? Vous dormez bien la nuit ?

Pierre me prit le bras, m'obligea à reculer d'un pas tant j'étais furieuse et menaçante.

— Malheureusement, murmura l'inspecteur, vous vous doutez bien que ce n'est pas moi qui prends ce genre de décision. La politique que l'on applique en Algérie se décide à Paris, dans les hautes sphères du gouvernement, et s'impose à tous.

— Surtout à ceux qui la subissent, dis-je, incapable de me raisonner.

— Je n'y peux rien, mademoiselle Per...

— Madame ! Mme Lestrade, désormais ! Vous avez oublié ? Ce n'est pourtant pas faute d'avoir œuvré dans ce sens !

— Excusez-moi, murmura l'inspecteur en perdant brusquement le fil de sa réflexion.

Puis, comme si sa petite taille l'accablait davantage, il passa une main inutile sur sa calvitie, soupira :

— Je suis désolé.

Et, cherchant un soutien auprès du maire dans une sorte de solidarité républicaine :

— M. le préfet va réunir tous les maires concernés dans une huitaine de jours afin d'appréhender l'ensemble des problèmes que ces rappels vont provoquer.

Marius Fabre opina de la tête mais ne dit mot.

Comme nous, il avait compris que notre démarche était absolument inutile, sans doute même déplacée.

– Je vous remercie de ces explications, dit alors Pierre, toujours très calme. Je rejoindrai Toulouse en temps voulu.

Qu'aurais-je pu ajouter pour convaincre un homme qui, de toute manière, ne possédait pas les moyens d'intervenir ? J'étais anéantie, désemparée, incapable de réagir, à présent. Il fallut que Pierre prenne l'initiative de serrer la main de l'inspecteur, lequel me tendit la sienne sans que je la prenne. Je m'en voulus, une fois dans la voiture, mais il était trop tard pour revenir en arrière. Et notre retour fut lugubre, malgré les paroles de réconfort de Marius Fabre qui, cherchant à me rassurer, avançait que « six mois, c'est vite passé » et se faisait fort de m'aider à franchir ce cap, avec le soutien de toute la population du village.

Ce fut à peine si je l'entendis. Une fois chez nous, je m'insurgeai auprès de Pierre de le voir si calme, silencieux, soumis. Ce dernier mot, qui m'avait échappé, le frappa si brutalement que, pour la première fois, il leva sur moi un regard hostile, si dur que je chancelai avant de me réfugier dans ses bras. La nuit qui suivit nous aida à oublier, et l'aube du lendemain – une aube claire, orange et rose comme un vrai matin d'été – lui souffla des mots d'espoir qui m'apaisèrent un peu :

– Nous partirons en voyage l'an prochain dès la fin de la classe, me dit-il. Ce n'est que partie remise. Un peu de patience seulement. Nous avons attendu plus de vingt ans avant de nous trouver. Que représentent six mois de plus ? Pas grand-chose, n'est-ce pas ?

Je n'eus pas le cœur de lui faire observer que ces six mois pouvaient aussi nous séparer définitivement. Je ne pus prononcer ces mots-là qui eussent donné plus de poids, plus de gravité au danger, à la peur qui s'était emparée de moi depuis la veille et ne me quittait plus.

– Nous avons une semaine devant nous, reprit Pierre. Le mieux est d'en profiter autant que nous le pouvons.

Mais ces huit jours s'écoulèrent vite, car il fallut rendre visite à ses parents, muets de chagrin, et aux miens, incapables d'accepter, comme moi, ce départ. Le reste du temps, nous le passâmes ensemble, sans nous quitter une seule seconde, dans le logement de l'école et, le plus souvent aussi, il faut bien l'avouer, dans notre lit, incapables que nous étions de nous déprendre l'un de l'autre. J'avais beau faire, plus les jours passaient et plus la colère, de nouveau, montait en moi. Je constatais qu'il en était de même pour Pierre, et j'espérais qu'il allait se refuser à ce départ qui allait nous mettre en péril l'un et l'autre. Un combat intérieur se livrait en lui dont émergeaient rarement des mots, mais son regard devint sombre et son visage se crispa douloureusement.

– Et si tu refusais de partir, dis-je, la veille du jour tant redouté. Qu'est-ce qui se passerait ?

– On m'arrêterait et on me mettrait en prison.

– Tu aurais au moins la vie sauve.

– Et après ? dit-il. Tu imagines un instituteur qui a fait de la prison ?

Non. C'était effectivement inimaginable.

– De toute façon, ils me conduiraient de force là-bas.

Ces voies-là ne menaient nulle part, je dus en convenir la mort dans l'âme.

– Ce n'est pas comme cela qu'il faut le prendre, dit-il, au terme de sa réflexion, mais comme une mission d'alphabétisation. Quoi de plus naturel pour un maître d'école ?

Il soupira, ajouta :

– Je serai heureux à mon retour non seulement de te retrouver, mais aussi d'avoir appris à lire et à écrire à des enfants qui, sans moi, n'auraient sans doute jamais pu.

Que répondre à cela ? Je n'eus pas le cœur d'ajouter que des jeunes célibataires venaient de sortir de l'École normale et qu'ils pouvaient très bien s'acquitter de cette tâche à la place de ceux qui avaient déjà donné dix-huit mois de leur vie à la France. Restait à préparer une valise et à le conduire à la gare, le lendemain, avec la quatre-chevaux qu'il m'avait appris à manœuvrer, bien que je n'eusse pas encore passé le permis. C'était au moins là une tâche qui m'occuperait pendant les mois de vacances à venir.

Je n'ai bizarrement pas gardé le souvenir précis de nos adieux dans la cour de la gare, sans doute parce que je les voulus brefs, que je craignais de m'accrocher à lui, de ne pouvoir le lâcher, et c'est à peine si je demeurai deux ou trois secondes blottie dans ses bras. Ainsi se décide l'essentiel d'une vie, je le sais aujourd'hui. Quelques secondes auxquelles il ne faudrait jamais renoncer mais auxquelles, au contraire, il faudrait s'attacher, en dépit de tout ce qui vous incline à les laisser s'enfuir.

Je repartis sans attendre l'arrivée du train. Je vis Pierre en un éclair sur le quai, immobile, tourné vers la cour et, du moins je crois m'en souvenir, souriant. Je me lançai dans une course folle sur la route étroite du causse, mais la peur de l'accident – et peut-être de la mort – m'incita à lever le pied. J'arrivai au village dans un état second et me réfugiai dans le logement où tout, encore, me parlait de Pierre : quelques vêtements épars que je mis plusieurs jours à ranger, un parfum d'eau de Cologne, des cahiers, un porte-plume, un recueil de poésie, les seuls biens qui, désormais, me reliaient encore à cet homme que j'avais attendu si longtemps.

14

COMMENT vivre dépouillée de tout ce qui compte dans une vie, de ce qui l'emplit, de ce qui l'embellit et l'embrase ? Je ne vivais plus, je survivais, respirant à peine de crainte de souffrir de trop de sens déployés, de trop de conscience, de trop de souvenirs. Heureusement, d'une certaine manière, Aline vint à mon secours pour peupler les jours sans enfants à qui faire la classe, sans homme à étreindre, sans le moindre bonheur à espérer.

Ayant une nouvelle fois fugué, Aline était, en effet, menacée d'être placée dans un établissement spécialisé pour enfants délinquants et sa mère d'être déchue de ses droits. Cette dernière vint elle-même me trouver, affolée, un soir, et me supplia d'intervenir, ainsi que je l'avais promis à sa fille. Avec l'aide de Marius Fabre, toujours prêt à appuyer la moindre de mes démarches, le juge pour enfants voulut bien me la confier pour la durée des vacances, à condition que je lui rende compte de ce qui se passait tous les huit jours. En cas de nouvelle fugue, il la placerait jusqu'à sa majorité. Cette décision ne résolvait évidemment pas le problème de ce qu'Aline ferait à la rentrée, mais cela me laissait le temps de la convaincre de ne pas recommencer à fuguer et d'envisager avec elle un avenir raisonnable.

Ainsi, une fois de plus j'outrepassais mes fonctions. J'en étais parfaitement consciente, mais je m'aperçus très vite que, si Aline ne pouvait pas vivre près de sa mère, c'était parce qu'elle la haïssait : cette femme avait quitté son mari pour des aventures dont elle ne pouvait pas se passer. L'enfant ne supportait pas sa présence quotidienne et était prête à tout pour s'éloigner de cette mère détestée qui lui imposait une promiscuité avec des hommes le plus souvent louches et menaçants. Voilà pourquoi elle suivait n'importe qui, avec toutes les conséquences que cela supposait, pour fuir un domicile où, finalement, elle se sentait davantage en danger que n'importe où ailleurs.

De fait, dès qu'elle fut installée près de moi, elle ne manifesta pas le moindre désir de fugue, et elle s'apaisa tout en m'apportant la chaleur de sa présence et en m'imposant la nécessité de me consacrer à elle plutôt qu'à mes idées noires.

Je reçus une lettre de Pierre dix jours après son départ. Il n'avait pas encore été affecté sur un poste d'enseignant et se trouvait toujours en garnison à Biskra. Je perçus dans ses mots un optimisme exagéré qui était évidemment destiné à me rassurer. Je m'efforçai de l'oublier en m'inscrivant à l'examen du permis de conduire après avoir pris quelques leçons à Gramat. Je n'eus aucune peine à décrocher ce permis début août, ce qui m'incita à bouger beaucoup, avec Aline à mes côtés, pour oublier les tourments qui ne cessaient de me hanter. Car j'avais beau faire, donner le change à mes interlocuteurs, une seule pensée m'occupait vraiment l'esprit : Pierre.

Le 10 août, je reçus de lui une nouvelle lettre dans laquelle il m'écrivait avoir été affecté dans un tout petit village des Aurès à trente kilomètres de Biskra. Le poste militaire le plus avancé se trouvait à un kilomètre de l'école. En le sachant ainsi isolé, en proie à tous les dangers, je n'en dormis pas pendant plusieurs nuits. Jusqu'à ce qu'une découverte que je n'avais pas envisagée, étant trop obnubilée par les périls dans lesquels il se trouvait, m'envahisse l'esprit un matin, après une nausée : j'étais enceinte. Le médecin de Gramat que je consultai – j'avais évité de m'adresser à celui du village pour plus de confidentialité – me le confirma sans la moindre hésitation, un matin, vers onze heures, à la fin du mois d'août. Je n'en dis rien à personne, mais je me sentis transformée par cette nouvelle – cette présence en moi qui était issue de Pierre et, d'une certaine manière, me le rendait plus proche, inacessible au monde et à ses menaces. J'en informai seulement ma mère qui se montra très heureuse, mais certainement pas l'inspecteur qui vint début septembre m'entretenir de la décision qu'il avait prise pour remplacer Pierre.

– Vous pensez bien, me dit-il que je ne vais pas nommer un homme auprès de vous alors que votre mari est si loin.

– J'aurais refusé, dis-je.

Il ne me demanda pas en vertu de quel pouvoir – que je ne possédais évidemment pas –, poursuivit sur un ton égal :

– Ce sera une institutrice remplaçante. Elle se nomme Mireille R. Je suis sûr que vous vous entendrez très bien avec elle.

Il ajouta, désirant se montrer chaleureux :

– En réalité ce ne sera qu'un remplacement de trois mois, d'octobre à décembre, puisque votre mari reviendra en janvier. Vous verrez, ce sera vite passé.

Je le remerciai sincèrement : en fait, c'était un homme qui avait beaucoup de qualités humaines et qui, je crois, m'estimait. Je me permis alors d'évoquer auprès de lui le cas d'Aline que j'avais recueillie dans un logement public, qui ne m'appartenait donc pas, et il me promit d'étudier rapidement la possibilité de la faire entrer comme pensionnaire en cinquième au lycée de Figeac. Restait à la convaincre, et ce n'était pas une petite affaire. Je dus m'y employer tout le mois de septembre, lui démontrer que le seul et véritable moyen d'émancipation pour une jeune fille, c'étaient les études, plus tard un bon métier, et que là-bas, au lycée, elle se trouverait éloignée du domicile de sa mère, laquelle avait évidemment souscrit à ce projet de pension qui laisserait libre cours à ses turpitudes. Pour emporter l'accord d'Aline, je dus lui promettre d'être ce que l'on appelait alors sa « correspondante » et que, le dimanche, elle pourrait revenir chez moi jusqu'au retour de Pierre. Après, nous aviserions.

Le juge valida cette décision et me remercia ;

c'était la première fois que je recevais des félicitations pour une de ces initiatives qui dépassaient mes attributions, mais que j'avais toujours prises, depuis mes débuts, dans le seul intérêt des enfants. J'en fus affermie dans mes convictions, et il me sembla quelque temps que le monde était devenu plus aimable autour de moi, en tout cas beaucoup moins menaçant. Même pour Pierre dont les lettres, comme d'habitude, ne laissaient pas transparaître la moindre crainte, n'évoquaient pas le moindre danger. Pourtant, chaque fois que j'allumais le petit poste à transistors que j'avais acheté pour me tenir au courant des événements d'Algérie, mon cœur s'affolait malgré moi dans la poitrine : j'appris que les hommes du FLN étaient entraînés le plus souvent en Tunisie ou au Maroc, et, regroupés en katibas, pénétraient clandestinement en Algérie. Quant à l'armée française, depuis les rappels et l'augmentation de la durée du service porté de dix-huit à vingt-sept mois, elle disposait de quatre cent cinquante mille hommes sur le terrain. Partout les embuscades et les guets-apens se multipliaient. À peine si, pendant l'été, l'affaire du canal de Suez avait détourné l'attention d'un conflit algérien dont tout espoir de négociation fut ruiné par le détournement de l'avion des responsables du FLN, Ben Bella en tête, qui avaient été arrêtés à Alger.

Heureusement, j'avais fait la connaissance, fin septembre, de Mireille, une jeune fille brune, aux yeux noisette, au rire communicatif, native de Souillac, qui allait remplacer Pierre pendant trois mois, à condition que son rappel – et c'était devenu ma

211

hantise – ne soit pas porté de six à neuf mois. Je lui avais appris que j'attendais un enfant dès que j'en avais eu confirmation par le médecin de Gramat. Ses lettres montraient beaucoup d'inquiétude pour moi et débordaient de conseils : ne pas soulever de poids, ne pas me fatiguer, manger pour deux, enfin ne pas me faire de souci pour lui qui allait bientôt revenir. Mireille, qui était chargée des petites classes et prenait ses repas avec moi, m'était précieuse par sa gaieté innée, son optimisme et sa façon naturelle d'appréhender les choses. Chaque fois que j'allumais le poste de radio, elle l'éteignait, mais gentiment, et me disait en souriant :

– À quoi ça sert ? Tu n'y peux rien, et dans trois mois ce sera fini. Ne te rends pas malade, pense à l'enfant que tu attends.

J'étais enceinte de trois mois et, malgré les précautions que je prenais en m'habillant de vêtements larges, trop grands pour moi, cela commençait à se voir. Même Marius Fabre, peu porté sur les problèmes de maternité, me regardait d'un air suspicieux. Quand je lui annonçai la nouvelle, un soir, il voulut célébrer l'événement en m'invitant chez lui, mais je n'avais pas le cœur à me réjouir. Seule l'attention que je devais aux enfants me délivrait de mes soucis, et cela jusque après l'étude du soir, que j'avais maintenue avec l'accord des parents, en prévision des examens de fin d'année. Mais ceux du certificat comme ceux qui devaient passer le concours d'entrée en sixième me paraissaient déjà, en cet automne, mieux armés pour en triompher que ceux de l'année précédente. Ils s'appelaient

Jacques, Alain, Daniel, Jean-Louis, Christian, Claudine, Josette, Irène, Sylviane, et ceux-là non plus je ne les ai pas oubliés. C'est étrange cette faculté que j'ai, en me souvenant des années passées, de revoir en même temps les visages des garçons et des filles qui les ont peuplées! Je n'ai pourtant pas retrouvé toutes les photos de classe auxquelles traditionnellement il fallait procéder, mais les visages apparaissent malgré moi à seulement consulter les carnets de notes ou les cahiers que j'ai conservés. Ainsi celui de Sylviane, cette année-là, qui me rendait de si belles rédactions, ou d'Alain, si doué pour les mathématiques, et qui, plus tard, est devenu chercheur. Voilà pourquoi ce métier est si beau, et pourquoi il peut être passionnant: éveiller des enfants au monde et au savoir, leur donner les forces nécessaires pour devenir ce qu'ils rêvent d'être. Se trouver à la source de cet éveil, les accompagner pendant quelques années en veillant fidèlement sur eux, les voir partir enfin, pour accomplir leur vie, mais plus forts, plus sûrs d'eux, plus confiants et, si possible, épanouis.

C'est dans cette espérance que je passai cet automne-là, tout en repoussant, le soir, auprès de Mireille, l'heure de me retrouver seule dans mon lit, me réveillant en sursaut en entendant Pierre crier, ou en le voyant poursuivi par des hommes en armes qui s'acharnaient sur lui. Je ne croyais pas aux prémonitions, mais seulement aux mauvais rêves, et pourtant, le soir du 15 décembre, quand je vis surgir les gendarmes accompagnés de Marius Fabre à six heures, peu avant la fin de l'étude, je m'écroulai sur le plancher, à la grande frayeur des enfants.

Quand je revins à moi, j'étais allongée sur mon lit où l'on m'avait portée, persuadée de connaître les mots qu'ils allaient prononcer. Mais ce ne furent pas tout à fait ceux que je redoutais : Pierre n'était pas mort. Il se trouvait à l'hôpital d'Alger où il avait été transporté après une très grave blessure à la poitrine.

– N'essayez pas de me tromper, dis-je, je veux savoir la vérité. S'il est mort, il faut me le dire.

– Mais non, madame, je vous le jure, répondit le brigadier, il est en vie malgré une balle dans la poitrine. On a dû lui enlever la moitié d'un poumon, mais les médecins pensent qu'il en réchappera.

– Jurez-le-moi !

– Je vous le jure, madame : à l'heure où je vous parle, il est vivant.

– Enfin, voyons ! intervint Marius Fabre que je n'avais jamais vu si pâle, si défait. Puisque le brigadier vous le dit !

C'est à ce moment-là que le médecin, prévenu par Mireille, arriva. Je compris qu'il craignait que le choc provoque une réaction qui me ferait perdre mon enfant. Il m'intima l'ordre de rester couchée pendant au moins trois jours, ce à quoi je ne me résolus pas, ne voulant pas abandonner les élèves à leur sort. Je promis toutefois au médecin de rester allongée toute la journée du dimanche, mais j'avais présumé de mes forces. Si bien que le samedi en début d'après-midi, il se produisit ce qu'il redoutait : une fausse couche qui me fit perdre mon enfant. Je me souviens à peine de mon effroi, du sang, de la douleur, des cahots de la voiture qui roulait à vive allure vers une destination inconnue mais qui, dans mon état d'inconscience angoissée, me semblait se diriger vers Pierre.

Huit jours à l'hôpital me laissèrent dans un état d'épuisement mental et physique dont je n'ai sans doute pas mesuré la gravité, tendue que j'étais dans l'attente des nouvelles de Pierre dont, heureusement, en fin de semaine, j'appris le transfert d'Alger vers Marseille. La nouvelle me parvint par Marius Fabre, toujours prévenant et attentif, qui avait amené Mireille avec lui. Elle m'aida à franchir ce cap si périlleux, délestée que j'étais d'une présence en moi devenue si précieuse en si peu de temps, et qui me laissait vide de cœur et d'esprit, coupable aussi de n'avoir pas écouté le médecin – et, pour tout dire, anéantie.

Je sortis de l'hôpital le 23 décembre, l'avant-veille de Noël, et me réfugiai chez mes parents, à Saint-Vincent, où je restai trois jours, en essayant de retrouver des forces, puis je partis chez les parents de Pierre, en espérant qu'ils auraient reçu des nouvelles. C'était le cas : il avait pu leur écrire une lettre dans laquelle il se montrait rassurant sur sa santé, exprimait l'espoir de sortir de l'hôpital à la mi-janvier, mais surtout se disait soulagé par la certitude de ne plus repartir en Algérie, d'en avoir terminé avec ce qu'il avait considéré comme un devoir vis-à-vis de son pays. Dans quel état physique se trouvait-il réellement ? Nous ne le savions pas.

Son père et sa mère résolurent alors de partir pour Marseille, mais sans moi : je devais à tout prix me reposer. J'insistai vainement auprès d'eux : ils avaient été ébranlés par la nouvelle de ma fausse couche peut-être autant que par la grave blessure de leur fils. Ils me promirent de venir me voir dès qu'ils rentreraient de Marseille et je me réfugiai donc dans mon logement de l'école, veillée par Mireille qui se trouvait déjà sur place, afin de préparer la rentrée de janvier.

Nous étions convenus, avec la mère de Pierre, de ne pas lui annoncer la fin de ma grossesse : il fallait attendre qu'il aille mieux. La lettre que je trouvai à Peyrignac confirma tout ce que m'avaient dit ses parents, mais ne m'apprit rien de nouveau sur sa santé. Je me mis à compter les heures qui me séparaient de leur retour, et le temps me parut bien long jusqu'à ce vendredi après-midi, où, enfin, leur voiture se gara devant l'école. Ils prirent de multiples précautions oratoires pour m'annoncer que Pierre avait maigri de huit kilos, qu'il respirait mieux, à présent, mais qu'il faudrait du temps avant qu'il se remette vraiment. Ils m'apportaient une lettre dans laquelle Pierre m'entretenait surtout de notre enfant, me disait sa hâte d'être au printemps pour le voir naître. Je montrai sa lettre à ses parents, et elle fit pleurer sa mère. Moi, j'étais bien au-delà de la douleur ou des larmes. Je n'avais qu'une hâte : le voir, enfin, et le serrer dans mes bras. Mais fallait-il lui annoncer maintenant la triste nouvelle ou fallait-il encore attendre ? Après avoir réfléchi jour et nuit, je décidai de lui écrire pour lui éviter ce choc lors de nos retrouvailles, estimant qu'il courait moins de risques à l'hôpital que dans un logement isolé comme l'était le nôtre à Peyrignac.

J'avais, là aussi, présumé de mes forces. Ce fut la lettre la plus difficile que j'eus à écrire dans ma vie. Comment trouver les mots pour dire qu'un enfant conçu à deux, que j'avais senti vivre chaque jour dans mon ventre, n'existait plus ? Car il n'était pas le mien seulement, cet enfant, mais il était aussi le sien, et je ressentais l'impression de n'avoir pas su veiller sur lui, de porter une écrasante culpabilité vis-à-vis de Pierre, au moment où lui-même risquait sa vie. Je l'ai quand même écrite, cette lettre, que Mireille a postée, mais aucun des mots que j'ai pu trouver n'est demeuré dans mon souvenir. Et Pierre n'y a pas répondu, comme s'il avait décidé de ne pas ajouter de poids supplémentaire à une douleur déjà bien difficile à supporter pour tous les deux.

De même, quand nous nous sommes retrouvés, à la fin du mois de janvier, nous n'avons pas parlé de cette fausse couche, mais seulement de sa santé. Il avait bien changé, souffrait encore s'il respirait trop amplement à cause des tissus qui avaient été déchirés ou rompus au moment de l'opération, mais il était là, bien vivant, enfin devant moi, ramené par ses parents qui étaient allés le chercher à Marseille.

Nos deux corps ont repris contact doucement, lentement, afin de ne pas réveiller les blessures que nous avions subies l'un et l'autre, et nous avons parlé toute la nuit. C'est du moins lui qui a parlé et qui m'a confié cette phrase merveilleuse :

– C'est un enfant qui m'a sauvé.

Puis, après un soupir qui était presque un gémissement :

– Un enfant à qui je faisais l'école. Il est venu me prévenir que des hommes allaient venir me tuer. J'ai eu le temps de m'enfuir pour gagner le poste, mais ils m'ont tiré dessus avant que je l'atteigne. Sans cet enfant, je serais mort.

Pierre laissa passer un long moment avant d'ajouter :

– C'est parce que je suis instituteur que je suis vivant aujourd'hui. Si j'avais été un simple soldat, j'aurais été tué, comme tant d'autres, là-bas.

Cette révélation, qui justifiait d'une certaine manière ce que nous venions de vivre, nous permit de nous endormir enfin, quelque peu apaisés, mais les jours qui suivirent ne furent pas ceux que nous avions espérés : Pierre souffrait beaucoup, respirait difficilement, si bien qu'il ne put reprendre l'école. À sa grande satisfaction, Mireille fut donc maintenue dans la classe jusqu'à la fin de l'année scolaire.

Je fis de mon mieux pour faire participer Pierre à mon enseignement en lui parlant de chacun de mes élèves, de leurs qualités, de leurs difficultés, et, le soir, c'est avec lui que je préparais les leçons du lendemain. Mais ces derniers mois avaient été rudes pour l'un comme pour l'autre. Nous avions du mal à accepter, lui de vivre diminué, moi de n'.ıvoir pas su veiller sur notre enfant et de l'avoir perdu.

– Faisons-en un autre vite, très vite, me dit-il.

C'était évidemment la seule solution pour oublier

ce qui s'était passé et se tourner vers l'avenir. Mais il me semblait qu'il y avait là, maintenant, dans cette école, ce logement, des traces indélébiles d'une grave blessure, et donc l'impossibilité d'y construire quelque chose de durable et de sûr. Quand je lui en fis part, Pierre en convint aussitôt et proposa :

– Demandons une mutation. Ailleurs, nous oublierons et nous recommencerons.

Nous avons rempli les documents du premier mouvement, en mars, documents que nous recevions chaque année et qui récapitulaient les postes susceptibles d'être vacants tout en nous demandant, éventuellement, d'exprimer nos souhaits. Cette démarche nous valut une convocation à Gourdon un mercredi du mois de mars, toujours devant ce même inspecteur qui nous connaissait si bien et se sentait peut-être un peu responsable de la blessure de Pierre. Aussi se montra-t-il bien disposé à notre égard, dès que nous lui eûmes exposé les motifs de notre désir de quitter Peyrignac. Il nous proposa d'aller enseigner en ville, mais de cela nous ne voulions pas. Nous étions attachés avec les classes primaires dans un village.

– Avec ce qui vous est arrivé, nous dit l'inspecteur, je comprends très bien les raisons qui vous poussent à partir et je considère que vous êtes prioritaires. Je pense pouvoir accéder à votre souhait.

Il se tourna vers Pierre, ajouta :

– D'ici là reposez vous bien et refaites-vous une santé pour les enfants qui ont besoin de vous. Pour le reste, vous pouvez compter sur moi.

Au retour, nous dûmes avertir Marius Fabre de

notre initiative. D'abord, il leva les bras au ciel, se déclara trahi, prit sa femme à témoin, tenta même de nous faire changer d'avis, puis, quand il eut entendu les raisons qui nous poussaient à partir, il s'inclina en disant :

– Allez le faire où vous voulez, ce petit, mais quand il sera né, surtout prévenez-moi. Je viendrai le voir.

Nous essayâmes alors de reprendre une vie normale, et ce ne fut pas sans mal, tellement nous avions été ébranlés. Peu à peu, pourtant, grâce au travail quotidien et à une existence calme, Pierre s'apaisa et moi aussi. Le printemps, toujours précoce ici, nous y aida, de même que la préparation des examens qui virent Jean-Louis obtenir le prix cantonal au certificat, et Alain les meilleures notes à l'examen d'entrée en sixième. C'était un succès inespéré, qui me rendit enfin les forces que m'avaient dérobées les deux drames de l'hiver. Pierre, à présent, respirait avec un peu moins de difficulté et il souffrait moins. La commission médicale le déclara de nouveau apte à l'exercice de son métier en juin. Nous n'avions plus qu'à attendre notre nouvelle affectation et partir enfin en voyage, comme nous l'avions projeté l'année précédente en ignorant que nous allions être si cruellement séparés.

Le jour de notre départ, Marius Fabre joua le désespoir, mais fut magnanime comme à son habitude. Au cours de la cérémonie qu'il avait organisée à la mairie, Il prétendit qu'il ne se remettrait jamais de nous avoir perdus, puis il discourut sur les vertus de l'École de la République et termina sur son espérance de nous voir revenir un jour. Nous ne le décourageâmes pas. Il avait tant fait pour nous que ce fut avec beaucoup d'émotion que nous le quittâmes, ainsi que ce village où nous avions été si bien accueillis.

Troisième partie

15

NOTRE nouvelle affectation fut un village de la vallée de la Dordogne situé entre le causse de Martel et celui de Gramat. Il somnolait dans une vallée couverte de champs de céréales, de prairies, et arrosée de multiples ruisseaux affluents de la grande rivière. Nous nous y rendîmes avant de partir en voyage et il me plut tout de suite, car il me rappela Saint-Vincent – dont il n'était distant que de quelques kilomètres – à cause de l'eau, de la verdure et des grands champs qui carrelaient la plaine. Bien différent de Peyrignac, donc, si ce n'était cette paix que l'on y ressentait dès l'abord, dans l'ombre et le silence, et non plus la lumière aveuglante du causse – mais une lumière plus douce, comme complice et assagie. Il s'appelait Seysses, était tapi dans un nid de verdure autour d'un château datant du douzième siècle, d'une église fortifiée bâtie sur l'ancienne chapelle castrale, et ses maisons, dont deux manoirs du dix-septième, couvertes de tuiles brunes, se rassemblaient autour d'une vieille halle encore en bon état.

Après trois semaines de voyage passées à visiter les Cévennes, puis la côte entre Agde et Montpellier, nous n'avions plus qu'une envie, Pierre et moi, c'était de venir nous installer le plus vite possible à Seysses. Ce voyage nous avait fait du bien, il faut le reconnaître, en nous éloignant des lieux où le malheur s'était abattu sur nous. Ce fut avec un regard neuf et un nouvel espoir que nous fîmes connaissance avec ce refuge ombragé dont tous les chemins semblaient mener vers la rivière et qui paraissait installé ici depuis toujours, à l'abri du temps et des tempêtes du monde. Le maire se nommait Jean Vidalie. C'était un agriculteur de la vallée, mince et grand comme un peuplier d'Italie, qui se montra dès le début aussi bien disposé vis-à-vis de nous que l'avait été Marius Fabre.

L'école se trouvait en hauteur, dans l'enceinte même de l'ancien château, au cœur d'un bâtiment un peu plus récent, mais d'aspect massif, orné d'un fronton triangulaire et munie de deux cours, deux préaux et deux classes. De l'étage où se trouvaient les logements, on apercevait la rivière qui jetait des éclats d'argent vif entre les frondaisons, à l'extrémité d'une prairie d'un vert de premier jour du monde. Ce vieux bâtiment aux murs très épais et aux volets bleus avait bénéficié du confort de l'époque, c'est-à-dire de l'eau courante et du chauffage au bois.

Le poste double comportait peu d'élèves en cette année 1957 : à peine vingt pour les grandes classes (CM1, CM2, certificat), un peu plus pour les petites : section enfantine, cours préparatoire et cours élémentaire. L'inspecteur ne nous avait pas caché que l'un des deux postes serait un jour menacé, mais que, pour Pierre, c'était l'endroit idéal pour reprendre pied dans la vie active. Nous n'avions de toute façon pas du tout l'intention de contester quoi que ce fût, car nous ne nous en sentions pas le droit, surtout pas moi dont c'était le quatrième poste en trois ans. Il était temps de se fixer, de se remettre au travail et de panser nos plaies en nous occupant du mieux possible de ces enfants qui venaient des quatre coins de la vallée, placides et confiants comme les habitants de ces lieux protégés où rien, sans la radio, ne nous serait parvenu des nouvelles du monde.

Un paradis de verdure et de silence où nous pûmes nous reconstruire peu à peu, et où vint au monde l'enfant que nous avions tant espéré, au mois d'août 1958. J'en fus d'autant plus transportée de bonheur que j'avais craint pendant quelques mois de ne plus pouvoir me retrouver enceinte, après l'accident de ma fausse couche, et que j'avais redouté des difficultés lors de l'accouchement, car c'était encore une époque, surtout dans les campagnes, où les femmes accouchaient à domicile, avec l'aide d'une sage-femme, et non dans une maternité ou dans un hôpital. Tout se passa bien, heureusement, et je mis au monde un beau garçon que nous appelâmes Jean-François et qui, aussitôt, ensoleilla nos vies.

Comment aurais-je oublié cet été-là, durant lequel je fredonnais une chanson qui avait pour titre *Les Enfants du Pirée*, et dont je retrouve sans peine les paroles si longtemps plus tard ?

Moi j'ai rêvé d'avoir un jour
Un enfant, deux enfants, trois enfants
Jouant comme eux...

Une autre, chantée par Guy Béart s'appelait *L'Eau
vive* et je n'en retrouve pas moins les paroles qui
accompagnèrent mes jours, au cours de ce merveilleux été :

Ma petite est comme l'eau,
Elle est comme l'eau vive
Elle court comme un ruisseau
Que les enfants poursuivent...

Que la vie fut belle cette année-là ! Notre fils ne
cessait de nous occuper l'esprit, à Pierre comme à
moi, et quand je faisais la classe, il m'arrivait de monter à l'étage et de redescendre aussitôt, car il n'était
pas question de laisser les enfants seuls plus d'une
minute. Un regard me suffisait, car Marthe, une voisine, veillait sur Jean-François aussi bien que je
l'aurais fait moi-même : elle avait élevé quatre
enfants. Pierre m'aidait beaucoup et nous n'étions
pas trop de deux pour faire face aux tâches ména-
gères, à la préparation des cours du lendemain, à
l'étude du soir que j'avais instaurée dès le premier
mois de notre arrivée, à tous les problèmes quoti-
diens que nous rencontrions dans les classes, comme
chaque année, inévitablement.
C'était Pierre qui remplissait les fonctions de direc-
teur. Je lui avais laissé les grandes classes et m'occu-

pais des plus petits. Cela m'avait paru légitime, et de nature à le relancer dans le travail comme s'il ne s'était rien passé – ni guerre, ni blessure –, enfin, comme s'il disposait encore de toutes ses forces, de toute son énergie.

Ce n'était pas tout à fait le cas, mais je ne doutais pas qu'il en retrouve l'intégralité, d'autant que le maire, pour compenser, disait-il, l'absence de jardin, nous approvisionnait en légumes et en fruits qu'il se refusait absolument à nous faire payer. Pour le reste, il y avait au village une épicerie-mercerie, une boulangerie, une charcuterie, et même une auberge qui ne désemplissait pas le dimanche et où nous allions, une fois par trimestre, pas tout à fait persuadés de mériter une telle récompense.

Tout près de l'école, la vieille église et son presbytère abritaient un curé très âgé qui faisait l'unanimité dans le village, tant il était débonnaire, toujours prêt à aider qui que ce soit, et davantage porté vers le pardon que vers la condamnation de ses fidèles. Il était venu vers nous naturellement, sans la moindre arrière-pensée, et parce qu'il aimait parler, alors qu'il vivait seul, sans bonne à tout faire, se suffisant à lui-même grâce à un jardin plus qu'à la générosité de ses paroissiens. Il ne fut jamais question de religion entre nous, mais son sourire et sa bonhomie nous furent agréables chaque fois qu'il frappait à notre porte.

Ce fut donc dans ces conditions les plus favorables que nous commençâmes notre vie dans ce village où tout était réuni pour que nous soyons heureux, aussi bien à l'école que dans une vallée où régnaient l'eau, les arbres et le silence. Et nous le fûmes vraiment, quotidiennement, en apportant plus d'attention et de soin aux élèves que nous ne l'avions jamais fait, tant nous exercions ce métier avec le souci de donner à chacun les meilleures chances de succès.

L'examen d'entrée en sixième avait été supprimé et l'admission se faisait désormais sur dossier. Comme la moyenne générale suffisait pour être admis, les enfants étaient de plus en plus nombreux à accéder au collège de Saint-Vincent ou au lycée des plus grandes villes du département : Figeac, Gourdon ou Cahors. Le certificat d'études avait beaucoup perdu de sa valeur, à tel point que l'année suivante, l'obligation scolaire passa de quatorze à seize ans. C'était une immense joie de voir partir les élèves à onze ou douze ans, pour accéder à un savoir qui leur avait longtemps été interdit – car les échecs à l'examen d'entrée en sixième n'étaient pas rares. Seuls restaient en primaire, jusqu'au certificat, ceux qui devaient hériter des propriétés agricoles ou ceux qui allaient se diriger vers ce que l'on appelait alors « l'apprentissage » qui leur mettrait un métier en main tout en assurant leur avenir.

Lors de la réunion pédagogique traditionnelle, nous abandonnions Jean-François à Marthe sans la moindre appréhension. Cette femme faisait preuve d'un instinct maternel si développé qu'elle le considérait un peu comme son propre fils. À Gourdon, Nous rencontrions l'inspecteur que nous connaissions si bien et qui s'était montré si compréhensif à notre égard, mais il approchait de la retraite et ne manifestait ni la même foi ni la même conviction dans ses propos que lors des premières années.

Les problèmes portaient surtout sur l'accroissement des effectifs et la suppression des devoirs à la maison qui datait de 1956, mais qui était restée lettre morte puisque les programmes, eux, n'avaient pas changé. Selon l'inspecteur, une grande réforme était à l'étude et les années soixante ne se passeraient pas sans que l'enseignement primaire ne soit profondément remanié. En attendant, il nous encourageait à nous tourner vers les collèges d'enseignement général dont le CAP, pour les instituteurs, allait bientôt voir le jour.

Pierre et moi, nous ne nous posâmes même pas la question : nous étions attachés à l'école primaire, celle que nous-mêmes avions connue enfants et que, sans doute, inconsciemment, nous tentions de retrouver, tant il est vrai que de son enfance on ne guérit jamais. Nous savions que pour Jean-François nous serions peut-être obligés plus tard de partir dans un chef-lieu de canton ou en ville, mais nous avions du temps devant nous et nous étions seulement désireux d'épuiser tous les charmes mais aussi les soucis d'une école rurale à poste double.

Pierre avait fini par retrouver des forces, les traits de son visage étaient moins creusés et il semblait apaisé. Les événements du mois de mai 58 et l'arrivée au pouvoir du général de Gaulle pour mettre fin à la guerre d'Algérie n'avaient pas réveillé en lui le moindre ressentiment. Il considérait qu'il avait payé sa dette à son pays, qu'il avait fait son devoir, et que tout cela ne le concernait plus. Il n'avait d'ailleurs pas renouvelé son abonnement à *La Dépêche* et les seules nouvelles que nous apprenions nous parvenaient par le poste de radio que je me gardais bien d'allumer au moment des informations. Pierre était un homme sans colère et sans regrets. Comme tous les esprits libres, il savait faire la différence entre l'essentiel et l'accessoire, entre – disait-il parfois – ce qui «est» et ce qui pourrait «ne pas être». Ce qui «était», c'était sa famille, les enfants, la beauté du monde de verdure et de paix dans lequel nous baignions, les valeurs à enseigner à des esprits neufs: l'honnêté, le courage, le sens du devoir et la générosité. Ce qui pouvait ne «pas être» c'était tout le reste: la laideur, l'envie, la bassesse, tout ce qui blesse et ce qui nuit.

Mais pour lui la page de la guerre était refermée, il s'était tourné vers l'avenir, l'école, son fils, sa poésie qu'il écrivait le soir, une fois les cahiers corrigés, tandis que nous nous retrouvions seuls, lui et moi, Jean-François étant endormi dans la chambre voisine. Nous lisions aussi beaucoup et nous avions créé une bibliothèque pour les enfants dans la classe des grands, dont les prêts étaient inscrits dans un cahier tenu à tour de rôle. Le maire avait accepté d'en acheter quelques-uns et nous avions donné une partie des nôtres sans la moindre hésitation. Pierre prétendait que les livres n'appartiennent à personne, qu'ils doivent circuler pour le plus grand profit de tous, enfants comme parents. C'est ainsi qu'en quelques mois cette bibliothèque quitta la salle de classe pour venir s'installer dans une salle annexe de la mairie, et que de «bibliothèque d'école» elle devint «municipale ». Un élève de la classe du certificat s'en occupait le jeudi après-midi, et moi le dimanche matin, à l'heure où les fidèles sortaient de la messe, tout en préparant les leçons du lendemain.

Je me souviens des soirs d'automne, dans la lumière orangée du soleil couchant, quand nous restions silencieux, côte à côte, Pierre penché sur sa page blanche, moi rêvant en regardant au loin les reflets de l'eau. Notre refuge dominait la campagne qui s'enfonçait dans une nuit paisible au sein de laquelle rien ne troublait le silence, sinon le murmure de la rivière, à plus de cent mètres de l'école. Nous dormions fenêtres ouvertes, comme lors des nuits d'été, dans l'air épais qui sentait le foin, ou le raisin en train de fermenter à l'automne. Je me souviens aussi des souffles plus vifs du printemps, quand tout se couvrait de feuilles, de nos interminables promenades en direction de la rivière, des premiers pas de Jean-François dans un chemin creux, de ce bonheur que je ne croyais pas mesuré, et qui en un instant, parfois, me submergeait. Je me souviens enfin des soirs d'hiver, de ce parfum inoubliable du poêle à bois, de la bouilloire qui chantait sur la cuisinière, des Noëls merveilleux, du gel rose des matins, du froid qui me saisissait quand je descendais allumer le poêle dans les classes, des enfants qui ont peuplé ces années : Aline, Cécile, Viviane, Jean-Pierre, Christophe, tant d'autres dont les visages passent et repassent dans mon esprit au moment où je m'y attends le moins, et d'une netteté, d'une précision qui me bouleverse, me fait chavirer aussitôt du chagrin de les avoir perdus.

Ce fut, je pense, à la rentrée de 1960, que se posa à moi un problème que je n'avais jamais rencontré : une mère de famille vint solliciter l'inscription de sa fille handicapée. Nous avions eu, Pierre et moi, des enfants à l'esprit lent, peu doués, ou souffrant d'une malformation, d'une maladie chronique, mais jamais je n'avais connu une enfant telle que Rose : une beauté étrange, des yeux magnifiques, couleur bleu nuit, mais comme tournés vers l'intérieur. Pas un mot mais des cris, parfois, aigus et brefs, et des gestes syncopés, répétitifs, qui rendaient cette enfant inquiétante et allaient sans doute menacer le bon fonctionnement de la classe. Il existait bien un établissement spécialisé, mais il se trouvait à Gourdon et la mère ne voulait pas que sa fille s'éloigne d'elle. Elle insistait, se refusant à admettre que son enfant était différente, qu'elle présentait un grave problème de comportement, comme c'est souvent le cas dans ces circonstances.

Je résolus de prendre l'enfant avec moi un jeudi après-midi pour voir si elle pouvait être un minimum réceptive à la parole. Ce fut un échec total qui me laissa désemparée. Je me demandais même si elle m'entendait quand je l'invitais à dessiner un objet ou un animal. Elle griffonna des formes impossibles à identifier avec des angles aigus, des couleurs sombres, violentes, et quand je voulus lui prendre la main pour la guider, elle la retira brusquement, comme si je l'avais brûlée.

Je me trouvais devant un mur, quelque chose que

je ne connaissais pas, et Pierre pas plus que moi. Et pourtant, au lieu de la refuser, sans bien savoir pourquoi – mais peut-être justement parce que je me trouvais devant un domaine inexploré, étrange et mystérieux –, je répondis à la mère que j'acceptais son inscription. La pauvre femme, qui vivait dans une petite ferme avec un mari en mauvaise santé – je m'étais renseignée entre-temps –, devait m'en être indéfiniment reconnaissante. Ce fut sans doute l'une des décisions qui comptèrent le plus dans ma vie. Rose était à elle seule un monde dont j'avais deviné la gravité et la beauté secrètes. Dès lors, je n'eus plus qu'un désir – un besoin passionnel : le comprendre. Mais je ne savais pas encore à quel point j'allais en être transformée.

Comment aurais-je oublié cette rentrée-là, mes craintes et mon hésitation à installer Rose, non pas au fond de la classe mais devant moi, seule, pour mieux pouvoir la contrôler, lui parler, peut-être l'éveiller comme je l'espérais au monde qu'elle semblait refuser ? La réaction des autres enfants, une fois la surprise passée, me rassura. Ils la considérèrent avec circonspection mais sans agressivité. Au début, ses attitudes brusques et ses cris provoquèrent quelques rires, mais cela ne dura pas. Quant à moi, j'eus beaucoup de difficulté à lui prendre la main, c'est-à-dire à établir le premier contact entre elle et moi, la parole n'ayant aucun effet. Une semaine plus tard, comme je surveillais la cour des filles avec mon fils Jean-François dans mes bras, ce fut elle qui vint me prendre la main. Les jours précédents, elle m'avait observée en train de m'occuper de Jean-

François et sans doute avait-elle senti qu'il y avait là, près d'elle, une présence secourable, quelque chose qui pouvait être compatible avec ses tourments. De ce jour-là, elle ne s'éloigna plus de Jean-François que je dus asseoir à côté d'elle, pendant la classe, et dont la présence, aussitôt, parut l'apaiser.

Chaque soir, je parlais à Pierre de Rose et, comme moi, il cherchait à comprendre, car on ne soignait pas l'autisme à cette époque-là, on ne savait pas ce que c'était, ce que cela représentait. Il ne m'en disait rien, mais je devinais qu'il se demandait si je ne m'étais pas lancée dans une mission impossible. Je ne me cachais d'ailleurs pas à moi-même que l'attention permanente accordée à Rose l'était au détriment de celle qui était nécessaire aux autres enfants. Cependant, même aux pires heures de cette entreprise si hasardeuse et si compliquée, je n'ai jamais songé à renoncer.

Cette année-là ne fut en rien semblable aux autres. Pas seulement à cause de Rose, mais aussi parce que mon père tomba d'un échafaudage et en mourut. Il avait cinquante-quatre ans. Je n'avais jamais été très proche de lui, qui parlait si peu et représentait l'autorité et la violence, mais j'en fus ébranlée beaucoup plus que je ne l'aurais imaginé. Avec lui, c'étaient mes années d'enfance qui s'éloignaient davantage, une vie de liberté qui avait finalement été heureuse dans un écrin d'eau et de verdure. On l'enterra à Saint-Vincent, dans le cimetière située derrière l'église, un mercredi du mois de mai. Ma mère se retrouva donc seule dans une maison qui ne lui appartenait pas et, passé le chagrin, s'inquiéta auprès

de moi de cette situation. Comme je m'en entretenais auprès de Pierre, quelques jours plus tard, il proposa :
— Achetons cette maison. Nous pouvons le faire pour ta mère, et nous en hériterons un jour.

Et, comme j'hésitais, me demandant si un tel achat n'allait pas mettre en péril nos finances :
— Mes parents n'ont besoin de rien. Quant à nous, nous aurons toujours un toit sur la tête.

Je finis par accepter d'acheter non pas cette maison, où je craignais de savoir ma mère isolée loin du village, mais un petit appartement à Saint-Vincent même où elle aurait tout à portée, commerces et secours si nécessaire. Ma mère ne fut pas facile à convaincre car elle avait toujours habité la maison des Grands Champs, mais je parvins à lui démontrer que vivre à Saint-Vincent serait plus facile pour ses vieux jours et qu'elle se trouverait encore plus près de nous. Ce fut ainsi que je signai, à côté de Pierre, le premier acte notarié de ma vie et que j'en retirai, il faut bien l'avouer, une certaine satisfaction. À partir de ce jour, nous prîmes l'habitude d'aller chercher ma mère pour passer le dimanche avec nous et de lui confier Jean-François chaque fois que nous devions nous éloigner de l'école.

Un dimanche, précisément, elle fit la connaissance d'Aline, qui venait tous les quinze jours, ainsi que je m'y étais engagée, depuis le lycée de Figeac où elle était en seconde. Ayant compris que seules les études pouvaient lui donner une indépendance à l'avenir, elle travaillait bien et avait décidé de devenir institutrice, comme moi. Je n'osais croire à un tel

succès, et je redoutais encore des fugues qui auraient mis à mal tant de bonnes résolutions. Mais elle avait trouvé chez nous une vraie famille :
– Un père, une mère, une grand-mère et même un frère, disait-elle avec une émotion qui m'étonnait mais qui me comblait.

De fait, Pierre l'avait adoptée comme moi, et il ne se faisait pas faute de la faire travailler le dimanche matin, avant que le repas du dimanche ne nous réunisse tous, autour d'une table dont nous tirions les rallonges avec satisfaction. Que pouvions-nous souhaiter de plus ? Rien, et nous le savions. Je n'espérais qu'une chose : que tout cela dure longtemps, que Jean-François grandisse dans cette école où, déjà, il connaissait les lettres de l'alphabet, que ma mère vieillisse en bonne santé, et que nous ne soyons jamais séparés, Pierre et moi, tout en exerçant passionnément le métier que nous avions choisi.

16

LES années soixante ne furent pas des années de grande mutation pour l'école primaire, si ce n'est la suppression des classes de fin d'études qui menaient au certificat. Nous étions loin, encore, du tiers-temps pédagogique qui serait instauré plus tard, et de la mixité que l'on pratiquait en ville mais pas dans les campagnes. Nous vivions encore sur les bases du système éducatif mis en place après la guerre et nous ne nous en plaignions pas, Pierre et moi, qui trouvions confortable cette manière d'enseigner dont nous maîtrisions parfaitement les programmes et la pédagogie.

En 1962, le général de Gaulle mit fin à la guerre d'Algérie, et Pierre en parut guéri définitivement :

– Tout ça est enfin terminé, me dit-il. Je n'osais plus l'espérer.

Je compris qu'il y pensait souvent même s'il n'en parlait pas, et que la blessure n'avait pas été seulement creusée dans sa poitrine mais aussi dans son esprit. Je réalisai alors qu'il était encore plus secret que je l'imaginais, qu'il y avait peut-être une part de lui que je ne connaîtrais jamais et j'en souffris quelque temps, sans le lui avouer. En fait, ce qui traduisait le mieux sa vraie nature, c'était sa poésie. Il s'était attaché à un poète qui venait de mourir jeune et avec qui il avait correspondu : il s'appelait René-Guy Cadou et avait été instituteur, comme lui, comme moi, dans une école rurale, près de Nantes. J'avais été séduite moi aussi par ses vers que je n'hésitais pas à faire apprendre aux plus petits :

Odeur des pluies de mon enfance
Derniers soleils de la saison
À sept ans comme il faisait bon
Après d'ennuyeuses vacances
Se retrouver dans ma maison

La vieille classe de mon père
Pleine de guêpes écrasées
Sentait l'encre, le bois, la craie,
Et ces merveilleuses poussières
Amassées par tout un été...

Au mois d'août 1962, nous nous étions rendus à Louisfert où Cadou était mort et, depuis, nous vivions dans une sorte de fascination pour ce poète. Elle portait Pierre à écrire beaucoup, et ce travail fiévreux, passionné, trouva un aboutissement dans la publication d'un recueil qui illumina davantage nos vies.

Jean-François lui ressemblait beaucoup : brun comme lui, les yeux noirs, et une certaine gravité dans le regard, étonnante pour un enfant. À six ans, après avoir assisté depuis l'âge de quatre ans aux leçons que je donnais aux plus petits en sa présence, il savait lire. Il était calme, attentif, ne nous posait pas le moindre problème. En classe, il était toujours assis à côté de Rose, que j'avais gardée malgré les immenses difficultés que je rencontrais avec elle. C'était une épreuve quotidienne que de tenter de l'obliger à fixer son attention, de l'extraire de ce monde obscur dans lequel elle se réfugiait et qui était pour elle, j'avais fini par le comprendre, un abri contre l'autre monde : celui des gens ordinaires, d'un réel hostile et inapprivoisable. Cependant, dès que je parvenais à capter son attention, je devinais dans cet esprit souffrant une intelligence lumineuse et si vive qu'elle mettait à vif, et cruellement, une sensibilité trop vaste, déchirante. Cette enfant souffrait atrocement, j'en étais certaine, et moi je souffrais de ne pas pouvoir l'aider comme il l'aurait fallu, parce que je ne disposais pas de suffisamment d'armes pour cela.

Cependant, je luttais auprès d'elle de toutes mes forces et je m'y épuisais. L'inspecteur qui avait remplacé monsieur D., un homme d'une quarantaine d'années venu de Toulouse, s'était fermement opposé à ce que je la garde dans ma classe, mais j'avais refusé de l'entendre. Il était venu en inspection un matin vers neuf heures et il s'était assis au fond de la classe, alors que je m'occupais du cours élémentaire. Il avait écouté sans intervenir jusqu'à la récréation, puis il m'avait demandé les cahiers et les livrets que nous devions tenir à jour, et il en était venu au motif essentiel de son inspection : Rose, dont pourtant il avait pu vérifier qu'elle ne troublait pas la classe.

241

– Aucun des parents d'élèves ne se plaint de sa présence, lui avais-je dit. Et mon travail auprès des autres enfants n'en souffre pas.

– Ce n'est pas votre mission de vous occuper de ces enfants-là. Il existe des établissements pour les accueillir.

– Je suis certaine qu'elle apprendra à lire et à écrire.

– Puisque vous le prenez comme ça, cette enfant restera chez vous sous votre entière responsabilité.

– C'est bien ainsi que je l'entends.

Il était passé chez Pierre, puis il était reparti en fin de matinée, non sans insister auprès de lui afin qu'il me convainque de renoncer à Rose. Pierre me soutenait, mais il s'inquiétait parfois et me demandait si je savais vraiment dans quoi je m'étais engagée.

– Dans un chemin inconnu, lui disais-je. Et le seul, peut-être, qui vaille d'être suivi.

Rose était le joyau d'un métier que je connaissais maintenant trop pour m'en satisfaire pleinement, d'autant que je m'occupais toujours des petites classes, n'ayant jamais songé à reprendre les grandes à Pierre. Malgré les risques de me tromper, de la faire s'enfoncer dans le gouffre au lieu de l'en sortir, Rose donnait à ma vie la dimension que j'avais toujours souhaitée. Mais que de pièges, de fausses pistes, de régressions avais-je dû affronter avant de parvenir à la hisser, parfois, hors de sa ténébreuse prison ! Mais que de joies aussi, lorsqu'elle parvint à articuler les syllabes, à ânonner des mots et, miracle, un jour, comme je la félicitais, à esquisser le premier sourire de sa vie. J'en fus si émue, si bouleversée, que j'allai le raconter à Pierre aussitôt, bien avant la récréation.

Il avait partagé tous mes doutes, tous mes espoirs, car il aimait les enfants autant que je les aimais, ce qui le conduisit tout naturellement à me demander s'il n'était pas temps d'en avoir un second. Nous étions, je crois me souvenir, en 1964, et Jean-François allait avoir six ans. J'en avais trente et il était vrai que, si nous le souhaitions vraiment, il fallait y penser dès à présent. Mais je n'en ressentais pas réellement le besoin : j'avais été mère une fois, mais j'avais eu aussi, du moins le ressentais-je ainsi, des dizaines d'enfants. Certains, comme Rose, comme Aline, comme le petit François de Ségalières ou tant d'autres, avaient envahi ma vie et l'avaient mieux remplie que ne l'eût fait un autre fils ou une fille. J'ai scrupule à écrire cela, mais c'est exactement ce que je pensais à l'époque, tant les enfants de l'école m'occupaient l'esprit jour et nuit, me laissant à peine le temps de penser à moi, à nous, à tous ceux qui étaient censés être plus proches de moi.

De fait, malgré l'absence de précautions, et comme si quelque chose en moi s'y refusait, je ne tombai pas enceinte. Je crois que c'est vers cette époque-là que Pierre prit quelques responsabilités au syndicat auquel nous avions adhéré plus par obligation que par conviction, du moins en ce qui me concernait. Lui se montrait davantage convaincu de la nécessité de se protéger, d'être défendu en cas de problème. Sans doute pensait-il davantage à moi qui avais toujours pris des risques insensés plutôt qu'à lui, et il n'avait pas tort, l'avenir nous le confirma quand les plaintes se mirent à tomber après que j'eus obligé les enfants à s'asseoir à tour de rôle auprès de Rose pour l'aider.

Certains parents avancèrent que cela retardait leurs enfants dans leur progression et, pour deux d'entre eux, que la trop grande proximité de la petite leur faisait peur. Je tins bon pendant un mois, mais je dus m'incliner devant l'inspecteur de nouveau alerté, et mettre un terme à ces rapprochements dont j'avais pensé, très sincèrement, qu'ils pouvaient au contraire leur apporter un enrichissement. J'installai une nouvelle fois mon fils auprès de Rose, du moins tant qu'il fréquenta ma classe et non celle de son père.

L'année suivante, à la rentrée 1965, nous instaurâmes la mixité dans les deux cours de récréation, comme elle se pratiquait dans la classe. Nous avions pensé qu'il valait mieux mêler les tranches d'âge pour préparer l'entrée des enfants au collège. La blessure d'une fille qui avait voulu jouer avec les garçons dans la cour des grands nous valut une pétition menée par sa mère, la même qui, auparavant avait conduit la fronde contre Rose. Tout cela n'était pas exceptionnel : nous savions, grâce à nos rencontres avec nos collègues, qu'ils se heurtaient eux aussi, souvent, à la mauvaise foi de certains parents, mais nous le vivions mal, Pierre et moi, car tout ce que nous faisions, tout ce que nous inventions, l'était toujours, à notre sens, dans l'intérêt supérieur des enfants. Mais nous vivions dans le monde rural où les préjugés étaient encore importants, et il n'était pas facile de faire évoluer, ne serait-ce que légèrement, une population encore figée dans les traditions.

Ce fut à la rentrée suivante, je pense, que je découvris le petit Jean-Paul, un enfant qui n'était pas sourd, contrairement au petit Michel de Ségalières, mais qui ne parlait pas. Sa mère m'avait prévenue, mais sans entrer dans les détails, ce qui ne m'avait pas inquiétée outre mesure, car avec Rose j'avais beaucoup progressé dans l'approche des enfants à problèmes. Ce devait être en 1967, car François était passé chez son père, cet automne-là, mais pas Rose que j'avais tenu à garder encore un an, ou plus si nécessaire. Je fis donc asseoir Jean-Paul auprès de Rose, au premier rang, devant mon bureau, et ils s'entendirent tout de suite très bien tous les deux. On aurait dit qu'ils se comprenaient sans paroles et sans gestes. Elle se mit à veiller sur lui aussi bien pendant la classe que pendant les récréations, et cette complicité lui apporta beaucoup. Cependant, Jean-Paul, lui, ne prononçait toujours pas le moindre mot. Il entendait, c'était évident, mais si je lui parlais, il me dévisageait avec deux yeux ronds – d'un vert pâle, presque jaune –, et c'était comme s'il n'existait pas de lien entre ses facultés de compréhension et ses facultés de parole. Je l'occupais de mon mieux en lui donnant des modèles à reproduire, ce qu'il réalisait parfaitement, ou avec des jeux d'association de dessins, objets ou animaux, mais jamais le moindre son ne sortait de sa bouche.

Pierre, à qui j'en parlais chaque soir, était, comme moi, circonspect. Je résolus de persévérer, mais au bout de six mois, je dus me rendre à l'évidence : il y

avait chez cet enfant quelque chose d'irrémédiable-
ment perdu, ou peut-être d'inaccessible à la maîtresse d'école que j'étais. Je dus menacer la mère de
ne pas le garder si elle ne faisait pas procéder aux
examens médicaux auprès d'un spécialiste, ce à quoi
elle se décida au printemps suivant. Le verdict me
soulagea quelque peu : l'enfant souffrait d'une malformation au niveau du larynx et des cordes vocales :
une opération s'avérait nécessaire. Elle aurait lieu
pendant les grandes vacances. En attendant, sur la
supplique de la mère, je le gardai à l'école, mesurant
une nouvelle fois la difficulté d'enseigner en milieu
rural et non dans une ville où il existait, du moins
dans les chefs-lieux ou les sous-préfectures, des établissements censés prendre en charge ces enfants en
grande difficulté.

Toutefois, les événements de mai 68 allaient provoquer une évolution rapide et capitale que nous
n'aurions jamais imaginée, Pierre et moi. Ils nous
surprirent d'abord, puis, une fois l'école fermée, ils
nous conduisirent à suivre le mouvement plutôt que
de le précéder. Nous allâmes plusieurs fois manifester à Souillac, Figeac et Gourdon sans bien savoir où
tout cela nous menait. Moi, je pensais à la rentrée
prochaine en me demandant ce qui allait se passer ;
Pierre, lui, espérait que ces événements allaient
enfin libérer l'école des pesanteurs qui la reliaient
encore à celle de l'après-guerre, c'est-à-dire celle qui
avait été destinée à l'alphabétisation du plus grand
nombre sans se soucier de l'intérêt particulier des
enfants. Or, selon lui, aucun enfant ne ressemblait à
un autre. Il fallait pouvoir adapter l'éducation à cha-

cun des élèves et non l'inverse. Sans le formuler de façon aussi précise, c'est ce que je m'étais toujours efforcée de faire, notamment avec Rose, et tant d'autres qui nécessitaient une attention particulière.

Ce fut donc pleins d'espoir que nous reprîmes la classe, cet automne-là, mais il ne se passa pas grand-chose avant le début de l'année 1969, quand la circulaire du 6 janvier recommanda l'abandon des compositions et des classements. J'y souscrivis aussitôt, car il m'avait toujours été difficile d'établir une hiérarchie avec les enfants, persuadée que j'étais que le fait d'apparaître en fin de classement pouvait être source de régression ou de paralysie pour beaucoup d'entre eux. J'adoptai aussitôt la notation par lettres (A, B, C, D, etc.), qui me parut plus apte à évaluer les mérites des uns et des autres sans pour autant déconsidérer les plus faibles aux yeux de leurs camarades.

Pierre se montra réticent à appliquer cette circulaire que l'inspecteur en personne nous avait remise lors d'une journée pédagogique en février. Il pensait, lui, que la notation était le seul moyen efficace d'évaluer les connaissances des élèves qui allaient passer en sixième et changer de mode de vie. Pour lui, il ne fallait pas se tromper, sous peine de les exposer à un échec qui pouvait mettre en péril leur équilibre futur.

Dans le même temps, se posa pour nous la question de savoir dans quel établissement nous allions placer Jean-François lors de sa rentrée en sixième l'automne suivant. La logique était de l'inscrire au cours complémentaire de Saint-Vincent, distant de cinq kiomètres, mais il faut bien dire que les cours complémentaire de l'époque n'avaient pas très bonne réputation. Contrairement aux lycées des grandes villes où l'on enseignait le latin et des langues – comme l'allemand, par exemple – que l'on ne trouvait pas dans les CEG. Pierre penchait pour inscrire Jean-François au lycée de Figeac. Je ne pus m'y résoudre. Envoyer un enfant d'un peu plus de onze ans en pension ne me paraissait pas indispensable. Il suffisait de l'y envoyer en seconde, ce serait bien suffisant, d'autant que nous pourrions ainsi aider Jean-François pendant les années décisives de sixième jusqu'au brevet. Nous nous arrêtâmes à cette solution intermédiaire qui me satisfaisait d'autant plus que je pouvais ainsi garder mon fils près de moi jusqu'à ce qu'il devienne un adolescent capable de faire face aux dures réalités d'un pensionnat.

C'est ainsi que le départ de Jean-François au collège, en 1969, coïncida avec une « révolution » dans l'enseignement, celle qui avait été définie par le ministre Edgar Faure dans son décret du 8 août, une « révolution » inspirée par les bouleversements sociaux de l'année précédente et à laquelle, il faut bien le dire, nous n'étions en rien préparés.

17

L e tiers-temps pédagogique nous laissa circons-
pects, Pierre et moi, tellement il bouleversait le
fonctionnement de la classe tel que nous le prati-
quions depuis toujours. Désormais, selon les directives officielles, le temps ne serait plus découpé en
matières auxquelles était affecté un horaire qu'il ne
fallait pas trangresser, mais en trois tiers-temps : les
disciplines fondamentales – maths et français –, les
disciplines d'éveil : histoire, géographie, sciences,
musique, peinture et poésie ; enfin l'éducation physique qui comportait aussi bien le sport collectif que
la danse et l'expression corporelle. La dénomina-
tion « disciplines d'éveil » montrait à quel point se
voulait radical le changement qui impliquait que
ces matières étaient destinées à éveiller l'enfant au
monde plutôt que lui faire enregistrer des connaissances sans qu'il les comprenne forcément. C'était
l'éveil qui devait être privilégié, non la matière à
enseigner.
De surcroît, il devenait possible de décloisonner les
classes grâce à des travaux de groupe ou des ateliers,

de faire entrer le monde extérieur dans l'école, et de faire sortir l'école dans le monde extérieur : à ce sujet, l'État couvrait la responsabilité de l'enseignant en cas d'accident de car lors d'une excursion, un enseignant blessé dans ces circonstances étant même considéré comme victime d'un accident du travail. Enfin, il était recommandé de favoriser les textes libres, la sacro-sainte dictée n'étant plus considérée comme l'unique et le meilleur moyen d'améliorer l'orthographe des élèves.

Nous nous interrogeâmes longtemps, Pierre et moi, pour trouver le moyen de mettre en œuvre cette réforme sans trop bousculer l'équilibre qui nous avait permis d'obtenir des résultats que nous trouvions satisfaisants. Pierre ne se résolut pas à renoncer à la dictée, pas plus, d'ailleurs, que bon nombre de nos collègues qui, comme nous, hésitaient à faire table rase du passé. Quant à moi, je n'avais pas attendu la méthode mixte – ou semi-globale – pour écrire des phrases au tableau et, à partir de leur explication, en venir aux syllabes et aux lettres dont les mots étaient composés. Je n'avais pas non plus attendu la réforme pour mettre en œuvre les dictées préparées destinées aux plus faibles.

Nous ne cessions de parler des nouvelles directives, chaque soir, et de la meilleure manière de les adapter à notre mode de fonctionnement. Nous le faisions d'autant plus librement qu'elles ne s'imposaient pas à nous au sens strict du terme : le vent de 1968 avait balayé l'autoritarisme, d'où qu'il vienne. De fait, nombreux furent les maîtres et maîtresses d'école qui ne s'y adaptèrent pas, et l'on peut dire qu'en réalité le tiers-temps pédagogique ne fut pas appliqué, du moins comme il aurait dû l'être.

En outre, l'année suivante, l'arrivée des maths modernes fit croire à beaucoup qu'il s'agissait d'une théorie qui allait condamner toute une génération à ne plus savoir compter ou calculer de la même façon, et elle se heurta à l'hostilité de la plupart des maîtres habitués à la règle de trois et au calcul mental. Comme le disait l'un de nos amis, l'un des derniers maîtres de classe unique : « Les réformes et les ministres passent, et moi je suis toujours là, fidèle à mes convictions. »

Nous n'avions pas adopté une attitude si hostile, Pierre et moi, et nous eûmes vite fait d'en tirer le meilleur parti sans nous sentir contraints en quoi que ce soit. La vie reprit son cours normal, et les jours qui passèrent furent des jours aussi heureux qu'auparavant : chaque soir Jean-François revenait avec le car scolaire de Saint-Vincent, puis il s'installait entre Pierre et moi pour faire ses devoirs, tandis que ma mère, de plus en plus souvent présente, préparait le repas du soir. Ensuite, à la belle saison, nous partions pour une promenade le long de la rivière ou, l'hiver, je lisais tandis que Pierre écrivait, confiants, tous les deux, dans cette vie que nous avions choisie et qui nous apportait les satisfactions que nous en attendions.

Nous étions parvenus à résoudre les problèmes qui s'étaient posés avec les parents, notamment au sujet de Rose et de Jean-Paul. Ce dernier avait été opéré avec succès et menait maintenant une scolarité normale. Rose était encore en CM1 dans la classe de

Pierre, et nous envisagions de la garder jusqu'à ce qu'il ne puisse plus rien lui apprendre. Aline était entrée à l'École normale et réaliserait bientôt le projet pour lequel je l'avais tant encouragée. Jean-François nourrissait une véritable passion pour l'histoire et je le trouvais souvent en train de creuser la terre autour du château près duquel nous habitions et dans laquelle il mettait au jour des pièces de monnaie en cuivre, des médaillons, des petites croix, divers objets qui témoignaient d'une vie disparue mais autrefois féconde. C'était son occupation favorite pendant les vacances : je le voyais accourir vers moi, les yeux brillants, émerveillé, ouvrir sa main où apparaissait ce qu'il considérait comme un trésor. Nous ne songions pas à nous opposer à cette passion car il travaillait toujours aussi bien au collège, mais pour ma part je devinais qu'il y avait là quelque chose qui m'échappait, et qu'à l'avenir, peut-être, je ne maîtriserais pas.

L'été, ils allaient souvent à la pêche dans la rivière, son père et lui, et ils rapportaient des truites ou des brochets qui faisaient le régal de ma mère. Parfois, j'allais m'asseoir sur la rive, à l'ombre des frênes, pour les regarder pêcher, et je songeais, non sans émotion, que c'étaient les deux hommes de ma vie. J'avais l'impression de tenir dans ma main un bonheur qui pouvait m'échapper, que rien n'était plus fragile que ce bonheur-là, et je serrais mes doigts jusqu'à la douleur pour le retenir prisonnier. Puis je reprenais le livre que je lisais : le plus souvent de la poésie dans un recueil de René-Guy Cadou dont nous parlions toujours, avec Pierre, car nous avions fait connaissance avec sa femme, Hélène, lors d'un court voyage, l'été précédent, dans la région de Nantes. C'était une belle et grande femme brune, à la voix douce, qui vivait dans le culte de son époux disparu et qui parlait de lui comme s'il était encore en vie.

Si je ferme les yeux, c'est ce poème qui me revient à l'esprit, tandis que je sens la caresse de l'ombre fraîche sur moi et que j'entends distinctement le murmure de l'eau. Il avait pour titre *La Vie rêvé* :

Si la vie n'était pas
La seule la première
À quoi bon la rosée
Sur le front du matin

La croix serait levée
Plus haut que ton visage
Gouffre d'ailes et de bleu
Ravisseur du chemin

Et rien ne resterait
De ces tremblantes larmes
Qu'un peu de sel amer
Au fond de tes deux mains...

Oui, c'était bien la vie rêvée que nous menions, malgré les bouleversements inévitables – et souvent souhaitables, il faut bien en convenir – qui rendaient le temps plus fluide, soudain, comme du sable qui glisserait entre les doigts. J'avais trente-huit ans, déjà, quand le mercredi remplaça le jeudi comme jour de repos au cours de la semaine. Les jeudis enchantés venaient de disparaître sans qu'aucune voix ne s'élève pour s'opposer à une mesure qui, effectivement, paraissait plus conforme à l'intérêt des enfants. Si la morale avait disparu des programmes, on enseignait maintenant l'éducation civique dans le cadre des activités d'éveil. Plus que des romans traditionnels, les enfants étaient censés lire des livres pour la jeunesse, et nous en avions acheté avec l'argent de la coopérative. Elle était alimentée par les revenus de la fête de l'école laïque de fin d'année et par une petite subvention de la mairie. Pierre en tenait scrupuleusement la comptabilité, mais il était hanté par l'idée qu'elle puisse un jour faire apparaître une erreur.

– Ce ne serait pas si grave, lui disais-je. Il peut arriver à n'importe qui de se tromper.

– Un instituteur n'a pas le droit de se tromper, répondait-il. Si j'étais accusé de malversations, tu imagines un peu !

Non ! je n'imaginais pas une seconde qu'une telle accusation puisse un jour être portée contre lui. C'eût été la faute suprême, l'infamie. Et, lorsqu'il me le demandait, je vérifiais les comptes en prenant soin de ne rien négliger : pas le moindre timbre acheté par la coopérative ne devait être utilisé à des fins personnelles, pas le moindre papier à lettres ni le moindre stylo-bille destiné à l'école ne devait se trouver dans notre logement : ils restaient dans les armoires soigneusement fermées à clef des deux classes. Nous avions été formés à l'honnêteté scrupuleuse, à l'exemple à donner, et jamais Pierre ne mettait les pieds au café du village. En fait, nous continuions à vivre comme au début de notre vie professionnelle, avec toutefois des classes moins surchargées, car le « baby-boom » de l'après-guerre s'était estompé, et le maire commençait à s'inquiéter du nombre décroissant d'élèves qui risquait un jour de menacer son école. Nous le rassurions chaque fois qu'il évoquait le sujet : le seuil minimum pour fermer une classe avait été arrêté à quinze. Or j'avais dix-huit élèves et Pierre vingt et un. L'idéal, ou presque, pour bien s'occuper de chacun d'entre eux.

Et cependant, la rentrée 1973 fut pour moi une rentrée douloureuse pour au moins deux raisons. La première est que Jean-François, après un brillant succès au brevet élémentaire, partit en pension au lycée de Figeac et que je vécus mal cette séparation d'avec mon fils, même s'il revenait tous les huit jours, beaucoup moins marqué que moi, il faut bien le dire, par ce changement de vie que je ne le redoutais. Mais ce n'était pas un enfant fragile, bien au contraire. À un peu plus de quinze ans, il montrait déjà une assurance et une confiance en ses moyens qui ne se sont jamais démenties par la suite. Son adaptation rapide me rassura aussi bien que ses résultats qui ne souffrirent pas de sa nouvelle vie.

La deuxième raison fut l'arrivée, au mois d'octobre, d'une enfant dont la mère venait de s'installer au village et qui me donna la plus grande frayeur de ma vie d'institutrice. Je ne veux pas donner à croire que les enfants à problèmes étaient les plus nombreux dans nos classes d'alors. Non, ce n'est pas cela : j'en ai connu une trentaine au cours de ma vie, et c'est peu par rapport à tous ceux à qui j'ai enseigné – des centaines –, mais chaque fois ils ont compté pour moi beaucoup plus que les autres. Michel, François, Rose, Jean-Paul, Aline, je ne les ai jamais oubliés, mais celle qui m'a le plus effrayée, le plus bouleversée, s'appelait Fanny : un visage d'une grande douceur, de grands yeux clairs, des cheveux blonds, un étrange sourire sans cesse posé sur les lèvres et, dans le regard, quelque chose d'indicible et de terrible.

Je compris dès les premiers jours que cette enfant était en danger, mais je ne parvins pas à identifier le mal dont elle souffrait. Je tentai de la faire parler un soir, après la classe, mais elle se contenta de garder ce sourire si effrayant qui annonçait le pire. Et le pire arriva, un après-midi de la semaine suivante, alors que j'écrivais au tableau une phrase destinée aux enfants du cours préparatoire. Quand je me retournai, son sourire avait disparu et j'aperçus un étroit filet de sang sur son avant-bras gauche. Dans sa main droite qui tremblait, me sembla-t-il, je découvris un compas, et je compris aussitôt ce qui se passait. Les autres élèves ne s'étaient rendu compte de rien. Pour ne pas les effrayer, je continuai à parler mais sans me retourner, afin de ne pas quitter Fanny des yeux. Je me souviens de m'être appuyée au bureau pour ne pas tomber, tout en me demandant si j'allais pouvoir attendre la récréation avant d'intervenir.

La petite croisa mon regard mais ne lâcha pas son compas, au contraire : sa main droite se rapprocha du bras gauche et la pointe d'acier vint griffer de nouveau sa peau sans qu'elle esquisse le moindre signe de douleur. À ma grande frayeur, elle souriait. Je vis le sang qui coulait maintenant jusque sur son cahier, quand sa voisine se rendit compte de ce qui se passait et se leva en criant :

– Madame ! Fanny saigne.

– Ce n'est pas grave ! dis-je en m'efforçant – mais vainement – de garder mon calme. Viens ! Je vais te soigner.

Comme elle ne bougeait pas, je fis quelques pas maladroits pour aller la chercher et, très vite, le plus vite possible, je l'entraînai dans le couloir où se trouvait une boîte à pharmacie pour les premiers soins, en général des écorchures que je traitais avec de l'eau oxygénée, du mercurochrome et du coton. J'étais terrorisée par ce qui venait de se passer et je tentais de comprendre pourquoi cette enfant se faisait du mal volontairement – ce que l'on appellerait plus tard des scarifications et qui, je ne le savais pas encore ce jour-là, n'ayant jamais été confrontée à ce genre de comportement, trahissait un grave désarroi psychologique.

Comme je ne savais que dire, une fois que j'eus arrêté le sang, je la pris dans mes bras et je la serrai longtemps contre moi en murmurant :

– N'aie pas peur… n'aie pas peur.

Ce n'était pas elle qui avait peur, mais moi. Je ne parvenais pas à la lâcher, à m'écarter d'elle dont je sentais le corps se contracter douloureusement contre le mien. Elle n'était que refus, hostilité, et le seul geste qu'elle esquissa fut celui de se dégager, ce à quoi je consentis tout en murmurant :

— Reste là. Attends-moi.

Je passai dans la salle de classe et envoyai les élèves en récréation, à leur grande surprise, car ce n'était pas l'heure. Quand je revins dans le couloir, Fanny n'avait pas bougé. Je l'entraînai vers son banc et m'assis à côté d'elle, cherchant les mots, me demandant si j'allais être capable de la faire parler alors qu'elle regardait droit devant elle, toujours aussi hostile, sa main proche du compas qu'elle avait posé avant de me suivre dans le couloir et que je n'avais pas songé à faire disparaître.

— Pourquoi te fais-tu du mal ? dis-je doucement, le plus doucement possible.

Elle ne répondit pas. Mes yeux demeuraient fixés sur sa main droite et sur la pointe fine du compas qui était restée rouge de son sang. Pour la première fois de ma vie, je me sentais impuissante, incapable de trouver les mots, dépassée par ce que je vivais près de cette enfant en souffrance.

— Tu ne veux pas me le dire ?

Pas de réponse. Ses doigts tapotaient la table près du compas, alors que je me demandais s'il fallait que je le fasse disparaître ou pas.

— Si tu ne veux pas me le dire, je vais être obligée de le demander à ta maman, parce que je ne peux pas te voir ainsi te faire du mal.

— Non ! Pas ma mère ! dit-elle brusquement.

— Alors toi, dis-je. Parle-moi.

— Je ne peux pas.

Que faire ? Que dire ? Il me parut nécessaire de gagner du temps, avant de prévenir Pierre de ce qui se passait.

– Tu vas me prêter ton compas, dis-je, jusqu'à ce que tu trouves la force de me parler. Je ne te le prends pas, je te l'emprunte et je te le rendrai dès que nous aurons pu en discuter toutes les deux.

Elle ne répondit pas davantage mais elle n'esquissa pas le moindre geste quand ma main s'empara du compas.

– Va jouer, maintenant, dis-je

Elle se leva lentement, hésitante, puis elle disparut enfin dans la cour de récréation.

Cinq minutes plus tard, Pierre, qui avait entendu les enfants sortir avant l'heure, m'y trouva, catastrophée, et il me demanda ce qui se passait. Je le lui racontai en quelques mots, et il garda un silence inquiétant, comme s'il ressentait la même peur que moi. Lui non plus n'avait jamais été confronté à ce genre de problème. Et nous ne disposions pas de psychologues pour nous assister. Il n'en existait que dans les établissements spécialisés : ces instituts médico-pédagogiques qui avaient vu le jour pour accueillir les enfants en difficulté. Nous étions seuls devant l'urgence d'un danger – comme nous l'étions depuis toujours, mais cette fois il s'agissait d'un danger inconnu dont nous ne savions rien, et qui nous laissait désemparés.

– Il faut à tout prix parler à ses parents, me dit Pierre.

– Elle n'a que sa mère. Je ne sais pas si elle est divorcée ou si son père est mort.

– Il faut la voir entre midi et deux.

– Fanny ne veut pas.

Il réfléchit quelques instants, proposa :

– Je vais y aller pendant la classe. Je donnerai des problèmes aux grands dès dix heures et demie et tu les surveilleras, le temps que je revienne.

Cela me parut une bonne solution et c'est avec soulagement que je le vis s'en aller, vingt minutes plus tard, vers le village, d'où il ne rentra que peu avant midi, l'air préoccupé. Une fois les enfants partis, je le rejoignis rapidement et nous montâmes dans l'appartement pour y déjeuner. À peine fûmes-nous installés qu'il me raconta ce qu'il avait vu et entendu au domicile de la mère de Fanny.

– Cette femme boit, c'est une évidence. J'ai cru comprendre que son mari l'a quittée peu après la naissance de la petite, et il doit y avoir un lien de cause à effet.

– Est-ce qu'elle est au courant du mal que se fait Fanny ?

– Elle assure que non. Elle n'a jamais rien vu de tel. Elle prétend que c'est un autre enfant qui a fait du mal à sa fille.

Accablée, je ne croyais pas les mots que je venais d'entendre. Il ne fallait pas espérer de l'aide de ce côté-là. Nous étions bien seuls, tous les deux, Pierre et moi, pour faire face à un problème qui nous semblait insoluble. Le plus urgent nous parut de supprimer les compas, ce que je fis dès quatorze heures en invoquant le fait que nous n'en aurions pas besoin avant le dernier trimestre. Fanny ne protesta pas sur le moment. Dès lors, je me sentis un peu soulagée, car les plumes avaient aussi disparu des cartables depuis l'arrivée des stylos à bille. Mais le regard que m'adressa Fanny à la sortie fut un regard plein de défi.

Aussi, toute la soirée avec Pierre fut consacrée à cette enfant qui nous mettait si mal à l'aise, et, pour la première fois, nous laissait désamparés. Ce fut peu avant d'aller nous coucher que j'entrevis la cause du mal qui frappait la petite : elle se châtiait parce qu'elle se croyait coupable de départ de son père et donc de l'abandon de sa mère. Il fallait à tout prix lui démontrer qu'elle n'était coupable de rien, ou du moins le lui faire croire, mais comment ? Avec quels mots ? Quels arguments ?

Je ne dormis pas de la nuit. Je cherchais désespérément la bonne manière de procéder quand Pierre, qui ne dormait pas non plus, me dit brusquement :

– Il faut convaincre sa mère de la conduire chez un psychologue.

– Elle ne voudra jamais, tu le sais bien. Parce que c'est elle qui devrait se soigner plutôt que sa fille. Si ça se trouve, c'est elle qui accuse Fanny d'être la cause du départ de son père.

Il n'y avait pas d'autre solution que de tenter de remplacer moi-même ce psychologue – ou ce psychiatre – que Fanny ne verrait pas. Jamais je ne me suis sentie aussi seule que face à cette enfant-là. Pas même avec Rose, au sujet de laquelle je savais à quoi m'en tenir dès le début, et qui, elle, ne se mettait pas en danger. J'entrepris donc d'interroger Fanny dès le lendemain, pendant la récréation. En vain, bien entendu, car elle n'était qu'un bloc de refus, figée dans la dénégation de ce qu'elle se faisait subir. Alors je me mis à lui parler de son père, de sa mère – que je ne connaissais pourtant pas suffisamment – mais en essayant de lui démontrer que les enfants n'avaient aucune responsabilité dans les rapports qu'entretenaient entre eux les adultes. Et surtout pas les enfants en bas âge qui ne parlaient pas, étaient incapables d'agir mais se contentaient de vivre, et parfois de subir, ce que décidaient pour eux leurs parents.

Il me fallut une semaine pour provoquer la réaction que j'espérais, et encore, ce ne furent que quelques mots, mais qui me montrèrent que j'avais trouvé un chemin, qu'elle entendait bien ce que je lui disais :

– Alors pourquoi est-il parti ? me demanda-t-elle brusquement, alors que je ne l'espérais plus.

– Tu le lui demanderas quand tu seras plus grande, et tu constateras que tu n'as aucune responsabilité là-dedans.

– Comment pouvez-vous en être sûre ?

– Parce que je te connais bien et que j'ai une totale confiance en toi.

Fanny laissa passer quelques secondes, ajouta :

– Alors, rendez-moi mon compas.

Je sentis une eau glacée couler dans mon dos et je répondis :

– Les autres n'ont pas de compas non plus. Je le leur ai pris.

– À cause de moi, et ils me le reprochent.

Je ne pouvais pas lui mentir sans perdre la confiance que j'avais commencé à établir entre elle et moi.

– C'est vrai. Mais je suis responsable de toi. Je ne veux pas que tu te fasses du mal.

– Parce qu'on vous punira ?

– Non.

Et j'ajoutai, sans vraiment réfléchir à ce que je disais :

– Parce que j'ai besoin de toi.

La tête de Fanny se tourna vers moi et ses yeux rencontrèrent enfin les miens pour la première fois.

– Vous n'avez pas besoin de moi. Ce n'est pas vrai.

– Si. Tu veux savoir pourquoi ?

Elle ne répondit pas.

– Parce que je n'ai pas eu de fille et je te considère un peu comme la mienne.

Dans le silence qui suivit je sentis qu'une fois de plus j'avais franchi un seuil que je n'aurais pas dû franchir, comme à Ségalières, avec François, comme avec Aline, mais je n'avais écouté que mon désir d'aider cette enfant qui souffrait tellement. J'aurais fait n'importe quoi pour ne plus sentir la peur m'envahir chaque matin à l'idée de la retrouver face à moi, de ne lui être d'aucun secours. Je savais que j'outrepassais ma fonction, que je m'engageais dans une voie dangereuse pour elle comme pour moi, mais je n'avais écouté que mon instinct, comme chaque fois que je m'étais trouvée trop seule face à un enfant en danger.

À partir de ce jour, elle me mit au défi de lui prouver que je la considérais comme ma fille, ainsi que je l'avais prétendu, me prenant la main quand je passais près d'elle dans l'allée, n'obéissant pas aux ordres que je donnais, venant m'embrasser chaque matin et chaque soir. J'étais prise au piège et je ne pouvais refuser ces manifestations d'affection qui intriguaient beaucoup les autres enfants. Je ne savais plus que faire, et Pierre ne m'était d'aucun secours. De guerre lasse, toujours aussi angoissée en présence de cette enfant, j'acceptai ce jeu qui dura jusqu'à ce que la mère, mise au courant par des parents d'élèves, s'interpose, m'accusant de vouloir lui prendre sa fille. Je m'y attendais, c'était inévitable

Je profitai de sa visite pour lui expliquer que je ne faisais que la remplacer, elle, dans sa fonction de mère qu'elle n'assumait pas, mais cela me valut des reproches encore plus amers, et même des menaces. Bien entendu, une semaine plus tard, une visite de l'inspecteur me confirma ce que je craignais : cette femme qui buvait, qui maltraitait sa fille, m'avait accusée de vouloir prendre sa place auprès d'elle et d'être à l'origine de son comportement dangereux.

Je dois dire que cet inspecteur – inspecteur départemental et non plus inspecteur primaire depuis 1972 –, plus jeune et mieux formé que le précédent, m'écouta avec une oreille attentive et sans a priori. Même s'il me reprocha d'avoir outrepassé mes fonctions, il voulut bien reconnaître que j'avais au moins évité le pire, et il envoya un psychologue, le mercredi suivant, pour prendre en charge Fanny, ce qui me soulagea quelque peu, du moins au niveau de ma responsabilité car, les autres jours, je demeurais seule face à elle, qui s'était fermée de nouveau, croyant à

une trahison de ma part. Je m'aperçus qu'elle avait
acheté un autre compas et qu'elle jouait ostensible-
ment avec, tout en me défiant du regard. Je feignis
de ne pas y accorder d'attention et, cependant, je
tremblais intérieurement chaque fois que j'avais le
dos tourné, et j'en perdais le sommeil.

Ce calvaire dura jusqu'à la rentrée de janvier, à
laquelle je n'avais jamais cessé de songer durant
toutes les vacances, obsédée que j'étais par l'image
de cette enfant qui me terrorisait. C'était la première fois que je me trouvais ainsi en situation
d'échec, dans un état de vulnérabilité qui me faisait
m'interroger sur mes capacités, cette faiblesse que
je découvrais en moi, alors que, jusqu'à présent,
j'avais toujours trouvé une solution aux problèmes.
Pierre avait beau me soutenir, me parler sans arrêt,
m'encourager, j'avais perdu cette partie, il fallait
bien en convenir, et je ne pouvais l'accepter. Je
n'écris pas ces lignes sans douleur. Elle est encore
vivante en moi, si longtemps plus tard, pour n'avoir
pas été capable d'aider Fanny comme je l'aurais dû.

Ce fut la mère qui me sauva en quittant le village,
sans doute parce qu'elle était chez nous démasquée,
cernée, mise dans l'obligation de se faire soigner
sous peine de se voir retirer sa fille. J'en fus lâche-
ment soulagée. Et si j'ai écrit ces lignes, consenti à
une telle confession, c'est pour montrer à quel point
notre métier était difficile, grande notre solitude et
dangereuses certaines situations – rares, heureusement. Aujourd'hui, les maîtres et les maîtresses
d'école –, je veux dire, les professeurs des écoles –
sont mieux encadrés, notamment par les conseillers

pédagogiques, et je m'en félicite pour eux. Mais moi, je n'ai jamais oublié cette petite qui m'avait si douloureusement ébranlée et que je me sens encore coupable de n'avoir su guérir. Ses yeux clairs viennent me défier parfois, la nuit, et je me réveille en sursaut, haletante, cherchant près de moi dans le lit Pierre, qui n'est plus là, hélas, pour me soutenir.

18

Au cours des années suivantes, les différents ministres de l'Éducation nationale qui se succédèrent – de droite comme de gauche – validèrent la résistance – toute passive – que beaucoup d'instituteurs avaient opposée à la grande réforme de 69 et au tiers-temps pédagogique. Ce fut une sorte de reflux dans les innovations : moins de maths modernes en primaire, réintroduction de l'histoire dans les disciplines d'éveil, retour des sanctions ; un reflux qui était en grande partie destiné (c'est du moins ce que l'on nous a expliqué plus tard) à rassurer les parents en cette période de crise économique due aux chocs pétroliers. L'heure n'était plus aux innovations, et je dois dire que nous n'en avons pas été contrariés, Pierre et moi, même si nous nous étions adaptés de notre mieux aux directives du début des années soixante-dix.

De la même manière, nous avons joué le jeu en participant à la fête de la Jeunesse de 1974 – l'une des dernières – et en conduisant les enfants à Souillac, au mois de mai, pour une manifestation qui réunit toutes les écoles rurales du canton. Depuis la rentrée, le délégué de la Fédération des œuvres laïques venait un après-midi par semaine pour apprendre aux enfants les mouvements qu'ils auraient à montrer au printemps suivant, lors d'un de ces rassemblements dont nous nous demandions, Pierre et moi, où ils puisaient leur origine. Je dois avouer que ce grand rassemblement du mois de mai me mit mal à l'aise dans la mesure où il symbolisait une sorte d'embrigadement de la jeunesse au sujet d'une fête à elle destinée, certes, mais, me sembla-t-il, surtout consacrée à la toute-puissance de l'État. J'y décelai, ainsi que Pierre, la manifestation d'une obéissance aveugle à cette autorité supérieure qui, par exemple, avait pu envoyer au front des milliers de jeunes hommes sans qu'ils songent à se rebeller en 1914, ou en Algérie dans les années cinquante. J'exagère, bien sûr, et la joie des enfants dans les rues de la ville et lors du grand repas champêtre pris sur le foirail me rendit heureuse, mais à ce souvenir, je ne peux me défaire de cette sensation ressentie dans la préparation des trois fêtes de la Jeunesse auxquelles j'ai eu à participer au cours de ma vie.

Ce fut cette année-là, je crois, que nous nous décidâmes à acheter enfin un poste de télévision. Surtout pour ma mère qui se déplaçait maintenant difficilement et qui habitait plutôt chez nous qu'à Saint-Vincent. Les années coulaient sur sa vie comme sur la nôtre, dans cette paix à laquelle nous étions habitués, au sein du village où nous ne rencontrions plus la moindre difficulté depuis le départ de Fanny. Pas même le jour où un accident dans la cour des grands nous infligea une frayeur qui dura trois jours et trois nuits : un élève de douze ans, qui se prénommait Étienne, se tenait suspendu par les mains, au rebord de la fenêtre quand un autre passa en courant, le faisant tomber sur le sol la tête en arrière. Pierre accourut aux cris des enfants et, se penchant sur le garçon inerte, aperçut du sang qui coulait de son oreille gauche. L'enfant ne réagissait plus. Alertée moi aussi par les cris, j'aidai Pierre à transporter le petit dans la Dauphine qui avait remplacé notre quatre-chevaux, et je la regardai partir très inquiète, vers la maison du médecin, qui habitait Saint-Vincent. Il n'y en avait pas à Seysses où nous vivions. Heureusement, il ne fallait pas plus d'un quart d'heure pour atteindre le bourg où, ce jour-là, le médecin se trouvait en consultation. Pierre me raconta le soir même dans quel effarement l'avait jeté le diagnostic du docteur très inquiet : probablement une fracture du crâne.

Ils transportèrent tous deux l'enfant à l'hôpital, et Pierre ne rentra qu'à la nuit, catastrophé : le diagnostic avait été confirmé et le petit se trouvait toujours dans le coma. Certes, nous savions que ce genre de catastrophe pouvait arriver, mais jusqu'à ce jour nous y avions toujours échappé. Je me souviens que nous avons passé cette nuit-là debout, à peser les chances de guérison de l'enfant, mais surtout à imaginer le pire. Ce devait être un mardi, car le lendemain il n'y avait pas d'école. Nous sommes repartis avec les parents – des agriculteurs effondrés comme nous l'étions, mais sans le moindre reproche à la bouche – vers l'hôpital où Etienne n'avait pas repris

269

connaissance. Nous savions que nous étions protégés légalement, mais cela ne nous épargnait pas ce sentiment de culpabilité de n'avoir pas su, ou pas pu, empêcher un tel accident – que tous les maîtres et maîtresses d'école ont redouté au cours de leur vie. C'était arrivé. Nous devions faire face. Et c'est ce que nous avons fait, aidés par le maire et le médecin de Saint-Vincent, au cours de deux jours et deux nuits qui furent sans doute les plus longs de notre existence.

Le troisième jour au matin, enfin, nous parvint la nouvelle que nous espérions : l'enfant avait repris connaissance, mais il fallait attendre encore pour savoir s'il n'aurait pas de séquelles. Est-ce que notre vie n'aurait pas été bouleversée à jamais s'il s'était produit une issue fatale ? Sans doute que si. Heureusement, nous avions échappé à un tel châtiment. Car Étienne se remit, ne conserva de sa chute qu'une légère surdité, et il put mener à bien des études et une vie normales.

À partir de ce jour pourtant, nous ne quittâmes plus jamais du regard la cour de récréation, même si nous savions qu'on ne pouvait pas éviter l'irrémédiable : c'est-à-dire l'enfant qui s'isole ou se cache et se met en danger. Je suis certaine que tous ceux qui ont fait ce métier ont connu cette hantise qui, pour nous, ne disparut jamais. De longs mois nous furent nécessaires avant de retrouver un peu de sérénité, des mois au cours desquels Pierre ne put écrire aucun poème. Je compris qu'il avait franchi le cap le jour où je le revis prendre la plume, un soir de mai, dans la nuit qui tombait lentement, portée par des souffles de vent tiède au parfum d'herbe neuve. Ce poème-là, qui a été publié un an plus tard avec beaucoup d'autres dans un recueil intitulé *Au fronton des fontaines,* je le connais par cœur, car c'est grâce à lui qu'est revenue entre nos murs la paix qui avait longtemps été nôtre :

Les longs chemins de terre
S'en allaient silencieusement
Le long des peupliers qui rêvaient dans le vent
De grands oiseaux dormaient les yeux ouverts
Et contemplaient le monde
Où des troupeaux prenaient la route
Lentement
Les hommes conduisaient de lourds chars indolents
Et des enfants couraient
Heureux enfants
Dans ces prairies couvertes d'or
Ces ruisseaux sans chagrin
Sans jamais de chagrins
Ces femmes en tabliers
Sur leur chaise de paille
Avec des yeux si clairs
Qu'on y voyait couler le temps.

À seulement feuilleter ce recueil, je retrouve, intactes, mes sensations d'alors, le calme du grand logement d'où j'entendais le murmure de l'eau, l'odeur des livres de classe sur lesquels je me tenais penchée ; j'écoute sonner les heures au clocher de l'église désertée depuis la mort du bon curé qui habitait le presbytère, prémices d'une autre désertion :

celle des ruraux qui quittaient les campagnes, et dont le mouvement s'accélérait, mettant en question l'existence même des écoles rurales et, par conséquent, celle de leurs maîtres et de leurs maîtresses. Nous savions que nous allions devoir affronter un jour ce genre de problème. Les effectifs diminuaient régulièrement, mais nous nous trouvions encore un peu au-dessus du seuil défini par la loi, c'est-à-dire quinze élèves à cette époque-là.

En 1976, Jean-François réussit les épreuves du bac avec la mention Bien. Il alla s'inscrire à la faculté de Toulouse-le-Mirail pour entreprendre les études d'histoire auxquelles il pensait depuis longtemps. Autrement dit, il allait s'éloigner davantage de moi. Je ne l'avais pas vu grandir, ce fils qui ressemblait tant à Pierre : brun, mince, les yeux sombres, avec lequel je déplorais parfois de n'avoir pas su établir une vraie complicité, comme celle qu'il entretenait avec son père, notamment lors de leurs interminables parties de pêche aux beaux jours.

Ce fut ce à quoi je m'attachai, cet été-là, pour découvrir un fils qui me tint les propos d'un homme, et non plus d'un adolescent. Un matin, Pierre était parti faire des courses à Saint-Vincent, et nous étions seuls, Jean-François et moi, assis à l'ombre, à l'orée du pré qui descendait vers la rivière, alors qu'une chaleur épaisse, suffocante, campait sur la vallée. Je confiai à mon fils à quel point je regrettais de n'avoir pas été une mère suffisamment attentive à lui, trop occupée que j'avais été par les autres enfants. J'allai jusqu'à lui dire que cela resterait le plus grand regret de ma vie.

Il leva brusquement la tête et, dans un sourire, demanda :

— Mais de quoi parles-tu ?

— Je suis sûre que tu m'as très bien comprise.

Il me considéra un long moment en silence, devina sans doute que j'étais sincère et répondit :

— J'étais parmi ces enfants dont tu t'occupais et je n'ai jamais souffert de rien. Au contraire, je crois que je n'aurais pas aimé bénéficier d'une position privilégiée.

Et, comme je le considérais avec surprise :

— Souviens-toi : à la maison je t'appelais « maman », mais en classe « maîtresse » ou « madame », comme tous les autres. Et c'était très bien ainsi.

— Je sais, dis-je, mais j'aurais préféré être davantage pour toi une maman qu'une maîtresse d'école. Et c'est cela que je regrette avant tout.

Jean-François eut un sourire qui me parut indulgent mais qui ne me convainquit pas. Il s'en rendit compte et reprit :

— Il ne faut rien regretter. Je te répète que je n'ai souffert de rien. Tu étais l'une et l'autre successivement, et cela me convenait.

Je ne pus m'empêcher de le remercier pour ces mots qui m'allèrent droit au cœur. Car j'avais longtemps culpabilisé pour avoir fait passer mon travail avant ma famille, et j'étais parvenue à l'âge des bilans, surtout à l'orée d'un départ quasiment définitif de mon fils unique. Mais Jean-François sut trouver les mots, cet été-là, pour me délivrer d'un remords qui m'accablait parfois, quand je le voyais soudain si grand – plus grand que son père – et déjà loin, perdu, peut-être, à tout jamais.

Ce mois d'août m'apporta aussi une immense joie, le 15 exactement, je m'en souviens très bien. Il devait être trois heures de l'après-midi et je lisais à l'ombre dans ma chambre quand j'entendis arriver une voiture, claquer une portière et parler, en bas, devant la classe des petits. Je me levai, j'ouvris les volets qui étaient restés mi-clos à cause de la chaleur et j'aperçus un couple plutôt jeune, dont l'homme – la trentaine environ – me demanda si j'étais bien Mme Lestrade. Quelque chose, dans sa voix, m'alerta, sans que je puisse le définir.

– Je voudrais vous parler, me dit-il, mais je peux revenir si je vous dérange à pareille heure.

– Non, répondis-je, intriguée, je descends.

Ce que je fis rapidement, car malgré moi mon cœur s'était mis à battre plus vite. Je découvris en bas le couple qui attendait à l'ombre du mur : une jeune femme aux cheveux blonds, mince, souriante, et un homme brun dont les yeux évoquaient pour moi quelque chose, mais quoi ?

– Excusez-moi de vous déranger, madame, dit-il, mais je vous ai eue comme institutrice il y a très longtemps.

Et, comme je cherchais dans ma mémoire il ajouta :

– Vous étiez bien Mlle Perrugi, n'est-ce pas ?

– Oui.

– Et vous avez bien enseigné à Ségalières en 1954 ?

Le jeune homme laissa passer quelques instants, apparemment très ému, puis il murmura :

– Je m'appelle François N.

Mon Dieu ! Je faillis tomber, et c'est ce que j'aurais fait s'il ne m'avait pas dit en s'approchant :

– Vous permettez que je vous embrasse ?

Et, aussitôt, en me prenant dans ses bras :

– Vous ne le savez peut-être pas mais vous m'avez sauvé la vie.

Était-ce possible ? Le petit François ! L'enfant battu qui tombait sous les coups d'un père fou qui m'avait menacée, moi aussi, et que j'avais protégé de toutes mes forces, ce qui m'avait valu un départ précipité du Ségala ! Cet enfant était devenu un homme sûr de lui, et il légitimait soudain trois mois de combat inégal, mais aussi toute une vie : ma vie.

– François, c'est bien toi ? dis-je, les jambes coupées, tandis que la jeune femme m'embrassait à son tour, dans un élan et une sincérité qui me touchèrent.

– Mais oui, c'est moi. Et voici ma femme : Marie. Nous sommes mariés depuis peu.

Je ne parvenais pas à établir un lien entre l'enfant souffrant que j'avais connu et ce jeune homme d'aujourd'hui si à l'aise, si chaleureux. Et pourtant, c'était bien lui, quelque chose dans son regard, sa manière de se tenir me le confirmait en dépit de tout ce temps passé, du gouffre ouvert entre l'époque de Ségalières et celle que je vivais. J'avais beaucoup de mal à reprendre mes esprits. À cause de la chaleur, j'eus tout de même le réflexe de les faire entrer et je les conduisis à l'étage, dans le logement d'où Pierre était absent, étant en visite chez le maire. Là, je les fis asseoir et, sans même songer à leur offrir à boire, dévastée par ce saut dans le passé qui me rappelait mes débuts si difficiles, impatiente de savoir, je demandai :

– Alors ! Raconte-moi.

François ne se fit pas prier et chacun de ses mots se mit à couler en moi comme du miel :

– Vous vous souvenez que j'ai été confié, grâce à vous, à mon oncle qui était sous-préfet en Bretagne. Eh bien, c'est lui qui m'a élevé, tout simplement, d'autant plus que mon père est mort très rapidement d'une crise cardiaque, après avoir été enfermé, car l'alcool l'avait rendu fou.

François se tut un instant, comme s'il était ému par ce souvenir, puis il reprit d'une voix égale

– J'ai fait des études dans un lycée de Rennes jusqu'au bac, puis une licence de droit à Aix-en-Provence où mon oncle avait été nommé. Aujourd'hui, je suis attaché de préfecture à Valence, et c'est là que j'ai connue Marie, qui y travaille, comme moi. Vous voyez, il n'y a là rien d'extraordinaire, sinon le fait que sans vous, je ne serais sans doute pas vivant aujourd'hui.

Comme tout paraissait simple, effectivement, alors que cet enfant avait vécu un calvaire jusqu'à l'âge de dix ans. Le plus étonnant était qu'il semblait n'en garder aucune séquelle, du moins apparente, et paraissait totalement réconcilié avec le monde des adultes. J'avais souvent pensé à lui sans jamais oser me renseigner sur son sort, car ce souvenir correspondait avec une époque douloureuse de ma vie qui demeurait encore encore empreinte d'un sentiment d'injustice. Mais aujourd'hui, à le voir, là, devant moi, un immense bonheur se substituait à cette sensation ancienne et venait la reléguer définitivement dans le passé. À l'avenir, je le devinais, rien n'existerait plus de Ségalières que l'image de ce jeune homme bien dans sa peau, et qui était venu vers moi de si loin pour me réconcilier avec ma première année d'enseignante, me montrer à quel point j'avais eu raison de me battre pour lui.

– Je n'ai fait que mon devoir, dis-je, gênée par tant de reconnaissance.

– Non ! Et vous le savez bien. Vous êtes allée pour moi au-delà de vos attributions et vous vous êtes mise en danger. Mon oncle m'a raconté ce qui s'était passé : la plainte de mon père et ce qui en a découlé.

François sourit de nouveau, puis il reprit, avec une grande sincérité dans la voix :

– Je suis simplement venu vous remercier. Quoi de plus naturel ?

– C'est très gentil à toi.

Pierre arriva sur ces entrefaites, heureusement, car l'émotion nous gagnait, et le fait de devoir lui expliquer qui étaient ce jeune homme et cette jeune femme me fit retrouver mes moyens. Comme je lui avais souvent parlé de mes débuts à Ségalières, Pierre me parut aussi touché que je l'étais. Alors que je n'y songeais pas, il proposa à Jean-François et sa femme de rester jusqu'au soir et il les invita à dîner. Quelle journée ce fut, mon Dieu, que ces heures qui demeurent dans ma mémoire des heures de plénitude, d'un aboutissement empreint de douceur, d'une victoire définitive sur les forces hostiles contre lesquelles j'avais dû batailler !

François et Marie ne repartirent qu'à la nuit tombée et ils me promirent de revenir. Quand nous nous retrouvâmes seuls, Pierre et moi, nous partîmes nous promener dans la nuit lourde de parfums d'herbe, de froissements d'air chaud, incapables que nous étions d'aller nous coucher, afin de prolonger ces moments qui font la beauté de notre existence.

– Tu vois, me dit Pierre, à l'instant où nous arrivâmes près de la rivière, si nous faisons ce métier, c'est pour ça. Et uniquement pour ça.

Comme je gardais le silence, il poursuivit, me prenant par les épaules :

– Pour voir un jour revenir vers nous des enfants qui n'ont pas pu nous oublier.

– Oui, c'est vrai.

Nous n'avions rien à ajouter. La nuit s'était refermée sur un bonheur devenu indicible, un peu suffocant, aussi grand que la voûte du ciel vers laquelle je levais la tête de temps en temps, comme pour vérifier que les étoiles en étaient bien les témoins fraternels et complices.

19

L A fin des années soixante-dix nous fit une nouvelle fois nous interroger, Pierre et moi, pour
savoir si nous devions suivre la voie que beaucoup
d'instituteurs avaient choisie en devenant professeurs de collège. Mais nous étions trop attachés à
l'école primaire pour franchir ce cap et renoncer à
un métier qui était le nôtre depuis toujours. Et
pourtant, nous savions que nous nous dirigions vers
une impasse, que cette école-là allait disparaître un
jour, que nous nous trouverions sans doute au bord
d'une route qui ne mènerait plus nulle part. Mais
c'était la nôtre, celle à laquelle nous croyions, et il
ne fut pas question un seul instant de l'abandonner.

D'autant que Pierre était devenu premier adjoint
au maire de Seysses et qu'il se sentait concerné par la
menace de voir bientôt disparaître l'une des classes
du village. Avec le maire, il tenta de mettre en œuvre
les dispositions de la circulaire du 20 mai 1975 qui
organisait ce qu'elle appelait un « regroupement
pédagogique intercommunal », lequel était destiné à
maintenir une école dans chaque village. Mais ils se

heurtèrent à l'égocentrisme des différents maires qui crurent pouvoir se sauver tout seuls. Restait à lutter pour préserver la seconde classe de Seysses, ce qui s'annonçait difficile, car nous comptions quinze élèves, c'est-à-dire juste le niveau minimum prévu par la loi. Le poste double allait disparaître, c'était inévitable, dans les années à venir. Est-ce ce combat qui affaiblit Pierre ou est-ce que la maladie couvait en lui depuis longtemps ? Toujours est-il qu'il tomba malade pendant l'hiver 1977-1978 et que, en mars, il se mit à cracher du sang. Les examens médicaux effectués en toute hâte ne nous laissèrent aucune illusion : le spécialiste consulté à Toulouse, après s'être étonné de l'atrophie des poumons de son patient, nous apprit qu'il souffrait d'une tumeur très développée et qu'il fallait opérer d'urgence. Il ne nous cacha pas que la blessure récoltée en Algérie n'était pas étrangère à l'évolution maligne de la maladie.

Au retour, dans la voiture que je conduisais pendant que Pierre était à demi allongé à l'arrière, nous n'eûmes pas la force de prononcer le moindre mot. Plus que du chagrin, c'était de la colère qui bouillonnait en moi. J'étais certaine que s'il n'avait pas été rappelé en Algérie, rien de tout ce qui arrivait aujourd'hui ne se serait produit. Mais il n'était pas temps de s'en plaindre, il s'agissait avant tout de faire face, accepter l'opération, feindre d'espérer quand même en l'avenir, trouver la force de sourire, y compris pendant les heures de classe. Il n'était bien sûr pas question que Pierre se fatigue avant l'opération, c'est pourquoi une jeune remplaçante fut nommée. Avec son approbation, je pris alors en charge les grands et lui laissai les plus petits, tout en essayant de faire participer Pierre chaque soir à la préparation de la classe du lendemain puisqu'il connaissait les enfants de CM1 et CM2 mieux que moi. Je pense que cette occupation lui fit du bien, car je tins à lui montrer que ses conseils m'étaient indispensables.

L'opération eut lieu le 10 avril 1978, et Jean-François, qui étudiait à Toulouse, me fut alors d'un grand secours. Selon le chirurgien que je rencontrai le lendemain, elle avait réussi. Un peu réconfortée par cet entretien avec un homme optimiste, je restai trois jours à Toulouse puis je repartis au village, rassurée par les nouvelles entendues aussi bien que par la présence de mon fils auprès de son père.

Quinze jours plus tard, Pierre entra dans une maison de repos à Montfaucon, un bourg situé dans le Lot, à une trentaine de kilomètres de Seysses, ce qui me permit d'aller souvent le voir. Deux mois plus tard, il revint dans notre logement, affaibli mais heureux, même s'il n'était pas question pour lui de reprendre la classe. Il se mit alors à me parler beaucoup, le soir, au lieu d'écrire.

– Tu sais, me disait-il, l'école que nous avons connue va disparaître. Mais il ne faut pas se montrer rétrograde : il faut toujours espérer le meilleur. Et c'est cela qu'il faut enseigner aux enfants, sans quoi nous en ferons des enfants malheureux, sans espérance, sans force, timorés, incapables de croire en l'avenir.

À d'autres moments, il me parlait de lui, de son enfance heureuse dans les vignes, des magnifiques

vendanges de l'automne, de sa passion pour la poésie, des belles heures que nous avions vécues
ensemble :

– Il y a des enfants qui pleurent parce qu'ils ne
veulent pas aller à l'école, mais je me souviens très
bien que moi je pleurais lorsque j'étais malade et
que je ne pouvais pas sortir. Il est vrai que j'ai eu une
institutrice et un instituteur magnifiques, et ce sont
eux qui m'ont donné l'envie d'enseigner à mon
tour.

Comme je l'écoutais sans l'interrompre, sachant
que ces moments-là demeureraient précieux entre
tous, il reprenait :

– Vois-tu, nous avons toujours eu une double
chance : celle d'exercer le plus beau métier de la
terre en éveillant des enfants à la vie, mais aussi en
l'exerçant en milieu naturel, dans la beauté du
monde. Que nous pourrions-nous regretter ?

Ces paroles en forme de bilan finissaient par
m'effrayer, mais je m'efforçais de ne pas le montrer
et, au contraire, je l'entretenais de la rentrée prochaine, des enfants qui allaient passer de ma classe
dans la sienne, je lui décrivais leurs qualités et leurs
défauts, ce que j'espérais pour eux, comment il fallait les prendre pour en tirer le meilleur. Bref ! Je
tentais d'ouvrir une porte vers un futur que je savais
menacé.

Et il le fut dès le mois de juin quand une décision
lourde de conséquences tomba brutalement : Pierre
n'était pas autorisé à reprendre son travail. Avant la
fin de ce mois-là, profitant de la situation, l'académie décida qu'aucun remplaçant ne serait nommé

à la rentrée, et qu'une classe serait fermée. Le poste double disparaissait. L'école de Seysses devenait une école à classe unique. C'était la fin : je le savais. Je l'avais toujours su, depuis notre première visite à Toulouse. Mais Pierre n'assista heureusement pas à l'issue de ce combat que nous avions perdu : il mourut d'une embolie pulmonaire dans la nuit du 26 au 27 août sans que j'aie eu le temps de le faire transporter à l'hôpital.

Ses parents me demandèrent la permission de le faire enterrer dans le cimetière du village où il était né, et je ne crus pas nécessaire de m'y opposer. Pourquoi, d'ailleurs, l'aurais-je fait ? Ce n'était pas très loin de Seysses et je pourrais m'y rendre chaque fois que je le désirerais. Et puis c'était chez lui, là où il avait été heureux, enfant. La seule condition que je posai, c'était de pouvoir le rejoindre un jour, dans le même caveau. Rien ne me fut refusé par des gens qui avaient eu le temps de m'apprécier autant que je les estimais.

Jean-François était présent, bien sûr, ce jour-là, dans le petit cimetière niché sur les collines du causse, et me tenait le bras. J'en avais bien besoin. Sans lui, je crois que je serais tombée à plusieurs reprises, mais il était là, tout contre moi, le fils de Pierre et le mien, qui perpétuait par sa seule présence celle de son père. Je ne me souviens plus de la tombe refermée, des condoléances, dont c'était encore la coutume dans le village, à peine du retour chez moi, dans la voiture conduite par Jean-François qui resta trois jours à Seysses.

Comme il devait préparer sa rentrée universitaire, il repartit très rapidement, après que je l'eus encouragé à le faire. J'allais de toute façon devoir affronter la solitude : un peu plus tôt, un peu plus tard, c'était inévitable. Mais quand mon fils s'en alla, je n'aurais pas cru que ce serait aussi dur. Et cela malgré la présence de ma mère qui ne pouvait m'être d'aucun secours tant j'étais ébranlée, figée dans la douleur, incapable de lui accorder l'attention que pourtant sa fidélité, la douceur et la fragilité de ses vieux jours exigeaient légitimement de moi.

Mais Pierre se trouvait partout présent dans le logement : ses habits, ses livres, ses cahiers, ses stylos me le rappelaient constamment, même quand mes pensées parvenaient à s'enfuir. Mes yeux rencontraient sans cesse un objet qui me faisait croire un bref instant qu'il allait surgir du bureau ou de la chambre, cet homme qui était venu vers moi, un jour, et qui avait vu dans mes yeux « le reflet d'un arbre à dix mètres de moi ». Cet homme qui avait accepté de me laisser m'occuper de la classe des grands, contrairement à toutes les coutumes, qui avait gardé de la guerre l'impression d'avoir été utile non seulement à son pays, mais aussi à des enfants lointains, privés de toute éducation. La guerre avait mis plus de vingt ans à le tuer, mais elle y était parvenue. Et pourtant, je n'avais jamais entendu une plainte, jamais un regret dans sa voix. Il avait fait son devoir et s'émerveillait encore, dans les derniers jours de sa vie, d'avoir été secouru par un enfant à qui il apprenait à lire.

Je fis alors la seule chose qui pouvait me sauver : malgré le congé que j'avais obtenu, je repris la classe. Je devinai dans les yeux des enfants comme une appréhension, une peur. Celles, je le compris très vite, de me voir changer, ou peut-être de me voir souffrir. Je ne me sentais pas le droit de leur montrer les faiblesses d'un adulte et, plutôt que de vivre avec eux dans le non-dit, dans la crainte, pour moi de faillir et pour eux de me trouver malheureuse, je me mis à leur parler, à leur expliquer qu'ils étaient importants pour moi, et que la mort de mon mari ne remettrait pas en cause le plaisir que j'avais de les retrouver chaque jour. Je leur expliquai que la mort faisait partie de la vie, mais qu'elle arrivait toujours à son heure, rarement plus tôt. Il fallait garder confiance, penser aux disparus comme s'ils étaient encore près de nous, les aimer comme avant, dans l'espoir de les retrouver un jour.

Ce combat quotidien m'épuisa. Dès que je me retrouvais chez moi, le soir, au-dessus de la salle de classe, mes larmes jaillissaient, enfin permises, et il m'arrivait de m'endormir bien avant la nuit. C'est ma mère qui me réveillait vers huit heures, après avoir préparé le repas du soir auquel je touchais à peine. Il me fallut trois mois avant de reprendre un peu d'empire sur moi-même, et les obligations de la classe unique m'y aidèrent. Je retrouvai des habitudes que j'avais reléguées au fond de ma mémoire depuis que j'enseignais en cours élémentaire et préparatoire. Car l'école, la vraie, c'était pour moi celle de la classe unique, c'est-à-dire celle que j'avais connue enfant, mais surtout celle que j'avais pratiquée à mes débuts, avec ses chevauchements inévitables entre les différents cours, la nécessité de passer très vite de l'un à l'autre, de surveiller tous les enfants en même temps, de faire aider les plus petits par les plus grands : une manière de procéder que l'on ne pouvait acquérir que par l'expérience.

Ces retrouvailles m'aidèrent à passer le cap si difficile de la disparition de Pierre avec qui je vivais depuis vingt-trois ans. Elles ne me consolèrent de rien, mais elles me permirent de me lever le matin avec en moi un bonheur ancien, l'espoir que peut-être tout n'était pas perdu, et que je devais relever le défi des années à venir : à savoir sauver l'école d'un village de plus en plus déserté par ses habitants. Je ne pouvais pas supporter l'idée d'un échec de Pierre au cours de ses derniers mois. Nous avions perdu une classe, certes, mais nous ne perdrions pas l'école. Ce fut ce à quoi je m'engageai auprès du maire, qui prit des initiatives au cours des mois qui suivirent sous la forme de réunions avec les municipalités des petits villages voisins, dont l'école était encore plus menacée que la nôtre. Nous leur expliquâmes qu'il y avait moyen de les sauver en créant un « regroupement pédagogique intercommunal dispersé », grâce auquel on pouvait maintenir ou une classe maternelle, ou un cours élémentaire, ou un cours moyen dans une école du groupement, ce qui assurait sa pérennité et, en même temps, pour les enfants, une scolarité de quatre à douze ans dans un rayon de dix kilomètres.

Nous n'en étions qu'aux prémices d'une association dont le projet se heurtait à d'anciennes querelles de clocher, des sensibilités politiques différentes, mais au moins l'idée en était lancée, et il suffisait de l'entretenir jusqu'à ce que les maires, acculés, finissent par y consentir. À Seysses, nous avions encore le temps, puisque la classe unique comptait maintenant vingt-deux élèves, mais nous savions que ce combat entrepris à l'avance serait utile un jour.

C'est ainsi que ma vie reprit son cours, hantée par la silhouette de Pierre assis à son bureau, la lecture quasi quotidienne de ses recueils de poésie, le murmure de sa voix la nuit, dans l'ombre, l'espoir factice de le revoir le lendemain matin, et la douleur quotidienne de le redécouvrir absent dès l'aube, sans pouvoir accepter que ce soit pour toujours. Ma mère déclinait, parlait peu, tout entière concentrée à mesure des forces de plus en plus faibles, et ses seules paroles concernaient mon père et ne pouvaient m'être d'aucun secours. Seul Jean-François, qui venait une fois par mois, m'était précieux par ses mots toujours prononcés d'un ton égal, son attention sincère, le souci qu'il manifestait de ma santé, de ma tristesse en dehors de la classe.

Parvenu au terme d'une maîtrise d'histoire en 1980, je le sentis hésitant, mal à l'aise, au début de juillet, quand il vint passer quelques jours de vacances chez nous. Je le questionnai vainement jusqu'à la veille de son départ pour Toulouse, où – cela, il avait bien voulu me le confier – il vivait avec une petite amie à laquelle il tenait. Je lui avais demandé pourquoi il ne voulait pas me la présenter et il m'avait répondu que cela ne pressait pas.

– Il y a des choses plus urgentes, ajouta-t-il ce soir-là, alors que nous avions pris le chemin de la rivière naturellement, sans y réfléchir, comme pour retrouver les traces de celui qui nous manquait tant.

— Il serait peut-être temps d'en parler alors, dis-je en sentant mon cœur s'affoler.

Il laissa passer de longues secondes avant de murmurer, d'une voix qui me parut changée :

— Si tu le veux bien, je vais partir à Paris. J'ai toujours eu le désir de devenir archéologue. C'est là-bas qu'il faut aller pour y parvenir.

Il ajouta, alors qu'un frisson glacé courait entre mes épaules :

— Là-bas, et nulle part ailleurs.

J'avalai une grande goulée d'air trop chaud pour m'aider en quoi que ce fût, mais je trouvai quand même la force de répondre :

— Tu sais très bien que tu peux compter sur moi.

Et je poursuivis aussitôt :

— Je suis sûre que tu réussiras.

Il me prit le bras, s'arrêta, essaya maladroitement de m'attirer contre lui, et j'eus du mal à me laisser aller.

— J'ai longtemps hésité parce que je ne voudrais pas te laisser seule ici, ajouta-t-il doucement.

— Je ne suis pas seule : je vis avec ma mère et avec vingt-deux enfants.

Je repris en m'écartant de lui :

— Et, contrairement aux apparences, ton père ne m'a pas quittée.

Je me remis à marcher afin qu'il ne s'aperçoive pas de l'humidité qui, malgré mes efforts, avait envahi mes yeux. Car ce n'était pas tellement à Paris que je pensais, c'était surtout à l'avenir, c'est-à-dire au travail lointain, dans des pays étrangers, qui me le prendrait peut-être pour toujours. Je sentis qu'il se rapprochait, qu'il avait deviné mon trouble, la douleur contre laquelle je me débattais. Je puisai au fond de moi d'ultimes forces pour me retourner vers lui, et je lui dis sincèrement :

– Rien ne peut me faire plus plaisir que de te voir réaliser le rêve de ta vie.

Il me remercia en quelques mots, mais je compris qu'il avait deviné le combat qui s'était déroulé en moi. Nous ne prononçâmes plus la moindre parole. Malgré sa beauté, les grillons qui chantaient dans les prés, la douceur de l'air enfin rafraîchi, la nuit n'était plus la même.

Je savais qu'elle ne serait plus jamais la même.

20

JEAN-FRANÇOIS partit à l'automne et je ne le revis plus que tous les trois mois. Mais, chaque fois qu'il réapparaissait, je le découvrais heureux et je tâchais de partager ce bonheur que je devinais total, puisque sa petite amie l'avait rejoint dans la capitale. Le reste du temps, je vivais seule avec ma mère dans le logement où je cherchais Pierre partout. Ce furent des années difficiles, marquées par des manifestations de l'école privée qui se sentait mise en cause par le ministre Savary auquel succéda le ministre Chevènement en 1984. Ce dernier recentra les activités sur les fonctions « lire, écrire et compter », et recommanda des compromis entre les matières fondamentales et les activités d'éveil. Le calcul mental fut préconisé comme exercice quotidien, l'accent devant être mis sur les tables de multiplication et d'addition. L'histoire devait être abordée dès les petites classes grâce à des frises chronologiques puis via l'étude de documents. En éducation civique, l'enfant devait comprendre les règles de la vie collective et la signification des principaux symboles de la République.

Rien n'était vraiment nouveau dans les programmes, sinon l'affirmation de la nécessité de l'effort et du travail, notions qui avaient disparu – il faut bien en convenir – de l'univers scolaire depuis plus de dix ans. En fait, je m'en étais souvent aperçue, les maîtres d'école n'avaient pas cessé d'enseigner de la manière dont ils avaient formés, et ils perçurent cette réforme comme la reconnaissance des principes essentiels de l'enseignement public. Moi aussi, je dois le dire, et je n'en fus que plus heureuse de me retrouver dans la classe, chaque matin.

Je faisais lire des livres pour la jeunesse aux CM1 et CM2 et consacrais l'expression écrite à leur résumé, à leur analyse, à l'invention d'une suite plausible ou de dialogues exigeant des mots précis, préalablement définis. Je faisais réciter les poésies en exigeant le ton juste et le maximum d'émotion – tout en utilisant le magnétophone qui m'avait été confié au début de l'année scolaire. Je mettais en scène de petites pièces de théâtre que je faisais écrire aux plus grands à partir de situations vécues dans leur quotidien. C'est à cette occasion-là que je découvris l'intelligence sublime d'une enfant dont la mère avait fui le Cambodge, alors qu'elle était enceinte d'elle, abandonnant ses parents et son mari dans les camps. La scène, jouée par elle et deux garçons de son âge, bouleversa tellement la classe que je dus expliquer ce qui s'était passé au Cambodge tout en dissimulant le pire, et en essayant de rassurer, mais vainement, sans doute, les enfants.

Je n'avais pas attendu ce jour pour découvrir une intelligence vive, si aiguisée qu'elle s'exprimait jusque dans les yeux noirs, brillant d'un feu ardent, chez cette petite qui se nommait Li Yen. Tous les autres enfants l'appelaient Lili et l'adoraient. Sa mère était arrivée à Souillac dans l'une des associations qui s'occupaient des réfugiés et qui l'avait placée dans une famille en attendant de lui trouver du travail. Je savais que l'enfant ne resterait pas longtemps et j'étais désespérée à l'idée de la voir bientôt s'éloigner, de la perdre. Il y avait non seulement de l'intelligence en elle, mais aussi de la force et de la fierté, que la beauté de son visage à la peau mate et ses pommettes hautes soulignaient magnifiquement.

Souvent, au cours des récréations ou même le soir, après la classe, elle venait me voir, me tenait des discours d'adulte en me dévisageant comme si c'était moi qui étais une enfant. Elle m'expliquait les choses, les événements, me disait qu'elle savait que son père était mort, bien qu'elles n'en eussent pas reçu, elle et sa mère, la nouvelle officielle. J'essayais de la rassurer, de rallumer l'espoir, et elle répondait :

– Merci, maîtresse, mais une lumière s'est éteinte dans mon cœur.

Et, comme j'insistais, que je n'acceptais pas de l'abandonner sur des rives aussi douloureuses, c'était elle qui croyait nécessaire de me consoler :

– Vous savez, quand on est mort on ne souffre plus.

– Oui, c'est vrai, je le pense aussi.

– Alors pourquoi être triste ?

– Parce que l'on ne voit plus les morts, disais-je en pensant à Pierre.

– Moi je les vois, disait la petite. Il suffit de fermer les yeux et mon père est là, devant moi.

– Il te parle ?

– Non. Il ne me parle pas, mais il me sourit.

Elle ajoutait, dans une moue de fierté :

– Ça me suffit.

Elle entretenait un espoir insensé en l'avenir, et je m'efforçais, contrairement à mes habitudes, de canaliser cet optimisme qui l'incitait à envisager le succès dans toutes ses entreprises. J'avais peur, pour elle, d'une confrontation avec le monde réel car elle imaginait pouvoir le transformer à sa volonté. Mais, dans le même temps, je percevais chez cette enfant une telle force que je m'en voulais de modérer ses aspirations les plus intimes.

– Que feras-tu plus tard ? demandai-je.

– Je deviendrai chirurgien et j'irai dans tous les pays pour soigner ceux qui en ont besoin.

Il était évident qu'elle vivait dans la douleur secrète de l'histoire de sa famille, mais de quel droit aurais-je jugulé une telle énergie, un tel besoin de soigner, d'aider ceux qui souffraient ?

– C'est difficile de devenir chirurgien, disais-je du bout des lèvres. Il faut faire de longues études.

– Et alors ? Vous pensez que je n'en suis pas capable ?

– Bien sûr que si.

Je ne savais si sa mère aurait les moyens de la faire étudier pendant de longues années et je prenais des précautions de langage chaque fois que je le pouvais. Mais j'étais emportée par un flot d'intelligence et de vivacité qui me ravissait et m'inquiétait en même temps. Et, pour lui témoigner ma confiance, je l'invitais à venir à l'école le mercredi matin pour une heure de cours particulier qui me la rendait plus proche encore, plus précieuse, bien que je m'en défendisse.

Un jour – un samedi matin –, elle ne vint pas à l'école. L'après-midi même je me rendis chez sa mère qui m'apprit la nouvelle que toutes deux redoutaient : son mari et ses parents étaient morts dans les camps de Pol Pot. Ils étaient morts, en fait depuis longtemps, mais la nouvelle ne leur était parvenue qu'avec beaucoup de retard, grâce au changement de gouvernement intervenu à Phnom Penh. Comme je ne savais comment exprimer ma compassion, ce fut Lili qui prit la parole, avec un étrange sourire aux lèvres.

– Vous voyez, me dit-elle, je l'ai toujours su.

Elle consola sa mère, trouva les mots qui demeuraient prisonniers dans ma bouche, m'accompagna pendant quelques minutes sur le chemin, quand je repartis.

– Je ne peux pas vous suivre, me dit-elle, il faut que je m'occupe de maman.

Je n'ai jamais pu oublier ses yeux, ce jour-là, des yeux pleins de défi et de courage, comme je n'ai pas pu oublier cette enfant qui resta à Seysses jusqu'au bout de l'année scolaire. Une année tout entière éclairée par cette énergie farouche à vivre, à renverser des montagnes, et qui lui a permis – je le sais car elle m'écrit toujours pour le premier de l'an – de devenir ce qu'elle rêvait d'être, à Marseille. Je me souviens aussi de ses adieux, un matin de juillet, alors qu'elle savait qu'elle ne reviendrait pas en octobre.

— Ne vous inquiétez pas, maîtresse, m'a-t-elle dit. Je ne suis pas seule, ils sont quatre à m'aider : ma mère, mon père et mes grands-parents disparus. Je les sens vivre en moi. Ils ne me quittent pas.

Je l'ai serrée un long moment contre moi, puis j'ai ouvert les bras et elle m'a regardée en souriant avant de s'enfuir en courant. Pas une larme. Pas une plainte, mais quelque chose d'effrayant et de merveilleux dans ce petit être de dix ans qui, parfois, semblait en avoir trente.

L'été du départ de Lili, Jean-François me présenta enfin Émilie, sa compagne — comme on dit aujourd'hui —, mais il ne parla pas de mariage. C'était une jeune femme blonde, mince, aux yeux verts. Un après-midi où je restai seule avec elle, je lui demandai si elle ne redoutait pas qu'un jour le travail à l'étranger les sépare, mais elle me répondit de la façon la plus naturelle :

— Je suivrai Jean-François où qu'il aille. J'ai entrepris les mêmes études que lui. Nous tâcherons de nous faire engager sur des projets communs.

C'est ce que me confirma mon fils le jour où j'évoquai ce sujet avec lui. Et quand je lui demandai où pouvaient les entraîner leurs projets, il hésita à peine :

— En Égypte, si nous le pouvons. C'est là-bas que peut se vivre le mieux l'archéologie. Du moins en ce qui me concerne.

Je n'insistai pas. J'avais compris que j'allais droit vers la plus grande solitude, d'autant que ma mère se portait de plus en plus mal et que j'allais la perdre rapidement, c'était évident. Elle s'alita, se releva, se coucha de nouveau et elle mourut à l'hôpital au mois de mai 1986, de ce que l'on appelait déjà « une longue maladie » sans que je puisse lui tenir la main. Les dernières années avaient été difficiles, douloureuses, car elle parlait peu, les forces la quittant jour après jour. Et pourtant, j'avais entretenu une vraie complicité avec elle depuis mon enfance. Je souffris énormément de cette disparition, mais celle de Pierre m'avait en quelque sorte préparée à ce genre de douleur.

C'est à cette époque-là, je pense, que, sur l'initiative du maire, l'école fut pourvue de ces feutres épais qui sentaient si mauvais et qui étaient destinés à écrire sur des tableaux adaptés. Comment aurais-je renoncé à la craie à laquelle j'étais habituée depuis si longtemps et dont j'aimais tant l'odeur ? Je ne pus cependant refuser l'ordinateur que l'on me confia et je tâchai d'en faire le meilleur usage, grâce à la mère d'une de mes élèves qui maîtrisait mieux que moi son utilisation et qui m'aida à donner aux enfants les notions essentielles d'un fonctionnement dont je m'aperçus rapidement qu'ils l'assimilaient plus vite que moi. L'arrivée d'une photocopieuse paracheva le changement amorcé au cours de ces années qui me rapprochaient inexorablement de la retraite.

Mais je ne pouvais pas envisager d'arrêter à cinquante-cinq ans. J'avais trop besoin des enfants, qui avaient toujours peuplé ma vie et dont la présence était devenue, au fil des disparitions et de l'éloignement de ceux de ma famille, totalement indispensable. Qu'aurais-je fait sans eux ? Je ne pouvais pas l'imaginer une seconde.

C'est aussi au cours de ces années-là que le nécessaire sauvetage de l'école dans deux villages voisins provoqua enfin le sursaut que j'espérais – et que Pierre avait espéré avant moi : deux maires entrèrent en contact avec celui de Seysses. Toujours le même depuis mon arrivée, mais aussi âgé que moi aujourd'hui, il fit preuve de la largesse d'esprit que je lui connaissais, en acceptant de sacrifier la classe unique pour pouvoir constituer le regroupement pédagogique dispersé auquel je pensais depuis dix ans. Pour sauver les écoles de ces deux villages qui étaient menacées de fermeture par l'académie, il s'agissait, en fait, à l'intérieur de ce groupement, de maintenir une classe maternelle dans l'une, les cours préparatoire et élémentaire dans l'autre, les « CM1 et les CM2 » à Seysses.

Sur ces bases, et après de longues négociations aussi bien avec les maires, les parents d'élèves, qu'avec l'académie qui seule pouvait l'autoriser, fut constitué ce groupement qui assurait la pérennité de trois écoles dans des villages qui, sans cela, les auraient perdues. Ce combat-là, je l'avais gagné en mémoire de Pierre et pour perpétuer une école qui m'était chère, indispensable à ma vie. Il me restait deux ans pour la vivre du mieux possible, profiter de ces enfants dont les visages et le sourire me transportaient, chaque matin, dans le même bonheur, m'accompagnaient fidèlement tout en peuplant ma solitude.

Dès lors, comment aurais-accepté de demander ma retraite quand l'heure arriva en 1989 ? Je n'y songeai pas une seconde. J'allais continuer avec d'autant plus de confiance qu'aucune menace ne pesait plus sur ma classe. L'inspecteur, que je rencontrai au cours d'une journée pédagogique à Souillac, n'en parut pas surpris :

– Je m'y attendais, madame Lestrade, me dit-il, bien que ce ne soit pas courant aujourd'hui.

Je lui fit observer que c'était un privilège, pour moi, d'enseigner dans une classe de vingt et un élèves, et dans les conditions où j'exerçais.

– Je ne suis pas sûr que ça continue longtemps sur ces bases-là, madame, me dit-il. Mais je vous fais confiance, vous saurez bien vous adapter.

Je repartis perplexe, ce soir-là, mais j'étais loin d'imaginer à quel point l'école allait être bouleversée au cours de l'année qui suivit.

21

L A réforme de 1989 provoqua, en effet, un ébranlement encore plus important que celle de 1969, et me laissa désemparée : désormais, il ne fallait plus parler de classes, mais de cycles : d'abord le cycle des apprentissages premiers, puis le cycle des fondamentaux, enfin le cycle des approfondissements, dont je m'occupais, et qui regroupait les anciens CE2, CM1 et CM2. L'année scolaire était découpée en périodes : cinq en tout, et les maîtres d'école devaient tenir un carnet avec des évaluations de ce genre : « l'enfant est capable d'écrire un texte de quelques lignes, ou d'inventer la suite d'une histoire, ou de modifier l'aspect d'un personnage, ou de compter de mille en mille », etc. En outre, il fallait à présent parler de savoirs et les décliner en compétences. « Savoir être », pour tout ce qui touchait à la citoyenneté, « savoir faire » pour, par exemple, utiliser les signes de ponctuation propres aux dialogues, etc. Il s'agissait aussi « d'apprendre aux enfants à apprendre » : une poésie, une leçon, en leur donnant une méthode, des outils qui étaient censés les aider, mais aussi en développant des projets susceptibles de donner du sens à cette nouvelle pédagogie. Il n'y avait plus de redoublements. Le règlement pouvait être discuté par les parents en conseil d'école, lequel devait être créé dans les groupes scolaires et dans les regroupements pédagogiques. Enfin, les maîtres et maîtresses d'école allaient devenir des professeurs des écoles, plus diplômés et chargés d'un enseignement dont le but essentiel serait de « placer l'enfant au cœur du système ».

Qu'est-ce que cela signifiait : « placer l'enfant au cœur du système scolaire » ? Ne l'avais-je pas toujours fait ? J'avoue que cette année-là fit vaciller la flamme qui brûlait en moi. Non pas que j'étais hostile a priori à une réforme probablement nécessaire, mais il me sembla que la méthode avait pris le pas sur le fond, et que les contraintes s'exerçaient aussi bien sur moi que sur les enfants. En outre, moi qui avais toujours refusé de devenir professeur des collèges, je ne voyais pas pourquoi je pouvais devenir aujourd'hui professeur des écoles, à l'issue d'un reclassement dont les modalités me paraissaient propices à un favoritisme suspect.

J'étais une maîtresse d'école – une institutrice – et je comptais bien le rester. Ce fut une année bien difficile à vivre, qui me fit regretter de n'avoir pas pris ma retraite. Je m'évertuai malgré tout à mettre en œuvre le carnet d'évaluation par périodes, à le remplir scrupuleusement et à diriger le conseil des maîtres du regroupement qui devaient établir « un projet d'école ». Mais il me sembla que je devenais la courroie de transmission d'un système dans lequel plus aucune initiative n'était permise. Est-ce pour cette raison que peu de souvenirs me restent de cette année-là ? Est-ce que les enfants s'étaient mis à ne plus exister pour moi ? Je le crus, et cette pensée funeste m'accompagna jusqu'en juin, provoquant en moi la conviction que j'étais parvenue au bout de la route.

C'est probablement pour cette raison que je tentai de renouer des relations avec mes frères qui vivaient à Paris et qui ne revenaient plus à Saint-Vincent depuis longtemps. Sans doute y avait-il dans cette tentative la nécessité de me rapprocher d'eux pour mieux affronter une vie prochaine que j'apercevais sans enfants, mais ils ne manifestèrent aucun désir de me revoir. Ils avaient d'autres préoccupations : une famille, des fils et des filles qui grandissaient, et Saint-Vincent représentait probablement pour eux un lieu de travail et de peine où, près de mon père, ils s'étaient éreintés sans être payés pendant des années. Leur vie était ailleurs, n'importe où, mais certainement pas dans un village où ils avaient trimé depuis le début de leur adolescence jusqu'à leur âge mûr.

Heureusement, j'avais en classe, venant du village de Carlucet qui faisait partie du regroupement, une enfant extraordinaire, si douée que je n'avais jamais connu la pareille. Ma collègue du regroupement m'en avait parlé, mais je n'aurais jamais imaginé à quel point une enfant de neuf ans – elle arrivait en première année du cycle 3, c'est-à-dire dans l'ancien CE2 – pouvait montrer de facultés de compréhension et d'analyse hors du commun. Elle s'appelait

Estelle, c'était une sorte de liane souple au visage diaphane et à la peau si mince qu'on voyait battre les veines affleurantes. Des yeux d'un gris transparent, à la pupille bleue, un peu comme celle des loups, mais il n'y avait dans cette enfant aucune agressivité, seulement de l'indulgence vis-à-vis de ses camarades moins doués.

Dès le premier jour, tandis que je l'observais, j'avais compris qu'elle finissait à demi mot toutes les phrases que je prononçais, et bien avant que je les termine. Je m'étais bien gardée de lui en faire la remarque, de peur de l'effrayer. Au contraire, je m'en étais amusée, jusqu'à ce que sa voix prenne de l'assurance et, bientôt, se fasse entendre de la classe entière. Je la retins alors près de moi pendant la récréation du matin et lui expliquai que sa manière d'agir me posait problème. Loin de se rebeller ou de m'opposer des arguments qui auraient pu nous faire entrer en conflit, elle me répondit d'une voix calme :

– Je comprends, madame, mais ne vous inquiétez pas. Je vous demande de m'excuser, je ne recommencerai pas.

Et, comme pour se disculper, dans un sourire qui me laissa sans voix :

– Je le fais malgré moi. Je n'y pense pas.

Je lui précisai que je n'en prenais pas ombrage, que je ne lui en voulais pas, mais que deux voix entendues en même temps gênaient les autres enfants.

– Bien sûr, me dit-elle. C'est évident.

Après cette mise au point, je l'interrogeai sur ses parents et appris qu'ils avaient quitté Paris pour s'installer à la campagne, dans un ancien château qu'ils rénovaient à quelques kilomètres de Carlucet.

– Que faisaient-ils à Paris ? Tu peux me le dire ?

– Mon père est un architecte d'intérieur et ma mère une musicienne. Ils ont décidé de faire un *break* et de vivre ici le temps nécessaire à la rénovation.

Elle ajouta aussitôt :

– Moi, j'aurais préféré une maison traditionnelle plutôt que ce château où il fait si froid l'hiver. Mais que voulez-vous ? C'est leur vie, et elle leur appartient.

Je décidai de ne pas m'attarder dans ces parages où chaque mot qu'elle prononçait faisait passer des frissons sur mes tempes, et j'en vins à des préoccupations plus ordinaires, du moins je le croyais :

– Que préfères-tu ? Les maths ou le français ?

– J'aime tout. Mais si je réfléchis bien, ce que je préfère c'est ce qui m'étonne.

Décidément ! J'avais affaire à un drôle de phénomène, et il m'apparut tout à coup évident – en me souvenant également de Lili la petite Cambodgienne – que les enfants d'aujourd'hui ne ressemblaient pas aux enfants des années cinquante ou soixante. Les ordinateurs, la télévision qu'ils regardaient chaque soir et que, pour ma part, j'utilisais avec son magnétoscope pour leur montrer des cassettes d'éveil ou d'histoire de l'art depuis quelques années, leur ouvraient l'esprit et les conduisaient bien au-delà de ce que je pouvais imaginer. Ils avaient changé, les enfants des années quatre-vingt-dix ! J'aurais dû m'en réjouir, mais je devinais que je me trouvais au bord d'un chemin sur lequel, peut-être, ils passeraient bientôt sans me voir.

En quelques jours, ma décision fut prise : malgré la hantise de la solitude qui me réveillait la nuit et m'épouvantait par avance, j'allai demander ma retraite.

L'inspecteur s'en étonna, en avril, lors d'une inspection dont l'annonce m'avait beaucoup surprise, étant donné que c'était ma dernière année.

– Vous savez que vous deviez en faire la demande en septembre, me dit-il, et remplir le formulaire correspondant.

– C'est vrai, mais je me suis trompée. Je n'ai plus rien à faire dans l'école d'aujourd'hui.

– Je croyais que vous vous trouviez bien à Seysses, dans une classe en faveur de laquelle, je me permets de vous le rappeler, vous vous êtes battue des années – et parfois contre la volonté de l'académie.

– Cette école est sauvée, et j'ai la conviction d'être parvenue au bout de la route.

L'inspecteur réfléchit un instant, reprit, un ton plus haut :

– Vous n'avez pas suivi la procédure normale. Il fallait faire la demande en début d'année scolaire. Je ne pourrai pas prendre votre souhait en considération.

L'inspecteur réfléchit un moment, me considéra d'un air contrarié, puis il reprit, mais sans conviction :

– Je peux vous proposer autre chose Au moins un an de plus.

– Et quoi donc, s'il vous plaît ?

– Une classe de perfectionnement, à Souillac.

Il ajouta, alors que je demeurai stupéfaite, me demandant s'il était sérieux ou pas :

– Le poste sera vacant pendant un an, le futur titulaire partant en formation. Je sais que ce genre de poste n'est guère prisé et n'est pas destiné à des fonctionnaires en fin de carrière, mais vous n'avez jamais été une institutrice ordinaire.

Il ajouta, comme je ne répondais pas :

– Sans doute y retrouveriez-vous tout ce que vous semblez regretter. Je me souviens très bien de votre penchant pour les enfants en difficulté.

– Il faut que je réfléchisse, dis-je.

– Vous le pouvez. La décision ne sera prise qu'en fin d'année par la commission qui s'occupe de ces nominations.

– C'est entendu.

Je ne réfléchis pas longtemps, en fait : les vacances de Pâques me renvoyèrent dans cette solitude dont je souffrais tant et je me souvins alors de Michel, de Rose, de Fanny, de Jean-Paul, d'autres qui avaient peiné pour apprendre à lire et à écrire. Je me demandai où ils étaient, ceux-là, aujourd'hui, et je parvins à la conclusion qu'ils se trouvaient dans un institut médico-pédagogique ou une classe de perfectionnement. Il me sembla alors que cette classe que m'avait proposée l'inspecteur pouvait représenter l'aboutissement de toute ma vie, la porte par laquelle je devais sortir pour affronter, apaisée, pacifiée, cette solitude qui me guettait.

Des jours s'écoulèrent avant que je ne donne mon accord, des jours qu'éclaira la présence d'Estelle dont les dons me laissaient toujours aussi admirative et quelque peu ébranlée. Je tâchai dans le même temps de profiter de cette dernière année dans le logement où j'avais vécu avec Pierre, en un lieu chargé d'histoire et niché dans un enclos de verdure, près d'une magnifique rivière. N'allais-je pas souffrir de perdre tout cela ?

La nouvelle que je m'étais mise à espérer me parvint à la fin du mois de juin : j'étais mutée dans la classe de perfectionnement du groupe scolaire principal de la ville de Souillac. J'avoue que, ce jour-là, je me suis interrogée : n'avais-je pas présumé de mes forces ? D'autant que mes deux collègues du regroupement me demandaient si je n'étais pas devenue folle : personne n'avait jamais accepté une classe de perfectionnement au moment de la retraite. Ça ne s'était jamais vu. Mais ce qui m'inquiétait le plus, ce n'était pas cette originalité incompréhensible à beaucoup, c'était de quitter cet endroit, cette école où j'avais été si heureuse ! Il me fallut trois semaines avant de me décider à faire mes bagages, emporter tout ce qui m'était précieux, jusqu'aux cahiers et aux livres de Pierre, les manuels qui avaient jalonné et embelli ces années, les menus objets du disparu, les miens, toutes sortes de témoins dont je ne savais s'ils trouveraient leur place dans le logement de Saint-Vincent que j'avais gardé après la mort de ma mère.

J'avais, en effet, décidé d'habiter dans cet appartement de Saint-Vincent, qui n'était distant que de huit kilomètres de Souillac. C'était à peine un quart d'heure de route matin et soir, et j'avais besoin de conserver un lien avec ma vie d'avant : mon enfance, ma mère, Seysses, aussi, qui se trouvait à dix minutes de ma nouvelle destination. Mais que ce fut dur, et tellement plus douloureux que je ne l'avais imaginé, de m'éloigner du village où j'avais passé l'essentiel de ma vie ! D'autant plus que Jean-François et Émilie vinrent me faire leurs adieux à la fin du mois d'août, ravis d'avoir trouvé une mission dans le pays où ils rêvaient de travailler, c'est-à-dire en Égypte.

Ils ne s'attardèrent pas, et il valait mieux. Il y avait longtemps que mon fils était sorti de ma vie, même s'il manifestait beaucoup d'affection à mon égard lorsqu'il se trouvait près de moi. Le reste du temps, il écrivait peu, téléphonait, parfois, mais il m'avait quittée, en fait, depuis le jour où il était parti en pension. Je ne lui en voulais pas. J'avais toujours su que les enfants doivent vivre leur vie, leurs passions comme leurs espoirs, et qu'il aurait été aussi vain que malhonnête de m'y opposer. Mais tout de même ! Certains parents avaient la chance de garder leurs enfants près d'eux, d'espérer leur visite, une attention, un geste qui me demeurerait interdit.

Une fois Jean-François parti, il me fallut faire mes adieux à tous ceux près de qui j'avais vécu : parents d'élèves, connaissances diverses, le maire et sa femme – qui ne m'avaient fait aucun reproche lors de ma décision, conscients du fait que j'avais consacré toutes mes forces au sauvetage de leur école –, mais aussi à tous ces lieux qui nous avaient vus, Pierre et moi, marcher l'un près de l'autre : le chemin qui longeait la rivière jusqu'au petit port d'un ancien bac, le grand pré qui nous séparait de rives où veillaient les frênes et les peupliers d'Italie, les ruelles

moyenâgeuses de Seysses, la petite route qui conduisait à Saint-Vincent dans l'ombre fraîche des noise-
raies, un bosquet de grands chênes à l'intérieur des
terres où nous nous arrêtions volontiers quand nous
allions visiter une famille ; un lavoir de pierres roses
sur un petit ruisseau affluent de la rivière, d'autres
endroits pour moi peuplés de rayons de soleil et de
rires, où leur absence, aujourd'hui, me dévastait.

Je partis un soir du mois d'août – le 5 ou le 6, je
ne me souviens pas exactement –, après avoir
passé la journée à déménager les menus trésors que
je n'avais pas confiés aux camionneurs. Auparavant,
je m'étais débarrassée des rares meubles de ma
mère, craignant que les miens, achetés avec Pierre
et auxquels je tenais, ne rentrent pas tous dans le
logement plus petit de Saint-Vincent. Cette installation m'occupa heureusement jusqu'à la rentrée de
septembre, d'autant qu'il fallait retapisser une pièce
et trouver la bonne place à chacun des objets dont
je n'avais pu me séparer.

Ainsi, je venais de couper tous les liens qui me rete-
naient à ma vie près de Pierre, alors que mon âge et
ma solitude future auraient dû m'en dissuader. Mais
je savais que des enfants en difficulté m'attendaient
quelque part et j'espérais retrouver une passion qui
s'éteignait, un nouveau feu qui me permettrait de
continuer à exister plutôt que de me consumer dans
la tristesse et les regrets.

22

JE ne m'étais pas trompée. Les enfants de cette classe de perfectionnement étaient bien des enfants en grande difficulté et donc en situation d'échec scolaire dû essentiellement à des problèmes mentaux. Il me parut évident qu'on ne pouvait combler leurs lacunes qu'en leur accordant plus de temps et d'attention qu'aux élèves des classes traditionnelles, c'est-à-dire en individualisant l'enseignement au maximum, tout en partant du concret et en pratiquant une pédagogie ouverte sur le monde extérieur.

La classe se trouvait à l'extrémité du groupe scolaire, dans un préfabriqué installé là probablement dans l'urgence, à l'ombre de trois bouleaux. Pas de poêle, mais des radiateurs électriques, et des ustensiles ordinaires, depuis les craies, le tableau, les cahiers, les livres, jusqu'au bureau de bois brut et aux tables semblables aux anciens pupitres, mais avec un plateau droit et non plus incliné. La cour de récréation était commune aux autres classes, par souci de ne pas isoler mes élèves de leurs camarades et, probablement, leur donner ainsi l'impression qu'ils n'étaient pas différents d'eux. L'objectif essentiel était de leur apprendre à lire, à écrire et à compter, c'est-à-dire leur donner les moyens de trouver plus tard une autonomie dans la vie quotidienne. C'était une mission en tout point conforme à ce que j'avais espéré.

Il existait une psychologue par circonscription, et donc une à Souillac, qui pouvait se déplacer à ma demande. Je fis très vite connaissance avec Marlène, qui était âgée d'une quarantaine d'années et m'apparut d'emblée d'une subtile intelligence. Elle me fut très utile dès le début, une fois que j'eus évalué les handicaps des seize enfants que j'avais sous ma responsabilité. Elle m'expliqua que les familles faisaient le siège de la commission chargée de placer ces enfants pour qu'elle les confie plutôt à ce genre de classes « intermédiaires » qu'à un institut médico-pédagogique censé s'occuper d'enfants plus handicapés, le plus souvent en internat. Ils étaient âgés de dix à douze ans et souffraient de troubles très différents, mais tous très fragilisants.

Mais depuis que j'avais connu Rose, Fanny ou d'autres, je ne me sentais pas en pays inconnu. Le seul qui, d'entrée, me posa problème fut un enfant de onze ans prénommé Ludovic qui était très violent et dont l'esprit paraissait rebelle à tout ce qui était théorique, c'est-à-dire non relié à la réalité. Marlène s'en inquiétait, m'incitait à me montrer vigilante, car elle avait identifié les prémices d'une schizophrénie. Moi, je m'interrogeais surtout sur le fait de savoir si ces troubles de comportement étaient dus à une hérédité ou s'il s'agissait de troubles acquis depuis l'enfance.

Un matin, je dus me résoudre à un face-à-face avec Ludovic quand il eut frappé un garçon de son âge sans la moindre raison, comme pour le plaisir. Il avait un front haut, des pommettes mates, des yeux marron sans véritable éclat, qu'il plissait quand je lui parlais, comme s'il ne comprenait pas très bien ce que je lui disais.

— Pourquoi as-tu frappé Antoine ?

Pas de réponse. Je m'étais rarement heurtée à un mur aussi étanche, à un visage aussi hermétique, sinon dans l'expression d'une colère due sans doute au fait qu'il était resté prisonnier dans la classe au lieu de jouer dans la cour.

— Tu ne sortiras pas tant que tu ne m'auras pas répondu.

Son poing se leva sur moi, hésita, tandis que je m'efforçais de ne pas baisser mon regard, puis il retomba, mais le regard demeura toujours aussi menaçant.

— Si tu continue à frapper tes camarades, je ne pourrai pas te garder avec moi.

— Je m'en fous.

— On ne dit pas je m'en fous, mais je m'en moque. Et explique-moi pourquoi, ça m'intéresse.

Pas de réponse. Après un semblant de dialogue, de nouveau le mur. J'avais l'impression qu'il élevait une barrière contre quelque chose, mais quoi ? Marlène avait commencé à faire une enquête, questionné les parents, qui étaient des paysans sans problèmes apparents, mais rien n'expliquait un comportement aussi violent, aussi fermé, que ce que l'on pouvait craindre : une maladie mentale qu'on devait traiter ailleurs que dans ma classe. Elle me proposa de saisir la commission afin de transférer l'enfant dans un institut médico-pédagogique mais je refusai : je voulais essayer de comprendre, d'aider ce garçon dont je n'avais jamais rencontré le pareil.

J'avais surtout connu des enfants déficients à cause de problèmes sociaux ou pathologiques, mais rarement des enfants à la frontière de la maladie mentale. Marlène m'avait expliqué que ces enfants-là étaient souvent d'une intelligence bien supérieure à la moyenne, une intelligence aiguë, d'une extrême sensibilité qui leur rendait le monde extérieur douloureux parce qu'ils le percevaient trop intensément. Je tentai donc de rendre à Ludovic le monde de la classe le plus habitable, moins douloureux, en ne l'interrogeant jamais devant les autres enfants. Je ne le fis pas lire à voix haute, ni passer au tableau pour corriger un problème. Il me sembla pendant quelque temps qu'il s'apaisait, mais il reprit sa manie de frapper quelques semaines plus tard, et je compris que ma manière de procéder représentait aussi une violence puisqu'elle l'excluait du groupe. Apaisé un moment, il réagissait à une violence par une violence.

Marlène me conseilla d'adopter une attitude parfaitement normale et de me contenter d'instruire ces enfants sans chercher à comprendre des maladies que les spécialistes, souvent, avaient eux-mêmes du mal à appréhender. Ce à quoi je ne pus me résoudre en pensant à Rose, à tant d'autres que j'avais aidés.

Un soir, je fis rester Ludovic après la sortie, ce qu'il n'aimait pas du tout, et je l'obligeai à s'asseoir face à moi, tout près de moi, et lui dis :

– Frappe-moi !

Je devinai dans ses yeux un combat d'une intensité douloureuse, au terme duquel sa main se leva, demeura un instant suspendue puis frappa mon bras, mais sans véritable force.

– Merci, dis-je.

Je n'avais pas réfléchi à ce mot, il était sorti de ma bouche d'instinct, mais je compris que j'avais touché juste quand il baissa la tête pour me cacher les larmes qui venaient de monter dans ses yeux.

– Est-ce que tu sais pourquoi je te remercie ?

Il sanglotait, à présent, tordant ses mains comme pour se châtier.

– Parce que je suis coupable de n'avoir pas deviné que tu souffrais, et que c'est mon métier de comprendre tout cela. Or si tu souffres, tu n'es pas responsable. Mais à partir d'aujourd'hui tu sauras que tu n'es pas seul, que quelqu'un a compris et que tu peux lui faire confiance.

J'ajoutai aussitôt, alors qu'il pleurait vraiment :

– Maintenant tu peux t'en aller. Je sais que tu n'aimes pas être retenu comme ça, après la classe. Personne ne saura ce qui s'est passé.

Il releva brusquement la tête et, pour la première fois, je décelai dans ses yeux une lueur moins hostile, un éclat qui trahissait un soulagement. À partir de ce jour, j'eus moins de problèmes avec lui, tout en étant consciente que l'essentiel n'était pas réglé

Ses parents ayant accepté qu'il suive une psychothé-
rapie, je pus le garder avec moi jusqu'à la fin de
l'année.

Loin de moi la pensée que je l'avais guéri – hélas !
la suite a montré qu'il ne l'était pas –, mais j'avais
du moins établi un pont entre son esprit tourmenté
et le monde réel, celui des adultes comme celui des
enfants. Je ne pouvais pas faire mieux et je le savais.
J'eus également l'occasion de le vérifier avec d'autres
enfants, comme avec cette Joanna qui paraissait incapable de comprendre quoi que ce soit à ce que je
tentais de lui expliquer. C'était comme si entre mes
paroles et son esprit se dressait un obstacle que ne
pouvait pas franchir ma voix, et qui la renvoyait
comme un écho, car elle répétait mes paroles machi-
nalement sans jamais répondre à mes questions.
Marlène employait à son sujet des mots si effrayants,
des noms de maladie si énigmatiques que, dans ce
cas précis, je renonçai à son aide.

Il me semblait avoir compris que, face à la
complexité des problèmes, l'intensité de la souffrance que les troubles exprimaient, je devais faire
preuve de simplicité. Des mots simples, des exercices
simples – notamment des ateliers de petits travaux
manuels –, une certaine douceur et jamais de colère
– surtout, ne jamais élever la voix – rassuraient ces
enfants. Tous ne souffraient pas de handicaps aussi
graves que ceux de Ludovic ou de Joanna, mais tous
souffraient de quelque chose : un retard de développement, une émotivité trop forte, des angoisses
insurmontables, des troubles que j'appris à déceler

rapidement et que je combattis avec ma méthode héritée d'une expérience qui en valait bien d'autres.

Mais j'en vis des misères, des souffrances, des larmes pendant cette dernière année de ma carrière – un mot que je n'aime pas, car il évoque une ambition que je n'ai jamais eue. Ma seule ambition durant cette année-là fut d'aider, d'accompagner Jordan qui bégayait à un point qu'il était impossible de le comprendre, Priscilla qui se mettait à pleurer dès que je lui adressais la parole, Sacha qui était incapable de se rappeler quoi que ce soit, bien d'autres dont l'esprit n'avait pas suivi un développement normal et dont le retard les excluait des classes traditionnelles. J'eus aussi à m'occuper d'enfants gitans, le plus souvent violents, d'autres doux comme des agneaux et qui subissaient la loi des dominants, aussi bien dans la cour de récréation qu'à l'extérieur de l'école.

Jamais je n'ai regretté cette expérience dont je savais qu'elle me conduisait au port : au contraire, j'avais la conviction d'avoir mené ce combat jusqu'au bout, à l'extrême limite de mes forces et de mes connaissances. Je ne pouvais pas faire mieux : j'étais parvenue au-delà de mes possibilités.

Je m'y suis investie et passionnée avec d'autant plus d'énergie que chaque soir je regagnais Saint-Vincent, que les samedis et les dimanches me conduisaient sur les chemins de mon enfance, parmi les ombres de ceux que j'aimais, et aussi parce que j'avais retrouvé une manière d'enseigner, à la fois empirique et de bon sens, qui me rappelait mes premières années. La boucle était bouclée, en quelque sorte, j'avais atteint le seuil ultime ; ensuite je ne serais plus utile à personne. Ce ne fut pas facile de confirmer ma demande de retraite à laquelle j'avais droit depuis deux ans. Je m'y résignai la mort dans l'âme, mais avec la sensation d'avoir vraiment réalisé tout ce dont j'étais capable, et même davantage, sans doute, car après l'incompréhension qu'avait suscitée mon ultime démarche, certains me l'avaient reprochée : il s'agissait d'un précédent dont pouvait se servir l'académie en cas de vacance de poste.

Je partis en sachant que je n'aurais rien à regretter : j'étais allée loin, très loin, au-delà de ce que j'avais toujours imaginé. Un verre de l'amitié réunit la dizaine de mes collègues qui avaient bien voulu l'accepter, puis je m'en allai sans me retourner, sans la moindre amertume au fond de moi, persuadée que tout était accompli.

Ce que j'ignorais, c'était que, à partir de ce mois de septembre où je restai chez moi au lieu de « faire la rentrée », les années se mettraient à couler comme une rivière en crue, si vite que si je me retourne vers elles, je ne suis pas sûre de les avoir vécues. Il faut dire qu'elle pèsent beaucoup moins en moi que celles passées dans une salle de classe, qu'elles n'ont pas la couleur et le charme de la passion quotidienne qui m'a toujours animée.

En y repensant, à l'heure du bilan, je me rends compte que j'ai vécu une évolution extraordinaire depuis l'école sans eau et sans salle de bains de Ségalières, où les livres, même, manquaient. Je me souviens encore de la corde qui me servait à faire descendre le seau dans le puits et du froid qui m'assaillait malgré le poêle, quand je pénétrais dans la salle de classe chaque matin. Je me souviens de ma chambre à l'hôtel de Saint-Laurent-la-Vallée, où je me suis sentie si bien ; de mon arrivée, avec Pierre, à Peyrignac-du-Causse où nous fûmes accueillis à bras ouverts par Marius Fabre, de l'inspecteur primaire qui m'a tant aidée, de Jean Vidalie, le maire de Seysses, qui est mort depuis peu, de tous ceux et toutes celles qui ont croisé ma route et m'ont enrichie à leur manière.

À l'heure où j'achève d'écrire ce livre, nous en sommes en 2010 et j'ai soixante-seize ans. Je vis toujours dans le logement de Saint-Vincent que nous avions acheté pour ma mère, Pierre et moi, et donc à proximité de la maison des Grands Champs où je suis née et où j'ai vécu, enfant, dans l'insouciance et le bonheur. Je m'y rends souvent, l'après-midi, pour une promenade qui me restitue des sensations souvent fidèles à celles du temps lointain où mes petites jambes me faisaient trouver long le chemin du village. Ma mère tient ma main comme je me suis efforcée, moi, de tenir la main des enfants que l'on me confiait. De temps en temps, je reviens à Seysses et je marche sur le chemin de la rivière en écoutant Pierre me parler. Je relis souvent ses poèmes, et je sens sa présence auprès de moi avec une telle intensité que je tends ma main, parfois, en espérant qu'il va la prendre.

Cette solitude que je redoutais tellement, je n'en souffre pas. Aline vient me voir de temps en temps, avec son mari et ses deux enfants. Elle enseigne à Gourdon, et elle est devenue une mère modèle, passionnée par son métier malgré une évolution qu'elle a du mal à comprendre, comme moi, mais dont, manifestement, elle ne souffre pas. Elle s'adapte, comme elle dit en riant, et l'éclat de ses yeux me submerge de joie. Après François, c'est Baptiste, de Ségalières, qui m'a fait la surprise de passer me voir il y a quelques mois. Il n'est pas devenu aviateur, mais ingénieur en aéronautique, et il travaille pour Sud-Aviation à Toulouse. Devant son peu de goût pour l'agriculture, son père a fini un jour par capituler. Et, comme il se le promettait face à moi, Baptiste « est parti » vers le destin auquel il aspirait. Est-ce que c'est moi qui lui en ai donné la force ? Je ne sais pas. Ce que je sais, c'est que je me suis toujours donné pour tâche de semer une graine en espérant qu'elle germerait. C'est pourquoi, longtemps, chaque mois de juin, j'ai parcouru les pages du journal pour tenter d'y trouver le nom de celles ou ceux que j'ai connus en primaire et qui auraient passé avec succès les examens de fin d'année. Chaque fois que j'en ai trouvé un, mon cœur s'est mis à battre plus fort en me donnant le sentiment que leur succès était aussi un peu le mien.

En réalité, je suis moins seule que je ne le redoutais : tous les enfants que j'ai côtoyés passent et repassent sans cesse devant mes yeux, je vois leurs visages distinctement malgré le temps, j'entends leurs voix, et ils me parlent comme à quelqu'un en qui ils ont confiance. Certains reviennent plus souvent que d'autres dans ma mémoire : François et le petit Michel de Ségalières, Baptiste, Roger, Viviane, Rosalie, Jean-Paul, Sylviane, Alain, Maurice, Gérard, Joseph, Claude, Aline, Rose, Fanny, Étienne, Lili, la petite Cambodgienne, Estelle, Ludovic, Joanna, Sacha ; tous ceux et toutes celles qui font la richesse d'une vie qui s'achève.

Certains soirs, parfois, je dresse la liste de ce qu'il faudrait emporter quand l'heure sera venue, afin qu'on le dépose près de moi :

Les petits mots écrits par les enfants de Ségalières lors de mon départ anticipé ;

Les quatre recueils de poésie écrits par Pierre ;

Une boîte de plumes Sergent Major dont le dessus en carton représente la bataille de Fleurus ;

Un encrier de porcelaine utilisé à Seysses, et dont le bord montre encore une trace mal effacée d'encre violette ;

Un cahier du jour qui date de Peyrignac-du-Causse ;

Une pierre ramassée au cours d'une promenade avec mon mari sur ce même causse ;

Une pièce en cuivre trouvée par mon fils dans la cour du château de Seysses lorsqu'il était enfant ;

Les photos de classe sur lesquelles je reconnais sans effort les enfants dont les noms figurent au verso.

Enfin je tâcherai d'emporter le parfum du bonheur : cette odeur de bois, d'encre et de craie qui régnait dans les classes, une odeur qui, je l'espère, imprégnera ma dernière pensée et que j'emporterai bien au-delà du temps, l'odeur de mon école, l'école de ma vie…

Une si belle école.

REMERCIEMENTS

Mes sincères remerciements à Évelyne et Jacques Ayral, institutrice et instituteur émérites, qui se sont penchés sur ces pages avec une pertinence qui m'a été précieuse.

Christian Signol

DU MÊME AUTEUR

Aux Éditions Albin Michel

LES VIGNES DE SAINTE-COLOMBE :
1. Les Vignes de Sainte-Colombe (Grand Prix des lecteurs du Livre de Poche), 1996.
2. La Lumière des collines (Prix des maisons de la Presse) 1997.

BONHEUR D'ENFANCE, 1996.

LA PROMESSE DES SOURCES, 1998.

BLEUS SONT LES ÉTÉS, 1998.

LES CHÊNES D'OR, 1999.

CE QUE VIVENT LES HOMMES :
1. Les Noëls blancs, 2000.
2. Les Printemps de ce monde, 2001

UNE ANNÉE DE NEIGE, 2002.

CETTE VIE OU CELLE D'APRÈS, 2003.

LA GRANDE ÎLE, 2004.

LES VRAIS BONHEURS, 2005.

LES MESSIEURS DE GRANDVAL :
1. Les Messieurs de Grandval (Grand Prix de littérature populaire de la Société des gens de lettres), 2005.
2. Les Dames de la Ferrière, 2006.

UN MATIN SUR LA TERRE (Prix Claude-Farrère des écrivains combattants), 2007.

C'ÉTAIT NOS FAMILLES
1. Ils rêvaient des dimanches, 2008.
2. Pourquoi le ciel est bleu, 2009.

Aux Éditions Robert Laffont

LES CAILLOUX BLEUS, 1984.

LES MENTHES SAUVAGES (Prix Eugène-Le-Roy), 1985.

LES CHEMINS D'ÉTOILES, 1987.

LES AMANDIERS FLEURISSAIENT ROUGE, 1988.

LA RIVIÈRE ESPÉRANCE :
1. La Rivière Espérance (Prix La Vie-Terre de France), 1990.
2. Le Royaume du fleuve (Prix littéraire du Rotary International), 1991.
3. L'Âme de la vallée, 1993.

L'ENFANT DES TERRES BLONDES, 1994

Aux Éditions Seghers

ANTONIN, PAYSAN DU CAUSSE, 1986.

MARIE DES BREBIS, 1986.

ADELINE EN PÉRIGORD, 1992.

Albums

LE LOT QUE J'AIME, Éditions des Trois Épis, Brive, 1994.

DORDOGNE, VOIR COULER ENSEMBLE ET LES EAUX ET LES JOURS, Éditions Robert Laffont, 1995.

Composition IGS-CP
Impression CPI Bussière en octobre 2010
à Saint-Amand-Montrond (Cher)
Editions Albin Michel
22, rue Huyghens, 75014 Paris
www.albin-michel.fr

ISBN broché : 978-2-226-21508-6
ISBN luxe : 978-2-226-18443-6
N° d'édition : 19299/03. – N° d'impression : 102825/4.
Dépôt légal : septembre 2010.
Imprimé en France